私のスカートは避難場所ではない！

JN022299

ビス

illustration.

天路ゆうつづ

eR
eロマンス ロイヤル

CONTENTS

Watashi no skirt ha hinanbasho jya arimasen!

Watashi no skirt
ha hinanbasho jya arimasen!

CHARACTERS

チェルシー・リード

十八歳。平凡で事なかれ主義の伯爵家令嬢。舞踏会の夜、ソロモンを自分のスカートの中へ匿ったことをきっかけに求愛される。基本は逃げ腰だが、腹を決めると誰よりも芯が強い。

ソロモン・ビアズリー

二十五歳。社交界一の色男と呼ばれている公爵家の跡取り息子。魔力が体に溜まり過ぎると、髪と目の色が変わってしまう。チェルシー限定匂いフェチ。

オズワルド・ベルトラン

隣国の王弟で、魔法騎士団の団長。妻を一年前に亡くしており、双子の娘がいる。

パメラ＆ダリア

オズワルドの双子の娘たち。姉のパメラはしっかり者。妹のダリアは甘えん坊な性格。

ラナ・キンバリー＆アナベル・オルコット

チェルシーの友人たち。以前は社交界でも有名な犬猿の仲だったが、チェルシーのおかげで親友に。

プロローグ

なんて事をしてしまったんだろう。

反射的にしてしまった己《おのれ》の行動を、今更《いまさら》悔いても遅い。

人一人分、膨《ふく》らんだ自分のスカートを見つめながら絶望する。

「ソロモンさ、ま……、あら？」

茂《しげ》みの向こうから現れたご令嬢《れいじょう》と視線がかち合った。

彼女の表情が驚愕《きょうがく》に彩《いろど》られていく過程《かてい》を見ているのが辛《つら》くて、そっと両手で顔を覆《おお》う。

「貴女《あなた》……あ、え……えっ？」

訝《いぶか》しむような声が、途中で裏返る。淑女《しゅくじょ》らしからぬ取り乱しようは、私の行動が如何《いか》に非常識なものかを、まざまざと見せつけた。

人気《ひとけ》のない場所で、スカートの中に誰かを入れている私は、彼女の目にどう映っているのか。知りたいとも思わなかった。

あまりの恥ずかしさに、涙が滲《にじ》む。

私の動揺《どうよう》が伝わったのか、スカートの中の人物がもぞりと身じろいだ。

「っあ」

くすぐったさに、体が大きく揺《ゆ》れた。

「……っん」

自分のものとは思えない、甘ったるい声が漏《も》れる。

それを恥ずかしいと感じる間もなく、太腿《ふともも》を掠《かす》める呼気に意識を持っていかれた。

甘い痺《しび》れが背筋を這《は》い上がる。鳥肌が立つ前兆《ぜんちょう》に似ているのに、怖《お》じ気《け》とは何かが違う。初めて味わう感覚に翻弄《ほんろう》される。

「ふ、ぁ」

手で口を塞《ふさ》いでも、勝手に熱い吐息《といき》が零《こぼ》れ落ちる。

私の反応に焦《あせ》っているのか、スカートの中の動きが大きくなった。

「んんっ」

敏感《びんかん》な内腿《うちもも》を高い鼻で擽《くすぐ》られ、喘《あえ》ぎ声《ごえ》が我慢できない。勝手に上がる体温と媚《こ》びるような自分の声が、恥ずかしくて身もだえてしまう。

こんな、はしたない姿を人に見られているのだから尚更《なおさら》だ。

今すぐ、ここから逃げ出したい。でも出来ない。

隠《かく》した方の姿が人目に触れてしまえば、きっと国を揺るがす大事になる。だから、どんなに恥ずかしくても、淑女として致命的《ちめいてき》な傷を負うとしても、私の行動は無駄ではないはずだ。

心が折れかけそうな自分を、どうにか鼓舞《こぶ》する。

でもそれも、長くは持たない気がした。

(どうして……)

涙目になった私の耳に、楽団《がくだん》が奏でる優雅な音色が届く。煌々《こうこう》と輝くシャンデリアの下、着飾った男女がワルツを踊っているのだろう。

さっきまで私もそこにいたのに、今はまるで別世界にいるようだ。

(どうして、こんな事に……?)

夜会の熱気に当てられて、外の空気を吸いに来ただけなのに。

気が付けば、スカートの中に美男子《びなんし》を匿《かくま》うという訳の分からない状況に陥《おちい》っている。いっそ気絶してしまえたら楽なのにと現実逃避しながら、私は一時間前に記憶を巻き戻した。

第一章　青天の霹靂《へきれき》

人生はなだらかな方がいい。

それが私の持論《じろん》だ。

苦労を重ねて成功した人や、紆余《うよ》曲折《きよくせつ》を経て結ばれた夫婦には憧《あこが》れる。山や谷があるからこそ、人生は輝くのかもしれない。

でも正直、我が身には降りかかって欲しくなかった。言ってしまえば、苦労なんてしないに越した事はないと思う。

なるべく平坦《へいたん》な道を、穏やかな相手と共に歩いていきたい。

そんな十八歳のうら若き乙女《おとめ》にしては、やや枯《か》れた願いを持っている私だが、別に深い理由があっての事ではない。

辛《つら》い別れを経て平穏を望むようになったなんて、歌劇の如《ごと》き過去は皆無《かいむ》。強《し》いて理由を挙げれば、血筋だろうか。

私、チェルシー・リードの生家《せいか》は、古いだけが取《と》り柄《え》のごく平凡な伯爵家《はくしやくけ》である。

父がそうであるように、代々、事なかれ主義で目立つのを苦手とする人間が多い。

派閥《はばつ》争いでは名ばかりの中立というどっちつかずな位置におり、それでも双方から敵認定《てきにんてい》されないのは、存在感のなさと、広く浅い交友関係のお蔭《かげ》だろう。

たまに人を助け、たまに人に助けられ、そうして我が家は特別栄《さか》える事も、没落《ぼつらく》する事もなく、惰性《だせい》のように現在まで続いている。

現当主の娘という立場の私も、例に漏《も》れず。

当たり障《さわ》りのない人間関係を築きながら、うすぼんやりと生きている。

今日も華やかな女性らに囲まれているお蔭で、いい具合に背景に埋没《まいぼつ》出来ていると思う。

もっとも、本日は王家主催の夜会なので何もせずとも私が目立つ事はないだろうけれど。

未婚の王太子殿下《おうたいしでんか》も出席されるとあって、ご令嬢方《れいじょうがた》の気合いが違う。綺麗《きれい》に巻かれた髪や大きく開けたデコルテを飾る宝石が、シャンデリアの光を反射して目に痛い。

磨き抜かれた大理石の床は、美しい市松模様。等間隔に並ぶ柱と白亜《はくあ》の壁を彩《いろど》るのは金の化粧《けしょう》漆喰《しっくい》。蔓薔薇《つるばら》を模した飾りは、アーチを描く天井へと続く。夢のように美しい王宮の広間に集《つど》う、着飾った麗《うるわ》しい男女。私のような地味な女は、気配を消すまでもない。

場違いも甚《はなは》だしいけれど、一応、参加したのには理由があった。

そろそろ私も結婚適齢期《てきれいき》に差し掛かるので、婚約者を見つけたい。幸いというか、面倒というか、我が家には政略結婚という概念がないので自分で探す必要がある。

適度に真面目《まじめ》で、穏やかな性格。酒や煙草《タバコ》は嗜《たしな》む程度。

容姿に拘《こだわ》りはあまりないけれど、健康に問題ない範囲の体形で、清潔感があれば嬉《うれ》しい。年の差は二十歳以内。結婚歴があっても、死別なら可。

高望みしていないつもりでも、探すとなると中々に難しい。

今日の目当てであった子爵《ししゃくけ》家の二番目のご子息は、奇跡的《きせきてき》にも全ての条件に合致していた。

友人の一人が親戚だと聞いていたので、紹介して貰《もら》おうと思っていたのに、まさか体調不良で欠席とは。

仕方ないので、今日は壁の花ならぬ、存在感のない壁のシミとして過ごそう。

目立たないよう適度に時間を潰《つぶ》してから、早めの帰宅を決意していた時だった。

「いらしたわ……！」

「今日も素敵ね」

ぼんやりと物思いに耽《ふけ》っていた私の意識を、友人らのはしゃいだ声が現実に引き戻す。

頬《ほお》を紅潮《こうちょう》させた彼女らの視線を辿《たど》ると、丁度、ホールへと入ってきた男性がいた。

（ああ、公爵家《こうしゃくけ》の）

その姿を見て、心の中で呟《つぶや》く。

緩やかに波打つ黄金の髪は、襟足《えりあし》は短く刈《か》っているのに対し、前髪は長めだ。長い睫毛《まつげ》に縁取られた目は、透明度の高い琥珀色《こはくいろ》。目尻がきゅっと吊《つ》り上がっているが、伏し目がちなせいか、きつい印象は受けない。機嫌よく、日向《ひなた》で微睡《まどろ》む猫を連想させた。

高い鼻梁《びりょう》に、薄い唇。形のよい輪郭《りんかく》の中に、全てのパーツが黄金比で配置されている。精巧に造られた人形の如き美貌《びぼう》に、目元の黒子《ほくろ》が色香を添《そ》えていた。

筆頭公爵家の一人息子《むすこ》、ソロモン・ビアズリー。御年《おんとし》二十五歳。

未《いま》だ独身の彼は、会場中の未婚女性……否、既婚女性の視線すらも独り占めしている。

容姿端麗《たんれい》、文武両道。王家の血を引く尊い身でありながら、驕《おご》り高ぶらず、気さくな人柄となれば、人気は高まるばかり。華やかな女性関係の噂《うわさ》が絶えない事でさえ、彼の魅力なら致し方なしと瑕疵《かし》にはならなかった。

今日もあっという間に女性に囲まれて、色とりどりの人垣が出来ている。

愛らしい笑い声とは裏腹に、令嬢方による熾烈《しれつ》な争いが始まっているのが遠目にも見て取れた。虫も殺さぬような可憐《かれん》な美少女達が、押し合いへし合い。正《まさ》しく地獄絵図だ。

(人気者も大変ね)

他人事《ひとごと》ながら、少し同情してしまう。愛されて羨《うらや》ましいとは、欠片《かけら》も思わない。あんな風に四六時中、人目に晒《さら》されているなんて正直ゾッとする。向けられる感情が好意であっても、監視と何一つ変わりない。欠伸《あくび》一つ迂闊《うかつ》に出来ない環境なんて、私ならとっくに頭がおかしくなっているだろう。

しかし、全方位から囲まれている美丈夫《びじょうふ》は、穏やかな微笑《ほほえ》みを崩さない。周囲の期待に完璧《かんぺき》な形で応えているビアズリー公爵令息を、心の底から尊敬した。

(とはいえ、近づきたいとは思わないけど)

「ねぇ、チェルシー。私達、ソロモン様にご挨拶《あいさつ》をしてこようと思うのだけれど、貴女《あなた》も一緒に行きましょうよ」

満面の笑みを浮かべる友人の提案に、私は内心で『勘弁して』と零《こぼ》した。

彼女達と違って、私はビアズリー公爵令息《れいそく》には出来る限り近付きたくない。華やかで輝かしい道を歩く彼は、凡庸《ぼんよう》な人生を望む私の対極にいる。

しかし、高位貴族への挨拶回りが大切なのも確かだ。

しかも、我が家はビアズリー公爵家と遠い縁がある。分家の子爵家の先々代の奥様がリード家出身だという、もはや遠すぎて、既に切れたと言っても過言ではない縁ではあるが。

でも、あの人垣に突っ込んでいくのは御免《ごめん》こうむりたい。いくらビアズリー公爵令息が頭脳明晰《めいせき》との噂でも、令嬢一人一人の顔など覚えてはいないはず。しかも流れ作業のように、代わる代わる挨拶をされているのだから、私一人くらい挨拶せずとも、咎《とが》められることはないだろう。

そう頭の中で弾《はじ》き出し、私はハンカチで口元をそっと押さえる。

「ごめんなさい、少し人酔《ひとよ》いしてしまったみたいなの。外の空気を吸ってくるわ」

「えっ。大丈夫？　私が付いて行きましょうか」

「休憩室で休んだ方がいいのではなくて？　今、用意してもらってくるわ」

気を付けてね、と見送られる気満々だった私は、想像と違う反応に慌《あわ》てた。

さっきまでのソワソワした空気は霧散《むさん》して、友人らは口々に私を心配してくれる。

蝶《ちょう》よ花よと育てられた高位貴族の令嬢にも拘《かか》わらず、思《おも》い遣《や》りのあるいい子達なのは知っていた。

でもまさか、自分の恋より友情を優先してくれるとは思わなかった。

休憩室の空きを確認するべく、侍従に声をかけようとしている友人の手を摑《つか》み、どうにか止める。

「ま、待って。そんな大事にする程《ほど》ではないの」

「貴女の体調不良は、十分に大事よ」

「そうよ、チェルシー。奥ゆかしいのは貴女の美徳だけれど、たまには私達を頼ってちょうだい」

なんて友達甲斐《がい》のある子達だろうか。

クールな美女と愛らしい美少女の心根の清らかさに、私は感動した。

(外見も内面もいいなんて、もう女神と天使じゃない……ではなくて！)

呆《ほう》けている間に、休憩室に連れていかれてはたまったものではない。

知的な美貌の侯爵家《こうしゃくけ》令嬢アナベル・オルコットと、伯爵家の妖精と名高いラナ・キンバリーは、社交界の華だ。私の仮病の為に休憩室に引き籠《こ》もってしまうなんて事になったら、会場中の独身男性の恨《うら》みを買ってしまう。

「本当に、具合が悪いわけではないのよ。少し風に当たりたいだけなの」

言い訳が苦しくなってきた。こんな事なら簡単に挨拶回りを済ませた方がずっと楽だったと、後悔しても遅い。しどろもどろになる私を、二人は不思議そうに見る。

アナベルはふと、何かに気付いたように、整った顔に意地悪な笑みを浮かべた。

「もしかして、チェルシー。どなたかとお約束しているの？」

「……え？」

「あら！」

言葉の意味をすぐには理解出来ずに呆けている私とは違って、ラナは頬を染める。「チェルシーったら隅《すみ》に置けないわ」と弾んだ声で言って、私の肩を軽く叩《たた》いた。

(まさか、逢引《あいびき》の言い訳だと思われているの!?)

「無粋《ぶすい》な真似《まね》をしてしまうところだったわ」

「もう、それならそうと言ってくれればいいのに」

「ち、ちが」

私を抜きにして、話が進んでしまう。

「じゃあ、私達はご挨拶をしてくるわ」

「くれぐれも、気を付けるのよ。無体な事をされそうになったら、ちゃんと私達を呼びなさいね」

ひらひらと手を振って、二人は去って行く。

後に残された私は、中途半端に上げた手をゆるゆると下ろす。「違うのに……」と呟いた情けない声は、誰にも届かず消えた。

目立たず、穏便に戦線離脱するという目標とはかけ離れてしまったが、今更どうにもならない。

暫《しばら》く休んでから、ホールに戻って誤解を解こうと気持ちを切り替えた。

庭園は庭園でも、薔薇が植えてある場所は避けたい。

丁度、見頃を迎えているし、ロマンチックな薔薇は恋人達に人気だ。万が一、盛り上がり過ぎたカップルに遭遇《そうぐう》する危険を考えると近付けない。

我が国では貴族でも、あまり処女性は重要視されない。その為、幸せな結婚生活には体の相性も重要だろうと、婚約段階で体の関係を結ぶ人は多い。

もちろん血統を重んじる風潮は残っているが、魔法技術の発展により、血縁関係を簡単に調べられるので、そちらも問題なし。

つまり普通なら人の目にはふれない秘め事が、薔薇の植え込み付近で行われている……かもしれない。君子危うきに近寄らず。人気《ひとけ》のない庭園の奥へと歩を進めた。

花の時期をとうに過ぎて新緑となった木々と、まだ硬い蕾《つぼみ》の小さな花々。しかも少し先は城壁で、通り抜けも出来ない。

そこにあるガゼボは掃除こそされているものの古びており、若い恋人達の語らいには不向き。こんな場所まで来るのは、私くらいのものだ。

八角形のガゼボの中に入り、縁に沿うように配置された椅子《いす》に腰かけた。

上半身を捻《ひね》って外を向き、手摺《てすり》に肘《ひじ》を置く。

人混みで火照《ほて》った頬を冷えた風が撫《な》でる心地好さに、詰めていた息を吐き出した。

（どうやって誤解をとこう……）

婚約者もいない独身女性としては、放置出来ない勘違いだ。

特にラナには、子爵家の次男を紹介してもらう予定だった。勘違いされたままでは、気を利かせて話をなかった事にされかねない。

（でも正直、面倒だわ）

勘違いを正すべきだと分かっていても、気が重い。

紹介してもらう立場で何をと叱《しか》られそうだが、まともに会話した事のない男性にそこまで情熱が向けられない。

ラナ達の微笑ましげな視線に耐《た》えながら、言い訳をするという苦行を考えると、このままでもいいかなと諦《あきら》めが勝ってしまう。

（結婚相手なら、落ち着いた頃にまた探せばいいし）

結婚は早い者勝ち、条件のいい男性から売れていくという伯母《おば》の助言を無下《むげ》にするようで申し訳ないけれど、元より結婚には前向きではない。する必要があるだけで、望んでいるのとは少し違う。

（こんな考えじゃ、いずれ結婚する方に失礼よね……）

未来の旦那様には誠実に尽くそうと思っているが、異性として愛せるかは不安がある。何せ十八年生きてきて、一度も異性にトキめいた経験がない。

歌劇の台詞《せりふ》のように、『恋とはどんなものかしら』と誰かに聞きたいくらいだ。


とりとめのない考えに捕らわれている間に、どれ程の時間が過ぎたのか。

ふと、誰かの声が聞こえてきた。ここまで届くのだから、さほど離れた場所からではない。そして気のせいでなければ、誰かを探しているような。

(恋人と待ち合わせかしら？)

少し焦《あせ》ったような女性の声が、誰かを呼んでいる。

庭園での逢引ならば、おそらく場所が違う。薔薇園はこちらではなくて反対側。

近付いたり、遠ざかったりする声に、つい心配してしまう。

案内してあげたいけれど、もしも忍ぶ仲だったら余計なお世話だ。

一人で悶々《もんもん》としていると、足音が近づいてきた。

ざっと木々の間を抜けて、ガゼボへと誰かが転がり込んで来た。

「!?」

ぎょっと目を剝《む》いて、固まった。突然の出来事に思考が追い付かない。

床に崩れ落ちるように膝《ひざ》を突いて、俯《うつむ》いているのは黒髪の男性。

肩で息をする彼の服装は、仕立てのよい上品な紺《こん》のフロックコート。夜会の招待客の一人だろう。

(だ、だれ？　黒髪ということは、異国の方？)

異国の客人がいたら、目立ちそうなものだが。

我が国は、色素の薄《うす》い人間が多い。濃くてもせいぜい茶色止まり。黒目と黒髪の人間は、歴史を遡《さかのぼ》っても殆《ほとん》ど見つけられない。

それが存在しなかったのか、存在をなかった事にされたのかは分からない。なぜなら我が国では、黒は忌避《きひ》すべき色だからだ。

遥か昔に、強大な力を持つ魔導師が一人いた。

文献《ぶんけん》も殆ど残っておらず、僅《わず》かな資料の解読も未だ遅々として進まず。多くは謎に包まれた人物ながらも、ハッキリしているのは、その魔導師が珍しい黒髪黒目であった事。そして、世界を滅ぼそうとした事だ。

その魔導師によって、我が国は甚大《じんだい》な被害を被《こうむ》った。

後に、その魔導師は死んだと言うが、人々の心に残った傷跡は深い。

最早、御伽噺《おとぎばなし》に近いような昔の話でも、我が国では未だ『闇の魔導師の色』だと、黒を忌み嫌う風潮は強い。他国には黒髪黒目の一族もいると聞いたが、国内で見かけた記憶はなかった。

(もしかして、誰か失礼な態度でも取ってしまったのかしら……？　だから逃げてきたの？)

お客様に失礼をするなんて、と事実を確認した訳でもないのに不愉快になった。

いや、客人でなくとも駄目だ。髪や目の色で一体、その人の何が判断出来るというのか。所詮《しょせん》、ただの色素。人となりを証明する手立てにはならない。

内心憤慨《ふんがい》しながら、膝を突く人にそっと声を掛けた。

「もし。どこか具合が悪いのですか？」

「……っ⁉」

大きく肩が揺れて、その人は反射的に顔を上げた。

緩く波打つ長い前髪の間から、大きく見開かれた黒い瞳が覗《のぞ》く。磨《みが》き抜かれた黒曜石《こくようせき》のような、濁《にご》りのない美しい瞳に、思わず言葉を忘れた。

「……」

無言で見つめ合う。

彼の薄い唇が震え、はくりと声なく空気を食《は》んだ。

稀有《けう》な瞳に見惚《みほ》れていた私は遅れて、男性の容姿の美しさに驚く。

とんでもない美形だなと呆気《あっけ》にとられ、芸術品を見ているような感覚になった。

(……あら？　このお顔、何処《どこ》かで見たような……)

既視感、とは少し違う。

何かが違うけれど、知っているような。喉《のど》の奥に小骨が引っ掛かったみたいな気分で、首を捻る。

「チェルシー嬢……」

苦しげな声で、男性が呟く。

どうやら私をご存じらしい。異国の方に知り合いはいないのに。

(……うん？)

ぱちりと瞬いたのと同時に、頭の中でパチンと何かが嵌《は》まった。

見覚えがあるも何も、ついさっき、会場で見たお顔だ。

「……ビアズリー公爵令息様？」

髪と瞳の色が違うけれど、顔かたちはそのまま。

こんな麗しいお顔の方が、何人もいるとは思えない。

もしかしたら血縁の方の可能性も、と考える側《そば》から、男性の顔色が悪くなっていく。蒼褪《あおざ》め、震えている彼の様子から、答えを得てしまった。

(め、面倒ごとの予感……)

私の顔からも血の気が引いた。

筆頭公爵家の一人息子が、黒髪、黒目。理由も原因も知らないが、厄介《やっかい》ごとの気配しかしない。

普段は完璧に隠している姿を偶発的《ぐうはってき》に見てしまったのが、しがない伯爵家の娘となれば、内々に消される可能性もあるのでは、と思い至ってしまった。

「これは……、この姿は……」

「誰にも言いません」

悲壮な顔で何かを語り出そうとしたのを、言葉を被《かぶ》せて止める。

聞いたら後戻り出来そうにないから、話さないでほしい。

啞然《あぜん》として丸くなった瞳を見つめ返しながら、もう一度、言葉を重ねた。

「リード伯爵家の名に懸《か》けて、絶対に他言致しません」

(だから殺さないで!)

リード伯爵家は代々、事なかれ主義で続いてきた。好奇心よりも平和、刺激よりも安定、細く長く続いた一族の、根っからの日和見《ひよりみ》精神を舐《な》めないでほしい。筆頭公爵家の弱みなんて、一族の誰であっても投げ捨てるだろう。そんなものは身に余るから、さっさと土下座して返してこい!と。

「チェルシー……」

ビアズリー公爵令息は泣きそうな顔で、私を呼ぶ。

何故《なぜ》か呼び捨てになっているけれど、そんなのは些末事《さまつじ》だ。

「ソロモン様？　そこにいらっしゃるの？」

「！」

ビクッと二人同時に肩が跳《は》ねる。

さっきまで遠かった声の主が、すぐそこまで来ている。たぶん、ずっとビアズリー公爵令息を探していたんだろう。着実に近付いてくる足音を聞いて、私はハッと我に返る。

彼女が誰で目の前の人とどんな関係だとしても、逃げて来たのを考えれば、今のビアズリー公爵令息の姿を見られてはいけない。

「隠れて！」

小声でビアズリー公爵令息に告げる。

しかし彼は力が抜けてしまっているのか、立とうとしてよろけた。間に合わない。

(隠さなきゃ！　え、でも、何処に!?)

ガゼボの中に隠れる場所なんて、ある訳がない。

外に出て逃げるにしても、突き当りは壁。女性が向かってくる方向にしか道はない。

茂《しげ》みに突き飛ばすにも、距離がある。仮に逃げ込めたところで、高身長の彼を隠しきれるとは思えない。

無理、の二文字が頭を占めた。ぐるぐると目が回る。何も考えられない。

木々を掻《か》き分けるような音を聞いて、咄嗟《とっさ》に『隠さなきゃ』以外の全てが頭からすっぽ抜けた。

「失礼します！」

バサッと音を立てて、蹲《うずくま》るビアズリー公爵令息の頭から被せる。

スカートを。そう、自分のスカートを!!

え、馬鹿なの？　痴女《ちじょ》なの？

そう混乱しても、もう遅い。やってしまったものは、なかった事には出来ないのだから。

身一つでガゼボにいた私に、ビアズリー公爵令息を隠すものなんて他にない。

でもコレはない。情勢によっては国王となる可能性だってある方を、よりにもよってスカートの中に突っ込むとか。誰がどう見ても事案。擁護《ようご》不可能だ。

(死のう)

遠い目をして、私は世を儚《はかな》んだ。

それしかない。もう、それ以外の選択肢は自ら遠くに投げ捨ててしまった。

「ソロモンさ、ま……、あら？」

やってきた令嬢と目が合う。

赤いドレスがよく似合う、豊満《ほうまん》な美女。確かボット侯爵家の二番目のご令嬢だ。

(いやもう、そんなのどうだっていい……)

羞恥《しゅうち》と恐怖で死にそうな私は、泣きそうになりながら顔を覆《おお》う。

「貴女……あ、え……えっ？」

ボット侯爵令嬢は訝《いぶか》しげに私を見たが、途中で声が裏返った。

そりゃあ、そうだろう。隠したとはいえ、体格のよい成人男性がスカートにきっちり収まるはずがない。誰かは分からずとも、誰かがいるのは分かる。

今の私は、人気のない場所で淫《みだ》らな行為に及んでいるようにしか見えない。

(死のう……ううん、誰か殺して……)

私の虚《うつ》ろな目から、ぽろりと涙が零れる。

もぞりとスカートの中で、身じろぐ気配がした。今の今まで固まっていたビアズリー公爵令息が、我に返ったらしい。動揺《どうよう》しているのが見えずとも分かる。

「つあ、」

動いたせいで、あらぬ場所に呼気がかかる。

ゾワゾワと背筋を未知の感覚が駆け上がり、思わず吐息《といき》が零れた。それが更に動揺を誘ったのか、ビアズリー公爵令息の高い鼻が、私の太腿《ふともも》……しかも結構際どい内側の肉に埋まった。

「んんっ」

私の声に、ビアズリー公爵令息とボット侯爵令嬢が固まった。

(もう無理……!!)

真っ赤な顔を、ボット侯爵令嬢に向ける。涙目で、懇願《こんがん》した。

「見ないで……」

「つ!! お、お邪魔しましたわっ!」

赤面したボット侯爵令嬢は、弾かれたように背を向けて駆け出した。途中で転んだような音がしたけれど、気遣う余裕《よゆう》なんて今の私にはない。

「もう、大丈夫です……」

数十秒待ってから、ビアズリー公爵令息に声を掛ける。でも彼は動かない。何故か凍《こお》り付いたように、身動《みじろ》ぎ一つしなくなってしまった。

仕方なしに、自分でスカートを持ち上げる。私の太腿に顔を突っ込んだままのビアズリー公爵令息が現れて、泣きたくなった。

耳から首から、全て真っ赤に染まった彼の見開いた目は潤《うる》んでいる。

数々の浮名を流す彼も、スカートの中に突っ込まれたのは初体験だったのかもしれない。

「あの……」

声を掛けると、またしてもビクリと体が跳ねる。

そこで初めて呼吸を思い出したかのように、彼は大きく息を吸った。私の太腿に顔を埋《うず》めたまま。

「ひっ」

「え、あ、うわぁあああっ！」

ビアズリー公爵令息は、後ろにひっくり返って尻もちをつく。

ずりずりと慌てて、私と距離を取った。まるで化け物にでも遭遇したかの如き態度だ。

そっとスカートを下ろし、涙目で俯く私に、もう失うものなど何もない。ビアズリー公爵令息の姿勢はひっくり返った蛙《かえる》みたいだったのに、いつの間にかうつ伏せでダンゴ虫みたいになっている。

よく知らない女に痴漢《ちかん》のような事をされて、泣いているのかも。庇《かば》う為の行動でも、不快な事に変わりない。

（罰せられたらどうしよう……。いえ、もうどうでもいいわ……）

「ち、チェルシー……オレ、いや、私はなんて事を……」

額をガゼボの床に擦《こす》り付けた体勢のまま、ビアズリー公爵令息は言った。

「いいえ、私が勝手にした事です。お気になさらず」

(というか、綺麗さっぱり記憶から消してほしいわ)

「寧《むし》ろ私の方こそ、無礼な真似をして申し訳ございません。なんとお詫《わ》びしたらよいのか」

「そんなっ！　貴女はオレを庇ってくれただけだ！」

ビアズリー公爵令息は弾かれたように顔を上げる。それと同時に、たらりと鼻血が流れた。

『美形だと、鼻血をたらしても間抜けにならないのね』と現実逃避じみた事を考えながら、ハンカチを差し出す。

「!!　こ、これは、決して不埒《ふらち》な想像をしたからではなくて」

「逆上《のぼ》せてしまったんですね」

季節は初夏。重ねたスカートの中に仕舞われて、さぞ暑かったのだろう。

必死になって言い訳するのを、やんわり遮《さえぎ》った。高い鼻にハンカチを押し当てると、彼は恥ずかしげに下を向いた。ハンカチを大事そうに両手で持ち、すんすんと鼻を鳴らす。

陶然《とうぜん》としたような面持ちで、「いい」と呟く彼の心情はさっぱり分からない。

よろりとふらつく足で、どうにか立ち上がる。

するとビアズリー公爵令息は、私の手を摑んだ。何処へ行くのかと問うような視線に、「ホールに戻ります」と答えた。

「公爵家の方を探して参ります。何処かに隠れて、お待ちいただけますか」

「駄目です。貴女のそんな顔を、誰かに見せるなんて」

泣いたせいで、酷《ひど》い顔になっているらしい。

ただ元から大した顔ではないので、そう目立つ事もないだろうと思う。

「大丈夫だから、ここにいて。暫く戻らなければ、側近が探しに来るはずです」

「……なら、私は休憩室へ」

化粧を直しに行くと言外に告げても、掴んだ手を離してくれない。

「ここに、いて」

強い瞳で、彼は言葉を重ねた。そのご尊顔の強制力に、抗《あらが》える人間がどれだけいようか。

溜《た》め息《いき》を一つ吐き出し、すとんと同じ場所にまた座る。

ビアズリー公爵令息は、嬉しそうに眦《まなじり》を緩めた。

「恩人である貴女に、この髪と瞳の説明をしたい」

「いえ、結構です」

(もう黒髪とか黒目とか、心底どうでもいい……)

混じり気なしの本音をどう受け取ったのか、ビアズリー公爵令息は「貴女は優しいね」と微笑む。

そういうの、本当にいらない。

「恩人など、お止《や》めください。ここであった事は全て忘れますので、ビアズリー公爵御令息もどうか、何事もなかったとお忘れくださいさい」

「ビアズリー公爵令息などと呼ばないで。どうか私の事は、ソロモンと」

(そういうの、いらないんだってば!)

「今後はなるべく関わらないように致します。図に乗って、ビアズリー公爵御令息を困らせるようなっ……」

「ソロモン」

「……お戯《たわむ》れを」

「ソロモン」

「ビア、」

「ソロモン」

(しつこっ!! なにこの方、不屈の精神なの!?)

疲弊《ひへい》した状態で、この無限ループは辛い。

どうせもう呼ぶ機会なんてないと、早々に匙《さじ》を投げた。

「……ソロモン様」

「うん、チェルシー」

キラキラと輝く満面の笑みが、目に痛い。

いつもは色っぽい微笑みを浮かべているので、落差に危うくキュンとしかけた。

誤魔化《ごまか》すように咳払《せきばら》いを一つ。

どうやら説明を聞くまで逃がして貰えないようなので、こちらから訊《たず》ねる事にした。

「それで、ソロモン様。その髪と瞳が、本来の貴方《あなた》の色なのですか?」

「うーん……。そうとも言えるし、そうでないとも言える」

曖昧《あいまい》な言葉に首を傾《かし》げると、補《おぎな》うように彼は説明を始めた。

「魔法の師匠《ししょう》が言うには、どうやら私は人よりも魔力が大きいらしいんだ。けれど何故か、魔法自体はほぼ使えない」

「そういう事もあるんですか？」

魔力があるのに魔法が使えないとは、不思議な話だ。

それとも魔法に疎《うと》い私が知らないだけで、間々ある事なのかと問えば、ソロモン様は首を振った。

「かなり珍しいケースらしいよ。何をどうしても出来ないから、師匠も頭を抱えていた」

そう言って彼は、苦笑する。

「でも私は魔導師になりたい訳ではなかったから、特に不満はなかったんだ。ただ困った事に、魔法を使わないせいで魔力は溜《た》まる一方でね」

魔法という形で排出しないから、体内で生成される魔力がどんどん溜まっていくらしい。魔力がない私でも、体に悪そうな事だけは何となく分かった。

眉を下げたソロモン様は髪を一房摘《つま》んで、「その弊害《へいがい》がコレだ」と呟く。

「魔力が溜まり過ぎると黒く染まる……。でしたら、魔導師の皆様は同じ症状を経験されているのですか？」

魔導師であっても、魔法を使わない期間はあるだろう。怪我《けが》や病気で休養中とか、退職後とか。

「いや。普通の魔力量なら、こうはならない」

ソロモン様は、魔力量だけなら王家直属の魔導師を遥かに凌《しの》ぐらしい。何から何まで規格外な方だと、少し呆《あき》れてしまった。

「定期的に魔力を放出して、溜まらないよう心掛けているんだが……」

ソロモン様は言い淀《よど》む。

先を促《うなが》す為にじっと見つめると、頬を染めた彼の視線が逃げた。

「今日はその……薬を盛られてしまって」

思わず絶句した。

(薬って……、ソロモン様の表情からして、媚薬《びやく》、よね……?)

言い辛そうな顔から察するに、当たりだろう。

噂話として聞いた事があるけれど、そんな物が実在するとは。そして、盛られる方が本当にいるとは。てっきり、歌劇か小説の中だけの話かと思っていた。

妙な感動を覚えそうな私をどう思ったのか、ソロモン様は焦り出す。

「いや！　手は出していないから！」

(逃げて来ましたものね)

元より疑っていない。追われた子ウサギのように逃げ込んで来た姿を見ているのだから。

しかしソロモン様は、周りに人が多かったから、まさかと思ったとか。飲み物に混ぜられて気付かなかったとか。可哀相《かわいそう》なほどに必死になって、弁明している。

(そういえば、狩人《かりうど》はボット侯爵令嬢かしら?)

さっき会ったばかりの美女の姿が脳裏《のうり》を過《よぎ》った。

「どうやらその薬は魔力持ちには副作用があったのか、さっきから魔力のバランスが崩れてしまって……」

「そうなっている、という事ですね?」

ソロモン様は頷《うなず》いた。

もはや、「へぇー」という感想しかない。

世界を滅ぼそうとした魔導師も、元から黒髪黒目ではなく、魔力が溜まり過ぎた弊害だったのかなとか、どうでもいい事を考えてしまう。

だって、聞いてどうすればいいのか。私にとってはただの雑学でも、公爵家にとっては重大な秘密。下手《へた》に漏《も》らせば、命どころか家の存続に関わる。

(まぁ、リード伯爵家が取り潰されても、たぶん誰も気にしないけれど)

元から存在感の薄い家だから、なくなっても誰も困らない。下手をすれば両親ですら、「そういう事もあるよね」と流して、平民に混じって暮らし始めそうだ。

それもいいなとぼんやり考えていた私は、ある事に気付いて目を丸くする。

「ビアズリー公爵御令息、鼻血……」

「ソロモン」

「ソロモン様、まだ血が止まりませんの?」

ぶれないソロモン様に若干イラッとしつつも、真っ赤に染まったハンカチの方が気にかかる。逆上せた程度の量ではない。

「何か、重大な病《やまい》をお持ちなのでは……」

「大丈夫。反芻《はんすう》していたせいで、血の巡りがよくなってしまっただけだから」

(反芻? 何を……?)

照れ笑いを浮かべる彼に、首を傾《かし》げた。

「ああ、ほら。ちゃんと止まったよ」

押さえていたハンカチを外すと、確かにもう血は流れていなかった。

ほっと安堵《あんど》の息を零す。

するとソロモン様の飴色《あめいろ》の瞳が、とろりと柔らかく溶けた。

（……ん？）

じっと瞳を見つめると、ソロモン様はたじろぐ。

何故か熱っぽい表情で「チェルシー……」と私を呼ぶが、それどころではない。

「戻っている」

「え？」

「ソロモン様、髪と瞳の色が戻っていますわ」

徐々に色が薄くなり、髪も瞳も、元の金色に戻りつつある。

「え。……ああ、血でもいいんだ……？」

驚いた顔から一転、ソロモン様は納得した様子で頷く。

前髪を摘んだ彼は、髪とハンカチの血とを見比べて呟いた。

「血でもいい、とは？」

「あっ、いや」

やばい、と顔に書いてある。

ソロモン様は少し迷った素振りを見せてから、うっすらと頬を染めた。

「オレ……私は、魔力は馬鹿みたいにあるんだが、魔法は殆《ほとん》ど使えない」

「先ほど聞きました」

「うん。でも魔法が使えないと、魔力を消費するのも難しいよね」

「はぁ」

「それで、どうやら体液を出せば、魔力も共に排出するらしいんだ」

「なるほど」

(血を流したから、色も落ち着いたのね。……あら、でもさっきはその事をご存じなかったようだったけれど)

『血でもいいんだ……？』と不思議そうに呟いた事から察するに、普段は血を流して魔力を放出するという方法はとってないのだろう。

(なら普段はどうしているのかしら。体液……汗？)

細身ながらも逞《たくま》しい体つきのソロモン様は、剣の腕も立つ。

王都の騎士団に、たまに混じって訓練していると友人らから聞いた事があった。健康的に汗を流して、魔力を発散しているのだろう。

「……軽蔑《けいべつ》した？」

「？　健康的で宜《よろ》しいかと」

「けっ、ゴホ、」

何故か突然噎《む》せ始めた。

訳が分からないけれど、今日はもう、そんな事の連続なので慣れてしまった。そして疲れた。

(何でもいいから、もうお家に帰りたいわ)

「ソロモン様」

呼びかけると、彼は顔を上げる。

「全てを話してくださって、ありがとうございます。その誠意、決して裏切る真似は致しません。この事は墓まで持って行きます」

「チェルシー……！」

「ですから、もうお忘れください」

虚《きょ》を衝《つ》かれたように、金の瞳が正円を描く。

「今日、この場には誰もいらっしゃいませんでした。私はこのガゼボで、少しの間、転《うた》た寝《ね》をしてしまっただけ」

会わなかった事にしましょうと、提案した。

その方が全て丸く収まるだろうに、何故かソロモン様の目付きがどんどん鋭《するど》くなる。

「時間をずらして会場に戻りましょう。私は先に参りますが、友人に挨拶してから、本日はもう帰りますね」

真っ当な話をしているはず。なのに、どうして目が据《す》わっているのか。

剣呑《けんのん》な光を宿す金の瞳が、ギラリと輝く。

「へぇ」

たった一言、零した声はとても低い。鋭く眇《すが》めた目と反対に薄い唇は弧を描き、凄艶《せいえん》な美しさを醸《かも》し出す。さっきまでの慌てふためく様子は可愛らしかったのに、急に目の前の男性が、年相応の色男に見えた。

「チェルシーはなかった事に出来ると思うんだ」

あんな事をしておいて、と冷笑を浮かべる。

こちらを責めるような声と眼差《まなざ》しに、私は狼狽《うろた》えた。

(それ、どちらかというと私が言うべき言葉じゃない？)

純潔を散らしたのだから責任を取れと、詰め寄られている男性になったような心地だ。

私は別に、ソロモン様の何も奪っていない……と思う。まさか、尊厳とか男の沽券《こけん》とか言う気だろうか。

「オレは貴女の柔らかさも、香《かぐわ》しさも、鮮明に覚えているのに」

「!!」

(なんて事を言い出すの!?)

直接的な表現でなくとも、これは駄目だろう。先程の出来事と重ね合わせたら、直喩《ちょくゆ》以上に卑猥《ひわい》だ。ここまで辱《はずかし》められる程の事を、自分は仕出かしたというのか。

(した！　したけれども!!)

涙目で睨《にら》んでも、怯《ひる》む様子はまるでない。寧ろ、熱を孕《はら》んだ瞳で見つめ返されてしまい、怯んだのは私の方だった。

文句を言いたくとも、言えば藪蛇《やぶへび》になるような気がして何も言えない。

ぐっと唇を噛《か》み締めた私が、出来る事といえば。

「こ、このお話はここまでです！　では、私はこれで！」

今日はこのくらいにしておいてやるわ、という気概《きがい》で以《もっ》て、逃げ帰る事だけだった。

第二章
口は禍《わざわい》の門《かど》

明けて、翌朝。

前夜這《ほ》う這《ほ》うの体《てい》で帰宅した私は、簡単に身を清めた後、ベッドに潜《もぐ》り込《こ》んで泥のように眠った。

数々の出来事は私を相当に疲弊《ひへい》させていたらしく、夢も見なかった。

「おはようございます。チェルシー様」

「おはよう、メイ」

お付きの侍女であるメイの声で目覚める。

「よく寝たわ……」

少しだけ気怠《けだる》さを引《ひ》き摺《ず》った体を起こして、伸びをする。回した首がコキリと鳴った。

銀のワゴンの上、メイが傾《かたむ》けたティーポットから赤茶色の液体がカップに注《つ》がれる。ふわりと広がる湯気と共に漂《ただよ》う香りが、私の鼻孔《びこう》を擽《くすぐ》った。

「ミルクをお入れしても宜《よろ》しいですか？」

「お願い」

メイは手際よくミルクを注ぎ、掻《か》き混ぜる。

ベッドの上に座ったまま、差し出されたカップを受け取った。

南部地方が原産の茶葉は香りが強く、朝の目覚めに丁度よい。若いながらも有能なメイは、わざと濃いめに淹《い》れてくれているので、ミルクを混ぜても負けていなかった。

「美味《おい》しい……」

しみじみと呟《つぶや》く。

頭と気分がすっきりすると、昨夜の全ては、夢か幻《まぼろし》だったように思えた。

「本当に夢だったのかも」

モーニングティーで喉《のど》を潤《うるお》しながら、カーテン越しの朝陽に目を細める。微風に揺れる葉擦《はず》れの音と、小鳥の囀《さえず》りが耳に心地好い。

今日も今日とて穏やかな一日が始まる予感に、のんびりと微笑《ほほえ》みを浮かべた。

そんな私の小さな幸せは、たった一分後に壊されるとも知らずに。

バタバタと、騒々《そうぞう》しい足音が廊下《ろうか》に響く。基本、静かな我が家には珍《めずら》しい。いくらリード伯爵《はくしやく》家《け》が貴族として緩くとも、家令らは一通りのマナーを身につけているはずなのに。

ソーサーの上にカップを戻したのと同時に、ノックもせずに扉が開く。

バン、と乱暴な音を立てて飛び込んできたのは、なんとお母様だった。

「お母様？」

廊下を全力疾走《ぜんりよくしつそう》していたのが、まさか、自分の母親とは。

ぱちくりと瞬《またた》く私に、お母様はツカツカと詰め寄ってくる。

「チェルシー！」

「え、なんですっ？」

勢いに気圧《けお》され、ベッドの上で後退《あとずさ》る。けれど両肩を摑《つか》まれてしまい、動けなくなった。

普段は楚々《そそ》とした淑女《しゅくじょ》であるお母様が、血走った目で睨《にら》んでくる様は恐怖でしかない。

「非常事態よ」

「……ひじょうじたい？」

間抜けな声で繰り返すが、お母様は指摘もせずに話を続ける。

「書状が届いたの」

「！」

非常事態で、書状。不穏《ふおん》な空気を感じ取り、身を固くする。

お母様の慌《あわ》てた様子を考慮《こうりょ》すれば、自《おの》ずと答えは絞られた。

（まさか、召集令状《しょうしゅうれいじょう》？）

戦争という単語が、重く伸し掛かる。

我が国は代々賢君《けんくん》が多く、戦争とはほぼ無縁だ。小競り合いを除けば、百年近く争いは起こっていないので、国民の殆《ほとん》どが平和に慣れ切っている。

ただ周辺諸国との間に、懸念事項《けねんじこう》が全くないという訳ではない。特に南西に位置する隣国とは、国境付近にある鉱山が原因であまり良好な関係とはいえない。

（まさか戦争になるなんて……。うちの領地は私達に似て、臆病《おくびょう》でのんびりとした人間ばかりなのに、戦力になるの……？）

「ああ、何故《なぜ》、こんな事に……」

悲壮感《ひそうかん》漂う表情で、お母様は力なく呟く。

項垂《うなだ》れたお母様の細い手に手を重ね、力づけるように握《にぎ》った。

「お母様、私も驚いているし辛《つら》いわ。でもこんな時こそ、頑張らなくては」

「頑張れないわ……」

「お母様……」

胸が苦しくなる。お父様とお母様は、娘の私の目から見ても仲睦《なかむつ》まじい。戦争で引き離されるなんて、考えた事もなかっただろう。それなのに残酷な現実が、目の前に迫っているなんて。

（もしお父様も前線に出る事になったら、お母様はどうなってしまうの？　それに私だって、そんなの耐《た》えられない……）

「公爵家《こうしゃくけ》と親戚になるなんて無理よ……!!」

「……え？」

ぽかんと口を半開きにして、数秒固まる。

公爵家と親戚、とは何の事か。戦争が起こるんじゃなくて？　非常事態と言ったわよね？

私の頭に浮かぶ数々の疑問に、お母様は答えてくれない。

「しかも筆頭公爵家であるビアズリー家とだなんて、家格が違い過ぎるわ。無理よ。人類である以外の共通点がない相手と、どう交流せよと？　着ているものどころか吸っている空気すら違うのに」

空気はたぶん一緒よ、とは突っ込めなかった。それどころではなかったからだ。

「お母様……非常事態を知らせる書状とは？」

「ビアズリー公爵令息《れいそく》様から貴女《あなた》へ婚約を申し込む書状よ」

「非常事態……!!」

ひしっとお母様と手を取り、身を寄せ合う。

ビアズリー公爵令息の整い過ぎたお顔が脳裏《のうり》に浮かび、ひぃと悲鳴が零《こぼ》れる。

昨夜の悪夢の如《ごと》き出来事は、やはり現実だったのか。

眩暈《めまい》がする。このまま布団を被《かぶ》って二度寝したいけれど、先延ばしにしても事態は変わらない。

まずは現状確認の方が大事。

「お母様。この事をお父様はご存じでしょうか?」

「ええ、勿論《もちろん》。書状を読んで、そのまま倒れたわ」

頭が痛い。額に手を当てて、「そうですか」と短く呟いた。

(父様が頼りにならないのは、今に始まった事ではないわ)

自己暗示のように己に言い聞かせて、気を取り直した。

「すぐに向かいますので、お母様は先にお父様の元へ」

「分かったわ」

「メイ、支度《したく》を手伝ってくれる?」

お母様が出ていくのを見送ってから、振り返る。有能な侍女はクローゼットから、手早く着られるデイドレスを取り出しているところだった。

支度を終えて向かった両親の寝室では、まるで重篤《じゅうとく》な病《やまい》を宣告されたかのような雰囲気《ふんいき》の二人が待ち構えていた。

「何故、このようなものが届いたのか。心当たりはあるのか？」

ハンカチ越しに摘《つま》んだ紙を掲《かか》げ、お父様は私に問う。危険物のような扱いを受けているのは、ビアズリー公爵家から届いた結婚の申し込みの書状なのだろう。

「昨夜の夜会で、色々とございまして……」

「色々とは？」

「ええと……。偶然《ぐうぜん》お会いしたビアズリー公爵御令息が困っていらしたので、少々、お手伝いをさせていただきました」

どの部分なら話して大丈夫なのか、悩みながら答える。かなり曖昧《あいまい》な表現になってしまったけれど、お父様は追及してこなかった。

「ビアズリー公爵家のご子息と、交流を持ったのは間違いないいんだな」

私の説明を聞いて、お父様は沈痛《ちんつう》な面《おも》持ちになった。

夫婦の寝室のベッドの上、上半身を起こしたお父様は、ぐっと拳《こぶし》を握り締める。

「つまり、これは、手違いではない……!!」

うう、と呻《うめ》いて頭を抱えたお父様の背を、お母様が摩《さす》った。

人違いであれと祈っていたのにとか何とか、お父様はぶつぶつと呟いている。

例外はあるだろうが、家格が上の相手から婚約を申し込まれたら普通は喜ぶものだろう。

しかも相手は王家に次ぐ地位と影響力を持ち、財力も桁違《けたちが》いな筆頭公爵ビアズリー家。降って湧いた幸運に歓喜するはず。

しかし我が家には当て嵌《は》まらない。目立つ事を苦手とするリード家にとって、名家との縁談など悪夢に等しい。

現に公爵家の印が押された書状は、呪いの書のような扱いを受けている。

「止《や》むに止まれぬ状況で、ビアズリー公爵御令息の秘密を知ってしまったんです。ですので、おそらく、口止め目的かと」

「何故そんな危険物を持ち帰ったのです！　土下座して返してらっしゃい！」

無茶を言う。思い描いた通りの反応が返ってきて、渇《かわ》いた笑いしか出ない。

「他言はしない、墓場まで持っていくとお約束したのですが、信じて貰《もら》えなかったのでしょうね」

「そうか。公爵家の秘密を吹聴《ふいちょう》する勇気がある人間なんて、リード家にはいないのにな……」

お父様の力ない言葉に私とお母様は揃《そろ》って頷《うなず》き、同意を示した。

「ちなみに、その秘密なんですが……」

内容は両親であっても教えられないと続ける前に、二人は勢いよく自分の耳を塞《ふさ》ぐ。

ある意味ブレのない両親が、私は好きだ。ちょっと、いや、うんと情けないとは思うけれども。

生温《なまぬる》い目でゆっくり首を振ると、言う気がないと伝わったらしい。両親は、恐る恐る耳から手を離した。

「でも、貴方《あなた》。理由がハッキリしているのなら、対策は打てるのではないかしら？」

「そうだな。ご子息がチェルシーを本気で望まれている場合、公爵家に逆らう事は出来ない。でも、あちらも本意ではないのなら、条件次第でなかった事に出来るかもしれん」

「ビアズリー公爵御令息ともあろう御方が、私など望む筈《はず》がないでしょう」

私の言葉に、両親は頷く。念の為に言っておくと、両親は私を愛している。自分達にとっては世界で一番可愛い娘だとも、本気で言っていると思う。

ただ、他人の目にはそう映っていないと知っているだけ。親の欲目であり、世間一般の基準からすると、娘はごく平凡だと理解している。

母譲《ゆず》りの癖《くせ》のない銀の髪と菫色《すみれいろ》の瞳は気に入っているが、顔立ちはパッとしない。なんというか地味。十人中五、六人が社交辞令で「(敢《あ》えて言うなら)清楚系《せいそけい》」と評価しそうな、そんな顔だ。

「そうと決まれば、早速手紙を……」

「旦那様」

幾分《いくぶん》顔色がよくなったお父様がベッドから下りると、丁度、執事長《しつじちょう》がやって来た。

少し蒼褪《あおざ》めた彼はちらりと私の方を一瞥《いちべつ》してから、お父様を見た。

「ビアズリー公爵御令息がお見えです」

お父様がその場に崩れ落ちたのは、言うまでもないだろう。


寝込みそうな両親を急《せ》かし、どうにか身支度を整えさせた。

私も人前に出られる程度には取《と》り繕《つくろ》い、ホールへ向かう。

「チェルシー!」

ビアズリー公爵令息は、下りてきた私を見て輝くような笑みを浮かべた。

両手に抱えた真紅《しんく》の薔薇《ばら》の花束が、嫌みなくらいよく似合っている。

「び、ビアズリー公爵御令息……」

「ソロモンと呼んでくれと言っただろう。ああ、今日も美しいね。似合うかと思って摘《つ》んできたが、王家の薔薇も貴女の前では霞《かす》んでしまうな」

(霞むのは私のうっすい顔面でしょう)

乾いた笑いを浮かべながら薔薇を受け取った私は、ピキリと動きを止めた。

「……今、王家の薔薇と?」

「ああ。従兄弟《いとこ》に言って譲って貰った」

(それ王太子――!!)

近所の庭で摘んできたような軽さだが、そこは王城。しかも夜会で入った庭園に咲いているものではない。王族しか立ち入りを許されない場所に咲く、数代前の王妃陛下《おうひへいか》の名を冠《かん》した花。別名、王家の薔薇。

(重ねたドレスの裾《すそ》に似た花弁《かべん》……確かにこんな薔薇、見た事ない……というか、一生見たくなかったわ!)

潰《つぶ》さないよう、少し体から離した状態で静止する。動けない。

助けを求めるように両親を見るが、さっと視線を逸《そ》らされた。

(え……落としたら、処刑?　もしかして、間接的に口封《くちふう》じをしようとしている?)

不穏な想像が過《よぎ》り、震えだした私に気付かず、ビアズリー公爵令息は両親のもとに向かう。二人は蛇《へび》に睨まれた蛙《かえる》の如く、立《た》ち竦《すく》んでいる。

「お初にお目にかかります、リード伯爵。朝から押し掛けてしまった無礼をお許しください」

「いえっ、とんでもない!」

「夫人も、お騒《さわ》がせして申し訳ございません。どうしても、チェルシー嬢《じょう》にお会いしたくて、居ても立ってもいられず来てしまいました」

「い、いいえ。どうかお気になさらず」

急な来訪《らいほう》を詫《わ》びるビアズリー公爵令息に、両親は青い顔で首を横に振る事しか出来ない。

大丈夫かしらと、ハラハラしながら見守ってしまう。

「少しの時間でも構いませんので、チェルシー嬢と二人でお話しさせて頂いても？」

「どうぞ、どうぞ！」

お父様とお母様の声がぴったり重なる。

さっきまでしどろもどろだったくせに、こんな時ばかり調子がいい。

娘を生《い》け贄《にえ》に差し出し、束の間の安寧《あんねい》を手に入れた両親の勧めにより、何故かビアズリー公爵令息を、我が家の庭に案内する羽目になった。

少々腹が立ったので、侍女に渡そうと思っていたバラの花束をお母様に託《たく》す。涙目だったけれど、知るものか。ふんだ。


案内とはいっても我が家の庭には珍しい花も、案内が必要な広さもない。

しかも丁度、季節の花が終わったばかり。薔薇は早咲きの品種だったし、エルダーフラワーはシロップ漬《づ》けにしてしまった。

「狭《せま》い庭なので、あまり面白いものはございませんが……」

「いや、とても落ち着くいい場所だ。チェルシーに似て、可愛らしい」

『地味』で『狭い』をいい感じの表現に変えてくれたビアズリー公爵令息の気遣いは有り難いが、

少し空《むな》しい。

庶民《しょみん》の家の庭を、ほんの少しだけ広くしたような敷地《しきち》では時間を引き延ばすのも難しい。さっさと屋敷に戻りたいけれど、父様と母様に叱《しか》られるだろうな。

「お掛けになりませんか？」

苦《くる》し紛《まぎ》れにそう声を掛ける。

薔薇の植え込みの側《そば》にある木製の長椅子《ながいす》は古く、白い塗装《とそう》がところどころ剝《は》げている。提案しておいてなんだけど、こんなボロい椅子に公爵家のご子息を座らせていいものなのか。

撤回《てっかい》するべきかどうか逡巡《しゅんじゅん》している間にビアズリー公爵令息は椅子に近付く。胸元のハンカチを、さっと椅子の上に広げた。「どうぞ、レディ」と示されて、目を白黒させる。

(このお高そうなハンカチの上に座るの……？)

嫌だ。でも断る選択肢がないのも一応、理解している。こんな事なら直視しなければよかった。隅《すみ》に描かれている模様《もよう》が公爵家の紋《もん》だなんて気付きたくなかった。

恐る恐る、私は腰掛ける。普段使わない腹筋にムチ打ち、極力体重を掛けないようにした。

無様《ぶざま》な私とは対照的に、ビアズリー公爵令息は優雅《ゆうが》な動作で私の前に跪《ひざまず》く。

そっと手を掬《すく》い上げるように取られて、体が揺《ゆ》れる。

身構える私を見て、ビアズリー公爵令息は困ったように眉《まゆ》を下げた。

「昨日の今日でこんな事を仕出かして……やっぱり怒っているよね？」

「……いいえ」

窺《うかが》うように、彼は私を見上げる。それが叱られるのを待っている小犬のようで、どうにも調子が狂う。地位を盾にして脅《おど》されていたなら、怒る事も出来たのに。

「ただ驚いております。昨夜の事が理由でしたら、なにも婚約などという手段を取らなくても宜しいのではありませんか？」

私の言葉に、琥珀色《こはくいろ》の瞳がぱちりと瞬く。

「言葉の約束だけでは不安でしたら、誓約書をご用意致します。破った場合の条件は、如何様《いかよう》にも決めていただいて」

「待った！　違う、そうじゃない！」

慌てた様子に、今度は私が面食《めんく》らう。

「チェルシーが約束を違《たが》えるなんて思っていない。貴女は真面目《まじめ》で誠実な方だから、必ず守ってくれるだろう。私は口止めの為に貴女に求婚したんじゃない」

「では、何故」

「貴女に、私の妻になってほしいから。それ以外の理由なんてない」

きゅっと指を握られる。

美しい黄金の瞳から、目が逸らせない。

顔が勝手に赤く染まっていく。いくら私が枯《か》れていても、こんな美丈夫《びじょうふ》に真摯《しんし》なプロポーズをされて平静を保つのは無理だ。

「何故、私などを。こんな何処《どこ》にでもいる平凡な女ではなく、貴方にはもっと相応《ふさわ》しい方がいるでしょう」

「チェルシーが平凡？」

ビアズリー公爵令息は、意外な言葉を聞いたというように、私の言葉を繰《く》り返《かえ》す。

「私の秘密を知っても、恐れずにいてくれた貴女の何処が平凡なんだ。怯《おび》えも嫌悪《けんお》もなく、ただ私を気遣ってくれた貴女の優しさは、決して当たり前のものなんかじゃない。普通のご令嬢《れいじょう》なら逃げ出して、二度と私に近付かなくなるよ」

「ビアズリー公爵御令息……」

「ソロモンと。貴女にはそう呼んでほしい」

整い過ぎて酷薄《こくはく》にも見える真顔から一転。ふわりと、はにかむように笑む。

それを見て、私は理解した。

（この方は、怖がっているのね）

誰かを愛して、その方に拒《こば》まれるのを恐れているんだ。

だから、怯えずに受け入れた私に拘《こだわ》っていらっしゃる。奇跡《きせき》みたいな言い方をしているが、おそらく、彼の黒色を受け入れられる女性は私以外にもいると思う。

我が国に『黒髪黒目は忌《い》むべきもの』という因習《いんしゅう》が根強く残っていても、私のように、ただの色素だと割り切って気にしていない人もいるだろう。

もしくはこれ程の美丈夫なら、それでもいいと言う女性も多いはず。

ただ、彼が愛した女性がそうであるとは限らない。

そして駄目もとで試してみるには、彼が背負っているものは大きすぎる。

（私でもいいと妥協《だきょう》してしまうのも無理はないわ）

容姿が整い、能力にも優れており、且《か》つ高位貴族の跡取《あとと》り。誰よりも恵まれているように見えて、その実、こんなにも不自由だ。

可哀相《かわいそう》だな、と同情めいた気持ちが湧いてしまった。

「私はチェルシーがいい。でも、無理強《むりじ》いしたい訳じゃないんだ。貴女が私を嫌いで、どうしても受け入れられないというなら……」

神々しいまでの美貌《びぼう》が、くしゃりと歪《ゆが》む。泣くのを堪《こら》える子供みたいな顔を見ているのが嫌で、彼の頬《ほお》に触れた。微《かす》かに潤んだ瞳が、私を見上げる。

「嫌いではありません」

「！　なら……！」

「ですが、好きとも言えないです」

まだ私達は出会ったばかりだ。結論を出すのは早過ぎる。

「お互いを知る時間を頂けませんか？」

ここでビアズリー公爵令息……ソロモン様を拒んだら、彼の心の傷を増やすだけ。

なら、一旦は保留して、その間に彼の恋をお手伝いするのはどうだろう。

ソロモン様の秘密を受け入れている私が側にいれば、多少なりとも気持ちが安定するかもしれない。そして、だんだんと私みたいな存在は珍しくないのだと摺り込む。

彼が愛《いと》しい人を見つけて結ばれれば、そこで私の役目は終わりだ。

「それは、どれくらい……？」

「一年くらいで、如何《いかが》でしょう？」

それ以上は私の結婚に差《さ》し障《さわ》る。

「一年……」

ソロモン様は難しげな顔付きになる。

「最長で一年です。ご縁があればもっと早まりますが」

「私の努力次第という事か」

「ええ」

「……分かった。頑張るよ」

彼は長く息を吐《は》き出してから、凜《りん》とした表情で頷く。

「チェルシーも協力してくれるかい？」

「ええ、もちろん」

納得していただけたようで、私も安堵《あんど》した。

しかし了承した途端《とたん》、ソロモン様の目が鋭《するど》く光る。にっこりとお手本のような笑みを浮かべる彼に、とても嫌な予感がした。

「なら暫《しばら》くの間、公爵家に滞在《たいざい》してほしい」

「……え？」

ひくり、と口の端《はし》が引き攣《つ》った。

ソロモン様曰《いわ》く、努力を怠《おこた》るつもりはないが、一年という期限がある以上、僅《わず》かな時間でも惜しい。別々に住んでいたら休みの日しか会えないけれど、一緒に住めば仕事の合間や、朝と夜も会えるとの事。

(別に毎日会う必要はないのでは。というか、お仕事の合間の時間は休息に当ててください)

付き合いたての恋人でも、そこまではしない気がする。

「未婚の男女が同じ屋敷に住むというのは外聞《がいぶん》を考えると、どうかと……」

「もちろん、公表はしない。それに誰かに知られた場合も、行儀見習《ぎょうぎみなら》いという名目《めいもく》なら問題はないと思う」

「そうでしょうか……？」

どう言って断ろうか悩んでいると、ソロモン様は捨て犬のような顔で私を見つめてきた。

「協力してくれるって、言ったよね？」

(言いましたけどぉ……)

言質《げんち》を取られた私は、泣きたい気持ちで項垂れた。

＊＊＊

やや強引なやり方でソロモン様に約束を取り付けられた、一週間後。豪奢《ごうしゃ》な馬車が我が家の門の前に停まった。光沢のある黒いボディに金の縁取り。ドアに大きく刻まれているのは、ビアズリー公爵家の家紋。降りてきたのは勿論、目の覚めるような美丈夫、ソロモン様だ。

荷物の整理が終わらないからと先延ばしにしていた私に、ついに痺《しび》れを切らしたらしい。「全てこちらで用意したから、身一つでおいで」と微笑まれ、気付いたら馬車に詰め込まれていた。

押し切られてしまった私を、両親は引き留めてくれなかった。問題を先送りにする私の性格は、親譲りなのだろう。このままなし崩しに話が進んでしまえば、公爵家と親戚になるという事を、彼らは忘れてはいまいか。

売られていく子牛の気分で、窓の外の景色を眺《なが》める。

(我が家に帰れるのは、いつになるのかしら)

父様と母様の迎えは期待出来ないので、自力で頑張るしかない。

ソロモン様の恋を応援するのと同時に、私が公爵家の嫁には相応しくないという事を理解して貰わなきゃ。

たぶんその辺は、頑張らなくても大丈夫だとは思う。

存在感も旨《うま》みもない伯爵家の娘なんて、誰がどう見てもソロモン様とは釣《つ》り合わない。

(そういえば、ビアズリー公爵夫妻の了承は得ているのかしら?)

当主の許可を得ずに婚約を申し込むのは不可能なので、一応、ご存じではあるのだろう。でも、ソロモン様がどういう手段を使ったのかは分からないけれど、たぶん、かなり強引に進めたはず。

(歓迎《かんげい》されないのは当然として、会ってもいただけないのは困るわね。ソロモン様と結婚する気がないと意思表示をして、どうにか味方になって貰いたいわ)

婚約の話や私の滞在については内密にしておいて、ソロモン様に愛しい方が出来たら、そっとなかった事にする。

可能なら私にもよい条件の方を紹介してほしいけれど、流石《さすが》に図々しいか。

筆頭公爵家の人間が物理的な虐《いじ》めをしてくる事はないだろうし、まずは嫌みを受け流して笑顔で対応。その後は観察して、突破口《とっぱこう》を見つけよう。

脳内で計画を立てているうちに、目的地へ到着したらしい。ソロモン様の「着いたよ」という言葉を聞いて、視線を外へと向ける。

ぱかりと口を半開きにした私は、唖然《あぜん》としながら眼前《がんぜん》の景色を眺めた。

まず目に入ったのは堂々たる石造りの門柱《もんちゅう》。錬鉄《れんてつ》の門扉《もんぴ》を通り抜けて敷地内に入ってからも、馬車は一向に停まる気配がない。美しく整えられた庭園は眩暈を覚える程に広大で、とてもではないが、王都の一等地にあるとは信じられなかった。

「お手をどうぞ」

ソロモン様のエスコートで馬車を降り、またしても呆気《あっけ》にとられる。

豪邸《ごうてい》と呼ぶに相応しい建物に圧倒《あっとう》された。

真っ白な石壁に、等間隔にドーマー窓が並ぶ青い瓦《かわら》の屋根。

正面から見上げると、主階《しゅかい》を飾る四本の装飾柱が目に入った。その上に続くペディメントには、迫力のある獅子《しし》の彫刻《ちょうこく》が施《ほどこ》されている。

瀟洒《しょうしゃ》な飾《かざ》り格子《ごうし》付きの窓の数を見る限り、二階建て。しかし天井を高く設《もう》けてあるのか、庶民が住む集合住宅で考えると、四階相当の高さがある。

また横幅も広く、両端に張り出した別棟も合わせると、リード家のカントリーハウスが軽く二つは入ってしまいそうだ。これがタウンハウスなんて、何かの冗談だろう。

(住む世界が違い過ぎるわ)

分かっていた事だけれど、改めて痛感する。

私が何かをするまでもない。ご両親を含め、全ての人間が結婚に反対すると確信した。

ところが、私の予想は思いがけない形で裏切られる事になる。

広い玄関ホールで私を出迎えてくれたのは、使用人達だけではなかった。

「ようこそ、チェルシー嬢。会えるのを楽しみにしていたよ」

穏やかな雰囲気ながらも威厳《いげん》のある男性は、ご当主であるデイヴィット・ビアズリー公爵様。

「ソロモンから聞いていた通り、可愛らしい方ね。さぁ、早く中へ。今日から、ここを我が家だと思って自由に過ごしてちょうだい」

同性の私でも見惚《みほ》れる微笑みを浮かべるのは公爵夫人、スザンナ・ビアズリー様。

お二人共、輝くような美貌の持ち主で、流石ソロモン様のご両親だと納得。

しかし今、重要なのはそこではない。

（想像と違う……！）

ビアズリー公爵夫妻が揃って、直々《じきじき》のお出迎え。

しかも笑顔で歓迎されてしまい、私は動揺《どうよう》を抑えることが出来ない。

おかしい、絶対におかしい。

自慢の一人息子《むすこ》が、身分が釣り合わない女性を連れて来た時の親の反応は、それではない。

（もしかして、私が気付いていないだけで、婉曲《えんきょく》な嫌みを言われている？）

疑ってはみたものの、おそらく違う。上辺だけの言葉だけでなく、表情も好意的だ。これで実は嫌われていましたなんてオチだったら、暫く人間不信になる。

「チェルシー嬢はリード卿《きょう》によく似ているね。優しい目元がそっくりだ」

「あら！　どちらかと言うと、ポーラ様似よ。小さくて可愛らしい鼻と唇《くちびる》なんか、そのままだわ。

髪と瞳の色もお母様譲りよね」

ポーラとはお母様の名だ。

リード家も一応は貴族の端くれ。交流はなくとも、名前くらいは知っていても不思議ではない。

しかしお二人の反応は何かが違う。柔らかな眼差《まなざ》しは、親友夫妻の子供に向けているかのよう。

(お父様とお母様は、ビアズリー公爵夫妻と仲がよかったの？　そんな筈ないわよね。恐れ多いと親戚になる事すら嫌がっていたのに)

社交界の中心である筆頭公爵家と、田舎《いなか》の弱小な伯爵家。どんな奇跡が起これば、親しい間柄《あいだがら》になるのか。想像もつかない。

「父上、母上。チェルシーをあまり困らせないでください」

困っているというより、意味が分からなくて戸惑《とまど》っているというのが正しい。

ソロモン様の背に庇《かば》われた私を見て、デイヴィット様は「悪かったね」と苦笑《くしょう》した。

「君の父上とは昔の知り合いでね。兄上が王太子であった頃、学友として城に招かれた中にリード卿もいたんだ。出しゃばる方ではないから、最初はあまり印象に残っていなかったんだけど、何度かお話しするうちに、さり気なく周りを気遣える素晴らしい方だと気付いたよ」

デイヴィット様は、本当にうちのお父様の話をしているのだろうか。同姓同名の別人でなく？

「陛下もぜひ側近《そっきん》として側にいて欲しかったようだが、残念ながら叶《かな》わなかった。領民想いのリード卿に無理強いをしては、嫌われてしまうしね」

(国王陛下の側近!?　初めて聞いたわ。あの臆病で日和見《ひよりみ》主義のお父様に、そんな大役が務《つと》まるとは思えない)

まるで美談《びだん》のように語られているが、たぶん違う。

お父様は単に役目を押し付けられるのが嫌で、領地に逃げ帰ったんだろう。

「私はポーラ様と直接の交流はないのだけれど、よく知っているわ。控《ひか》えめで上品な、まるでコデマリのようなご令嬢がいるのだと社交界で噂《うわさ》になっていたから」

控えめで上品という言葉を聞いて、先日、廊下を全力疾走していたお母様の姿が脳裏に浮かんだ。

誰の話をしているんだろう。

「実は友人の兄がお慕《した》いしていらしたのだけれど、ポーラ様のお相手がリード卿だと聞いて諦《あきら》めたのよ。お二人は私から見ても、お似合いだったもの」

本当に誰と誰の話だ。何度目かになる疑問を、心の中で繰り返した。

さらっと聞き流しそうになったけれど、スザンナ様のご友人の兄君なら高位貴族である可能性が高い。私に似た平凡顔のお母様が、恋愛劇の主役のような立ち位置にいたとは。

お父様とお母様がお似合いだという事以外、何一つ納得出来ない。

(私、もしかして騙《だま》されているの？　信じて喜んだところで、『本気にしたの？』と嘲笑《あざわら》われるのかしら？)

いっそ、そうであって欲しい。

「チェルシーちゃんもご両親に似て、人気があるそうじゃない。うちの甥《おい》っ子も……」

「母上！　余計な事は仰《おつしや》らないでください！」

(なにか不穏な言葉を聞いたような……いえ、ただの社交辞令ね)

スザンナ様の甥っ子と聞いて、尊き御方の姿が思い浮かびかけたのを、頭を振って打ち消した。

私の心の平穏の為にも、深く考えるのは止めよう。

他に年齢が釣り合う独身男性がいないとか、気付いては駄目だ。

「あら、あら。怖いわ」

欠片《かけら》も怖がっていない様子のスザンナ様は、鈴のような声で笑う。

「チェルシー、行こう。部屋に案内するよ」

ソロモン様に促《うなが》されて、私は頷く。

理解不能な情報ばかり詰め込まれ、頭が混乱している。一刻も早くこの場から離れたい。

「夕食は一緒に摂《と》りましょうね」

にこやかに見送ってくれるスザンナ様に、笑い返すのが精いっぱいだ。少々引き攣っているのは、どうか大目に見てほしい。

廊下を歩いているうちに、ようやく落ち着いてきた。

もう何も起こりませんように、と祈るように願う。

「ここだよ」

ソロモン様が扉を開ける。

豪華絢爛《ごうかけんらん》、壮麗華美《そうれいかび》。端から端まで豪奢な部屋を思い描き、恐る恐る覗《のぞ》き込《こ》んだ私だったが、いい意味で想像を裏切られた。

クリーム色の天井と床、腰壁は明るめのウォールナット。黒い柵《さく》が嵌まった暖炉《だんろ》の上には、神話の一場面を題材にした絵が飾られている。南向きの大きな窓からは柔らかな日差しが差し込み、部屋の空気を温めていた。カーテンとベッドの天蓋《てんがい》はアイボリー。ベッドカバーと猫脚のソファーは紫。布部分には全て、金糸と銀糸を織り交ぜた蔦《つた》モチーフの刺繍《ししゅう》が入っている。

飾り棚やナイトテーブル、クローゼットは木製のシンプルなデザイン。

どれもこれも全て、私の手の届かない上質な品だろう。でも、派手さはない。

女性らしい柔らかさと落ち着きのある、素晴らしい内装だ。

「素敵」

ぽつりと本音を呟くと、ソロモン様は嬉《うれ》しげに目を細めた。

「気にいってくれた？」

こくこくと頷く。

こんないい部屋に私が住んでいいものかという躊躇いはあるものの、一応、年頃の乙女《おとめ》としてはトキメキが隠せない。

「クローゼットにはドレスや小物類が一式揃っているけれど、もし気に入るものがなければ侍女に申し付けて。入りきらなかった分が、別の部屋にあるから」

ソロモン様が何か、とんでもない事を言ったような気がする。でも、部屋の内装に見惚れていた私は、話半分に聞き流した。

(あら？　あの扉は何かしら？)

キョロキョロと興味深く眺めていた私は、出入り口以外にもう一つある扉の存在に気付いた。浴室か洗面所だろうかと不思議に思っていると、ソロモン様がとんでもない追加情報を口にした。

「隣は私の部屋だから、何かあったら声を掛けて」

「!?」

ギョッと目を剝《む》き、ソロモン様を凝視《ぎょうし》する。

すると彼は少し慌てた様子で、「貴女の了承がなければ、あの扉は使わないから」と早口に言った。そんな心配はしていない。

(隣がソロモン様のお部屋で、しかも扉で繫《つな》がっているという事は……ここって、もしかしなくとも未来の公爵夫人のお部屋なのでは!?)

流石にそれはマズい。

断る前提の私が住んでいい部屋ではない。将来の奥様だって、いい気はしないはず。

「あの……大変申し訳ないのですが、別のお部屋ではいけませんか？」

「何か嫌なところがあった？　内装も家具も、言ってくれたら交換するよ」

「そ、そうではなく、私には勿体《もったい》ないです。このお部屋にはもっと相応しい方が……」

「貴女の為に用意した部屋なんだから、貴女以上に相応しい人間なんていないよ」

あう、と情けない声が零れる。言い方を誤《あやま》った。

方角が悪いとか、窓の数が不吉とか、適当な言い訳をでっちあげるべきだったたか。

「今日から隣にチェルシーがいてくれるなんて、嬉しい。夢みたいだ」

少年のような曇《くも》りない笑顔を見て、言葉に詰まる。

どうやら私は、この方の子供っぽい表情に弱いらしい。

上機嫌のソロモン様は、夕食まで休んでいてと告げて部屋を出て行った。

残された私は、落ち着きなく室内やバルコニーをうろつく。

（どうしよう）

やっぱり帰りますなんて、今更言えない。でも逃げたい。

さり気なく逃走経路《とうそうけいろ》を探している私を知ってか、知らずか。公爵家の侍女達は、何くれとなく私の世話を焼いてくれた。

暇《ひま》を持て余す間もなく、用意されるお茶とお菓子。ついでに詩集。

強制的に優雅なひと時を過ごさせられて、気が付けば夕食の時間だった。

真っ白なテーブルクロスに、曇り一つないカトラリー。絶妙なタイミングで一皿ずつ提供される料理は、細部の飾り付けまで完璧《かんぺき》だ。

前菜のテリーヌは、野菜の鮮やかな緑とオレンジ色のソースの対比が美しく、まるで宝石箱のよう。味も絶品なはずなのに、緊張し過ぎてよく分からない。

「お部屋は気に入ったかしら？」

「は、はい。とても素敵です」

「そう、よかったわ。家具も内装もソロモンが勝手に決めてしまったから、少し心配だったの。もし気に入らない物があったら、気を遣わないで変えてもいいのよ？」

スザンナ様は笑顔で、ソロモン様と同じような事を言う。流石、筆頭公爵家。親子揃って金銭感覚がおかしい。

「ソロモンの執着心《しゅうちゃくしん》の象徴《しょうちょう》みたいな部屋だからね」

悪夢を見そうだと、デイヴィット様が苦笑した。

（部屋が執着心の象徴……？）

「貴女と誰かさんの色で纏《まと》められていただろう？」

意味が分からずに戸惑う私に気付いたデイヴィット様が、そう説明してくれた。即座にソロモン様が、「父上！」と嚙《か》み付くように呼ぶ。

（紫に、金と銀……。言われてみるとソロモン様と私の髪と目の色だわ）

思わずソロモン様を見ると、目が合う。頰を染めた彼は、恥ずかしそうに俯《うつむ》いた。そんな仕草さえ、可愛らしく見えるのだから美形は狡《ずる》い。但し、やっている事は全く可愛らしくないと思う。

婚約者や恋仲でもないのに、部屋の内装を自分と相手の色で揃えるというのは、正直重い。繊細《せんさい》な女性だったら、デイヴィット様の言うように悪夢を見そうだ。

（ドン引きしてもいいところだと思うのに……）

チラチラと私の様子を窺うソロモン様を視界に入れても、嫌悪感はまるで湧かない。それが最大の問題だ。

流れ流され、私は一体、どこまで行ってしまうのか。

我が身の行きつく先を憂《うれ》えて、そっと肩を落とした。

翌朝、小鳥の囀りで目を覚ました時には、既に太陽は昇《のぼ》り切っていた。

慣れない場所で緊張したのか、昨夜は中々寝付けなかった。そのせいで起きるのが遅れてしまったので、侍女に手伝ってもらい、手早く身支度を整える。

（人様の家で寝坊するなんて）

破談にしたいのなら、呆《あき》れられるくらいで丁度いいのかもしれない。でも小心者の私は、そこまで開き直れなかった。

焦《あせ》りながら扉を開けると、廊下に立っていた美丈夫が顔を上げる。

「おはよう、チェルシー」

「……おはようございます」

何故、部屋の前でソロモン様が待ち構えているのだろう。

(何時《いつ》から待っていたのかしら)

寝過ごしたのを考慮すると、今さっきという線は薄いだろう。

「今朝《けさ》の貴女もとても可愛らしいね。ドレスもよく似合っている」

頭の天辺《てっぺん》から足の爪先まで、じっくりと眺めて、ソロモン様は微笑む。

お褒《ほ》め頂いた淡《あわ》い紫の小花柄のドレスは、ソロモン様が用意してくれたものだ。控えめなデザインは私好みで気に入っている。着心地も素晴らしいので、値段はちょっと考えたくないけれど。

「ありがとうございます」

「よければ、これを受け取ってくれる?」

甘い微笑みと共に差し出されたのは、何処かで見たような花だ。

「まぁ、キレ……」

リボンで飾られた一輪の薔薇を受け取ってから、絶句する。

何処かで見たような、じゃない。つい先日、花束で受け取ったのはいいものの、どう保管していいか分からずに家族会議を開いた結果、ドライフラワーにする事が決定したアレだ。

(何故、また王家の薔薇!?)

「あの、これは……王家の薔薇ですわよね？」

動揺で声が震えた。

何故この方は、毎度のように王家秘蔵《ひぞう》の薔薇を贈ってくるのか。

（というかその気軽さは何？）

「チェルシーに贈るなら特別なものの方がいいかなと思って、今朝も貰いに行って来たんだ」

いくら現国王陛下の甥とはいえ、頻繁《ひんぱん》に城に出入りし過ぎだ。

そして薔薇を摘むのも、そろそろ禁じてほしい。このままではソロモン様のせいで王家の薔薇が丸坊主にされる。

（あと地味に気になっているのだけれど、この方、ちゃんと眠っているのかしら？）

ビアズリー公爵家のタウンハウスは王都の一等地にあるが、城の隣に建っている訳ではない。この時間までに行って帰ってきたとなると、出発は早朝という計算になる。

「ちゃんと眠れましたか？」

ソロモン様は、決まりが悪そうな顔で視線を逸らした。

「貴女が隣で眠っているのかと思うと、興ふ……、緊張してしまって」

私の物音や気配が気になって、眠れなかったようだ。

やはりお互いの為にも私は別の部屋に移動した方がいい気がする。しかし、私の心の声が伝わったかのように、ソロモン様は「出ていかないでね」と釘《くぎ》を刺した。

「貴女と離れている方が気になって眠れないよ」

「ですが……」

「それに私は案外、丈夫なんだ。今も寧《むし》ろ絶好調なくらい」

だとしても、睡眠不足では支障《ししょう》が出る。徹夜《てつや》明けで気分が高揚《こうよう》しているだけで、体は疲れているはず。

(よく見ると、目が少し赤いわ)

ソロモン様の目元に手を伸ばす。

そっと触れると彼は、カチンと固まった。

「花を贈っていただけるのは嬉しいのですが、ちゃんとゆっくり休んでください。お体が心配です」

「っ……！」

カァッと沸騰《ふっとう》するが如く、ソロモン様の顔が赤く染まる。

「それに贈っていただけるなら、小さな野花でも私は嬉しい……ソロモン様？」

だから王家の薔薇を摘んでくるのは止めて、と続けようとした言葉が途切れた。ソロモン様を見て、唖然とする。

「髪と目が……」

「えっ？」

ソロモン様は顔が赤くなるついでに、何故か、髪と瞳の色まで変化している。先日、庭園で見たのと同じ黒色に。

「ソロモン様、隠れて！」

我に返った私は、慌ててソロモン様の背を押す。

ご両親や一部の側近は知っていても、使用人の中には、彼のこの姿を知らない人もいるだろう。

「隠れるって……」

(何故そこで、私のスカートを見るの!?)

赤い顔をしたソロモン様は、私のスカートをちらりと見た。

あの時は致し方なく入れただけであって、私のスカートは緊急《きんきゅう》避難《ひなん》場所《ばしょ》ではない。

「ご自分のお部屋にお戻りください！」

隣にあるソロモン様の部屋の前まで背中を押し、中へと突き飛ばした。

「ご両親をお呼びしますか？」

扉越しに、コソコソと小声で話しかける。

「いや、大丈夫。自力でどうにかするよ」

「何かお手伝いしましょうか？」

「手伝う!?」

何を、そんなに驚くのか。

魔力を放出する為に、運動して汗を掻くのだろうから、水やタオル、もしくは湯の用意など手配した方がいいのかなと思っただけなのに。

「余計な事でしたね。お忘れください。私は席を外しております」

「チェルシー！」

「はい？」

「差し支えなければ、その……貴女のハンカチを貸してもらえないか？」

「ハンカチを？」

「いや、いいんだ！　気持ち悪いよね、うん。ごめん……」

「いいえ。こんなもので宜しければ、どうぞ」

細く扉を開けて、ハンカチを差し出す。汗を拭《ぬぐ》うなら、もっと大きな布の方がいい気がするけれど、当人がそれでいいというなら、いいのだろう。

「でも、汚してしまうよ……？」

言葉だけは躊躇《ちゅうちょ》している風でも、手はしっかりと私のハンカチを摑んでいる。

「差し上げますので、好きな様にお使いください」

汗を拭うのがハンカチの正しい用途なんだから、気にしなくていいのに。

そう言ってもソロモン様は納得しないだろうから、いっそ差し上げる事にした。

ソロモン様は先日の鼻血の時のように、両手で持ったハンカチをそっと鼻に押し当てる。すぅっと深く息を吸い込むと、黒い瞳がとろりと蕩《とろ》けた。

上気した赤い顔で、うっとりと目を細める彼は、かなり目の毒だ。息遣いが荒いせいもあり、いけないものを見ているような気持ちになった。

「チェルシー……」

「つひ……、わた、わたし、先に行っていますね！」

壮絶《そうぜつ》な色気に当てられそうになり、焦って扉を閉める。

よろよろと覚束《おぼつか》ない足取りで歩いている私を見て、仰天《ぎょうてん》したスザンナ様が駆《か》け寄って来た。

「チェルシーちゃん！　どうしたの、具合が悪いの？」

「いいえ」

「でも顔が赤いわ。熱があるのではなくて？」

「私の具合は悪くないのですが……」

口籠《くちご》もると、スザンナ様は軽く目を瞠《みは》る。

「もしかして、ソロモン？」

「はい。その……お部屋で夜明けを待っていらっしゃいます」

目と髪が黒くなってしまったとは言えず、比喩《ひゆ》を使おうとして失敗した。思春期の頃に書いた詩より酷《ひど》い。辛い。

唯一の救いは、スザンナ様に意図が伝わったらしい事だけだ。驚きの表情を浮かべた彼女は、「また？」と呟く。

「夜会からまだ、十日も経《た》っていないのに」

頻繁に陥《おちい》る症状ではないのか。

確かに高頻度だったら、二十五年間も秘密には出来なかっただろう。

(調子が悪いのかしら。やっぱり付き添《そ》っていた方がよかったのかもしれない)

心配になってきた。

不安が顔に出ていたのか、スザンナ様は私を宥《なだ》めるように微笑む。

「ソロモンは大丈夫よ。後で主人にも相談するから、そんな顔しないで」

「はい……」

「それよりも、チェルシーちゃん」

「はい？」

がしっと両肩を摑まれる。真剣な表情で詰め寄られ、目を丸くした。

「ソロモンに何かされなかった？　さっきふらついていたのは、あの子が貴女に酷い事をしたのではなくて？」

「ひどいこと……？　いいえ」

「本当に？　どうか正直に言って頂戴」

スザンナ様の鬼気《きき》迫る様子に圧倒されながらも、頭を振る。逃げ出したいけれど、ソロモン様の名誉の為に、ちゃんと否定しておかなきゃ。

「寧ろ薔薇の花を頂いたくらいです」

ようやく薔薇の存在を思い出して、握り締めていた手を見る。

リボンはくしゃりと曲がっているが、花はどうにか無事だ。

「また王家の薔薇を贈ったのね……。我が息子ながら重いわ」

「え？」

「何でもないの。それより、薔薇の代わりに何かを取られたりしていないわよね？」

「ハンカチを一枚、汗を拭うのにお渡ししたくらいですね。他には何も」

「チェルシーちゃんのハンカチ……」

スザンナ様はソロモン様の部屋の方角を見て肩を落とし、疲れ切ったような溜め息《たいき》を吐き出した。

「ごめんなさい、チェルシーちゃん。代わりの物を贈らせるから、そのハンカチは諦めてもらえないかしら？」

「えっ。あの、お貸ししたのではなく差し上げたので、お気になさらないでください」

「あんな息子で、本当にごめんなさい。どうか見捨てないでやってね」

見捨てるもなにも拾ってないとは、流石に言えない。

空気を読んでお茶を濁《にご》した私の、渇いた笑いだけがその場に響いた。


ソロモン様は結局、一時間程で部屋から出てきた。

ハンカチはやはり返ってくる事はなかったが、別にいい。特にお気に入りの品という訳でもなかったので、存在を忘れていたくらいだ。

しかし、どうやらソロモン様はちゃんと覚えていたらしい。

私がその事に気付いたのは、明くる日の午後。応接間にて。

ビアズリー公爵家が懇意《こんい》にしている商人が広げた品物の前で、ソロモン様に「好きな物を選んで」と言われた時だった。

「えっ……？」

戸惑い、狼狽《うろた》える私にソロモン様は微笑む。

「ハンカチを貰ったお礼だよ」

「えっ」

さっきよりも大きめの声が出た。

説明されて、更に意味が分からなくなる。スザンナ様からも、『代わりの物を贈らせる』と言われたが、『代わりのハンカチを贈る』という意味だと解釈していた。

確かに贈る品物については言及していなかった。でも一般的には、品物は違ったとしても、同等の金額の品が相応しいのではないかと思う。

私が差し上げたのは何処にでも売っているような、小花の刺繍が入った白い麻のハンカチ。

しかし、商人の前に並べられているのは高そうな装飾品《そうしょくひん》。対価として、どう考えても釣り合っていない。

「ソロモン様……」

困った私が見上げると、ソロモン様は腰を攫《さら》うようにしてエスコートした。半ば強制的に、商品の前へと立たされる。

「気に入るものがあるといいな」

「宜しければ、お手にとってご覧ください」

にこやかなソロモン様と、営業用の上品な微笑みを浮かべる商人に挟まれてしまった。

「こちらは、先日、入手したばかりの品です」

五十代の商人が白手袋を嵌めた右手で示したのは、ネックレス。親指の爪くらいある大きな青い石はサファイヤだろうか。それを囲むように透明な石が配置されている。

率直な感想は、『重そう』だった。

(冗談みたいな大きさだわ。でも、ビアズリー公爵家のお抱えの商人が、ガラス玉を持ってくるはずないわよね……)

つまり本物の宝石。気軽に手に取れと言われても、怖くて触りたくない。

「いい石だね。ダイヤ?」

ジュエリーケースごと持ち上げたソロモン様は、角度を変えて石を眺める。事もなげに告げた言葉に、商人は頷いた。

「はい。珍しいブルーダイヤモンドでございます」

「!?」

あまりの衝撃《しょうげき》に、一瞬呼吸が止まった。

（ブ、ブルーダイヤモンド!? あの大きさで!?）

いくら贅沢《ぜいたく》に縁のない貧乏《びんぼう》伯爵家の娘であっても、ダイヤモンドが高い事は分かる。無色透明であっても手が届かないのに、色付きは更に価値が高い。ブルーは確か、赤系統に次いで高価だったはず。しかも、あんな洒落《しゃれ》にならない大きさだ。幾《いく》らになるのか、考えたくもない。

「デザインが少し派手だけど、色はチェルシーに似合うな」

「ひょえっ」

肌の色と見比べる為か、首元にネックレスを近付けられて体が強張《こわば》る。締められた鳥みたいな声が出てしまった。

「チェルシーはどう思う？」

「いっ……」

いりませんと衝動的《しょうどうてき》に叫びそうになったのを、どうにか止める。

ソロモン様に恥をかかせたくはない。でも受け取りたくもない。

「い？」

不思議そうに首を傾《かし》げるソロモン様に、私は引き攣った笑みを向けた。

「い……色は綺麗《きれい》ですけれど、ちょっと重そうだなって」

「そうだよね。チェルシーにはもう少し、上品なデザインが似合う」

あっさりとネックスレスを置いて、ソロモン様は別の装飾品を手に取る。ホッと息を吐くが、束の間の安寧はすぐに消え失せた。

「これはどう？　チェルシーに似合いそうだよ」

ソロモン様が次に見せてくれたのは、小さな石が嵌まったイヤリングだった。デザインはごくシンプルだが、不可思議な色の石が目を引いた。

「凄《すご》く綺麗な色の石ですね」

本音を零すと、商人の目がキラリと輝く。

「流石、お目が高い。こちら、『パパラチア』と呼ばれる稀《き》少《しょう》価《か》値《ち》の高い石を使っており、中々市場に出回らない逸品《いっぴん》でございます」

「!?」

噂でしか聞いた事がない、パパラチア。確か、サファイヤの一種で、ピンクとオレンジの中間色の物だけそう呼ばれるとか。古《いにしえ》の言葉で『蓮《はす》の花の色』という意味を持つ、とても稀少価値の高い宝石だと。

「どう？　気に入った？」

「……素敵だと思います」

「なら」

「でも！　私の肌色にはあまり合わないかも……？」

「なるほど。じゃあ、こっちは……」

（ハンカチを！　ハンカチをください!!）

次々と高価な品物を勧められて、私は心の中で絶叫《ぜっきょう》した。

王家の宝物庫にでも収められそうな品など、怖くて受け取れない。でも呼び寄せた商人の前で拒否して、ソロモン様に恥をかかせる訳にもいかない。

万事休すと立ち竦む私の元に、救世主が現れた。

「チェルシーちゃん」

「スザンナ様……！」

いつの間にか部屋に入って来ていたスザンナ様は、蒼褪めた私を見て、状況を瞬時に把握《はあく》したらしい。任せて、と示すように肩を叩《たた》かれて涙が出そうになる。

「顔色が悪いわ。少し休みましょう」

「！　本当だ。気付かなくてごめんね、チェルシー」

血の気が引いた私に気付き、ソロモン様の顔色も悪くなる。あれよあれよという間に抱き上げられて、別の部屋に運ばれた。

私をソファーに下ろしてから、医者を呼ぼうとするソロモン様をどうにか引き留めていると、遅れてスザンナ様がやってきた。商人を一度帰してくれたらしい彼女は、呆れ顔でソロモン様を一瞥《いちべつ》する。

「ソロモン。そこに座りなさい」

スザンナ様は、私の隣の席を示す。

「母上。今はそれどころでは」

「お座りなさい」

スザンナ様はソロモン様の言葉を遮《さえぎ》る。語気を強めた訳でもないのに迫力のある声は、反論を許さない。隣に立つソロモン様の裾をそっと引くと、複雑な面持ちの彼は腰を下ろした。それを見届けて、スザンナ様も向かいの席に座る。

彼女はとても厳しい目で、ソロモン様を見た。

「チェルシーちゃんに贈り物をするのはいいわ。でも私は、『チェルシーちゃんの意見を聞きなさい』って言ったわよね」

「はい。ですから商人を呼び寄せて、選んでもらっていたところです」

「宝石商を呼んだ時点で、選択の余地《よち》がないのよ」

「！　失念しておりました」

「……分かった？」

「チェルシーはドレスがよかったんだね？」

「ソロモン」

「違うの？　なら、靴？　帽子？　もしかして、屋敷……」

「ソロモン！」

私の目がどんどん死んでいくのに合わせて、スザンナ様の目付きが鋭くなる。

「本人の意見を聞きなさいと言っているでしょう!?」

「！」

ソロモン様はハッと我に返る。悔《く》いるような表情を見て、ようやく肩の力を抜く事が出来た。同時にスザンナ様の気遣いに、心から感謝する。

流されやすい私では、ソロモン様の申し出を拒否するのは難しかったから。

「いくら高価でも興味のない物を贈られては、迷惑なだけよ。チェルシーちゃんが欲しがっているなら、ドレスでも屋敷でも好きに贈ればいいわ」

(屋敷は絶対にいらないわ!!)

私の心に寄り添ってくれているようでいて、ズレているのは、金銭感覚の違いだろう。

ハンカチ一枚に対して屋敷を返されても困る。釣り合っていないどころの話じゃない。御伽噺《おとぎばなし》だって、もう少し段階を踏むはず。

諭《さと》されたソロモン様は、しゅんと項垂れる。

上半身を捻《ひね》り、私の方を向いた彼に手を取られた。

「困らせて、ごめんね」

「私の方こそ、素直に受け取れなくてごめんなさい」

「ううん。ちゃんと聞かなかったオレが悪い」

頭を振ったソロモン様は、潤んだ目でじっと私を見つめる。

「チェルシーの好きなものを教えてくれる?」

「私は、甘いものが好きです」

ハンカチのお返しは、ハンカチでいい。でもそうすると、きっとオーダーメイドの最高級品になってしまう。

その点、お菓子なら金額の範囲も狭《せば》まる。図々しい気はしたけれど、王都で人気の菓子店のケーキをいくつか指定すると、ソロモン様は笑顔で頷いた。

「じゃあ、明日。……いや、流石に今からだと手配が間に合わないかな。明後日《あさって》でもいい？」

「？　ええ、いつでも」

明日の手配が間に合わないとは、どういう意味だろう。

いくら人気店とはいえ、数日前から予約が必要な程の混み具合だとは聞いていない。それとも、使用人の予定が詰まっているんだろうかと首を捻る。

「じゃあ、明後日で」

そう言ったソロモン様は、控えていた執事を呼び寄せる。

「菓子店を貸し切りにするよう手配してくれ」

「ソロモン！」

「ソロモン様！」

私とスザンナ様の「そうじゃない」という言葉が綺麗に重なった。

第三章　色は思案の外

何故《なぜ》、深く考えなかったんだろう。

いくらでも気付く要素《ようそ》は転がっていたのに、小さな疑問を無視してきた結果が今、私を追い詰めている。

「チェル、シー……っ」

こんな息子《むすこ》でごめんなさいと申し訳なさそうにしていた、スザンナ様の顔が蘇《よみがえ》る。

汗を拭《ぬぐ》う為のハンカチを差し上げただけで、どうしてそんな反応をするのかと、不思議に思ったのに。どうして。本当にどうして私は、そのまま流してしまったのか。

「つぐ」

「ひぇっ」

一際《ひときわ》強く抱き締められ、ソロモン様は私の肩口に顔を埋《うず》める。その拍子に彼の唇《くちびる》が首筋に押し当てられ、小さな悲鳴をあげた。逃げ出そうにも、がっちりと抱え込まれていて動けない。

私に出来るのは捕らえられた獲物《えもの》の如《ごと》く、震える事だけ。

窮地《きゅうち》に立つ現状は、細かい事を気にしない過去の自分が生み出したのだと思うと、殴《なぐ》ってやりたくなる。

（ああ、どうしてこんな事に）

直視出来ない現実から逃避《とうひ》して、過去を振り返った。


ビアズリー公爵家《こうしやくけ》で過ごすようになって、半月。

金銭感覚の違いに戸惑《とまど》う事はあれど、気遣ってくれるビアズリー公爵夫妻やソロモン様のお蔭《かげ》で、概《おおむ》ね快適に暮らせていた。

ただ問題もある。想像以上にソロモン様の魔力が溜《た》まりやすい。しかも何故か、私が側《そば》にいる時に限って色の変化が起こる。

朝の挨拶《あいさつ》に就寝前の会話、ソロモン様の休憩時間にお茶をしている時。時間も場所も共通点はないのに、どうしてこうも遭遇率《そうぐうりつ》が高いのか。今のところ、近くの部屋や茂《しげ》みに突き飛ばしてやり過ごしているけれど、外出している時だったらと考えるだけで恐ろしい。

あまりにも頻繁《ひんぱん》なので、スザンナ様に相談した。

しかしソロモン様の変化の頻度《ひんど》が上がったのは、ここ最近らしい。成人前に発症《はっしょう》して、それ以降は発散してきたお蔭か、殆《ほとん》どなかったとか。

スザンナ様も心配していたようで、近々、知人の魔導師がいらっしゃる手筈《てはず》になっているそうだ。なんでも、ソロモン様の魔法の師匠《ししょう》で、魔力発散の方法を教えてくれた方でもあるらしい。

専門家にお任せすれば、間違いない。間もなく解決するだろうし、それまでは私が手助けすればいいかなと簡単に考えてしまった。もっと慎重になるべきだったのに。

ソロモン様宛ての招待状は、毎日のように届く。

全てを欠席する訳にもいかず、彼は親交の深い貴族の夜会に出る事となった。

参加している時に変化が起こってしまったらと考えると、心配で堪《たま》らない。かといって、パートナーとして出席するのは嫌だ。友人を含めた若い女性らに敵視されるのも辛《つら》いし、ソロモン様に運命の方が見つかった時に拗《こじ》れさせるのは本意ではない。

幸いなことに、リード家にも招待状が届いていたので、渋《しぶ》るお父様を説き伏せて夜会のエスコートをお願いした。

ソロモン様はギリギリまで「私がエスコートをしたい」と粘《ねば》っていたけれど、次の機会にでも、と適当な言葉で誤魔化した。


早く帰りたいと零《こぼ》すお父様を挨拶回りへと送り出してから、ソロモン様をじっと見守る。

輪の中心にいる彼は、いつも通り輝いていた。

白いシャツと、カメオのブローチで留《と》めたクラヴァット。その上から纏《まと》うジュストコールとジレは、深い青緑色。前裾《まえすそ》と折り返した袖口《そでぐち》には銀糸の蔦《つた》が絡《から》み付くように這《は》い、夜の森をイメージさせる。スッキリとしたシルエットは、ソロモン様のスタイルのよさを際立たせていた。

前髪を上げているせいか、いつもよりも硬質《こうしつ》な印象を受ける。一分の隙《すき》もない笑顔は、絵画か彫《ちょう》刻《こく》の如く、現実味のない美しさだ。

会話は聞こえないけれど、代わる代わる話しかけている人達全てに、そつなく対応しているのが遠目にも分かった。真っ赤な顔して、はにかむ彼とは別人みたい。

（でも私は、子供みたいな笑顔の方が好きだわ）

ぼんやりと考えて、我に返る。

たった半月。優しくされただけで、図に乗り始めている自分に愕然《がくぜん》とした。

（そもそも、私が守らなきゃいけないなんて考え自体が図々しいわ。ソロモン様は、私なんていなくても大丈夫なのに）

次期公爵として堂々と振舞う姿に、私とは住む世界が違うのだと改めて気付かされた。

そう、彼は筆頭公爵家の嫡男《ちゃくなん》、ソロモン・ビアズリー。望めば他国の王女とすら縁が結べる御方。

私如きがしてあげられる事なんて何もない。


「チェルシー、来ていたのね」

「ラナ」

物思いに耽《ふけ》っていた私は、声を掛けられて驚《おどろ》く。

振り返るとそこにいたのは、ラナ・キンバリー。可憐《かれん》な容姿と無邪気な性格で誰からも愛される、私の自慢の友人だ。

「まさか貴女《あなた》に会えると思わなかったから嬉《うれ》しいわ。先月の夜会はいつの間にか帰ってしまっていたから、寂《さび》しかったのよ」

拗《す》ねたようにプクリと膨《ふく》らむ頬《ほお》の、なんと愛らしい事か。

私への言葉なのに、周囲にいた独身男性が被弾して胸を押さえている。羨《うらや》ましいでしょうと、小さな優越感を抱いた。

「ごめんなさい、探したのだけれど見つからなくて」

「冗談よ。体調を崩していたのだから、しょうがないわ」

頬を引っ込めたラナは微笑《ほほえ》む。「それより、具合はどう？」と気遣ってくれる優しさに罪悪感が刺激された。仮病で社交をさぼっていた上に、とんでもない事を仕出かして逃げ帰ったとか、流石《さすが》に言えない。

曖昧《あいまい》に大丈夫だと伝えると、安堵《あんど》したラナに良心が痛む。

「今日はゆっくりお話ししましょうね。あ、そうだわ。紹介したい人がいるの」

「私に？」

(そういえば前回は、子爵家のご子息を紹介してもらう予定だったわ。もしかして今日、いらしているのかしら？)

人のよさが滲《にじ》み出たお顔が、薄っすらと思い浮かぶ。

「もしかして、子爵家の？」

「ごめんなさい。彼はどうやら、いい方が出来てしまったようなのよ」

ラナは申し訳なさそうに言う。気にしないでと答えながらも、内心で驚いていた。

(たった一月《ひとつき》足らずで？)

元から懇意《こんい》にしている方がいたとしたら、ラナは私に紹介しようなんて言わなかっただろう。

つまり、私がソロモン様と攻防戦《こうぼうせん》を繰《く》り広《ひろ》げている間に出会って、そのまま縁が結ばれたという事だ。

(少し羨ましいわ)

子爵家のご子息に未練があるのではなく、出会ってすぐに惹《ひ》かれ合い、情熱的に結ばれる関係に憧《あこが》れはある。

私はゴチャゴチャと考えて、動けなくなってしまう人間だから。

「喜ばしいお話なんだから、謝らないで。それに……」

私も今は、結婚相手を探している場合ではない。

ただ、それをソロモン様関連の話をせずに、どう説明したものか。

「チェルシー？」

「……いいえ、何でもないわ。それより、私に紹介したいというのは何方《どなた》？」

「私の兄よ。二番目の方の」

「ラナの二番目のお兄様って……確か、留学されていたのではなかったかしら？」

「そう。先日、帰ってきたばかりなの」

確かラナの一つ、二つ年上だったから、今年で二十歳くらい。

魔法騎士志望で、隣国に留学中だったはず。

我が国にも魔法騎士団はあるが、隣国の方が規模は大きい。その技術を学ぶ目的での留学。但《ただ》し、それ以外にも込み入った事情が絡んでいると聞いている。

「上の兄がいるから爵位《しゃくい》は継げないけれど、我が国の魔法騎士団に入るのは決定しているし、能力は高いから出世は間違いなしよ」

（……うん？）

ラナに案内されるままに歩いていた私は、話の流れに疑問を抱く。

私としては友人の家族に挨拶する以上の意味を考えていなかったのだが、もしや、そういう意味で紹介しようとしているのだろうか。

(それはちょっと、まずい)

キンバリー家は同じ伯爵家《はくしゃくけ》でも、うちとは家格が違う。由緒《ゆいしょ》正しい血筋で、とある公爵夫人のご実家。数代前の国王陛下《へいか》のご側室も、キンバリー伯爵家の方だった。つまり親戚には高位貴族がゴロゴロいる。そんな高貴な生まれの将来有望な若者を紹介されても、正直困る。

(それに……)

チラリと振り返る。さっきよりも厚くなった人垣の中央で、美しい女性達に囲まれたソロモン様を見て、複雑な気持ちになった。

ソロモン様には私ではなく、もっと相応《ふさわ》しい方がいるという思いは変わっていない。それでも今、ソロモン様が私に求婚してくれているのは事実。

彼への返事を保留にしておいて、別の方を紹介してもらうのは気が咎《とが》める。

「ラナ。あの、勘違いだったらごめんなさい。私、ちょっと事情があって、暫《しばら》くは結婚相手を探すのは止《や》めようと思っているの」

「えっ？」

ラナの大きな目が、更に大きく見開かれる。

「貴女のご家族を紹介してもらえるのは嬉しいわ。でも、その……そういう意味だったら、申し訳なくて」

「先月の夜会で抜けたのは、やっぱりいい方が出来たからなの？」

ラナは何故か、少し焦《あせ》った様子だ。不思議に思いながらも首を振る。

「そうじゃないけれど……」

はっきりしない言い方になってしまったせいか、ラナの表情は晴れない。

「貴女がお義姉様になってくれたら、すごく素敵だと思ったのに」

しょぼんと萎《しお》れてしまったラナに、心が痛む。

彼女の言葉はとても嬉しいけれど、ラナのお兄様にだって選ぶ権利はある。たぶん私が渋《しぶ》らなくても、あちらから断ってきただろう。

「お兄様が、もっと早く帰ってきてくださっていたら……」

「呼んだか？　ラナ」

ラナの華奢《きゃしゃ》な肩に、大きな手が置かれる。

ぬっと現れた大きな人影に、私の肩がビクリと跳《は》ねた。

「遅いのよ、お兄様。色々と」

ラナは肩越しに見上げて、口を尖《とが》らせる。仕草の一つ一つが、本当に可愛らしい。

そんな彼女とお兄様と呼ばれた男性は、あまり似てはいなかった。

見上げる長身は、おそらく二メートルを少し欠けるくらい。体躯《たいく》は身長に見合う逞《たくま》しさで、強靭《きょうじん》な筋肉が、黒の燕尾服《えんびふく》を押し上げている。

顔立ちは凛々《りり》しく、美形よりも男前という表現の方がしっくりくる。ラナや上のお兄様のような華やかさはなくとも、十分に人目を惹く。抜き身の刃《やいば》のような荒々しい美しさがあった。

ふと、切れ長な目が私の方を向く。

「お兄様、こちらは私のお友達のチェルシーよ」

「ああ。貴女がリード伯爵令嬢か」

「はい、チェルシー・リードと申します」

「オレはラナの兄で、グレンだ。妹がいつも世話になっている」

石像のようだった表情が僅《わず》かに緩む。

(ラナはお兄様に可愛がられているのね)

グレン様の優しい目を見て、密《ひそ》かに安心した。

前述した通り、グレン様とラナは似ていない。そして、色彩も違う。ラナはフワフワと波打つ金茶色の髪に、ライトグリーンの瞳。上のお兄様とご両親も似た色合いであり、顔の造作も同じような系統だ。対するグレン様の髪と瞳は焦《こ》げ茶色。顔立ちも髪質も、一人だけ違う。

両親に似ていない子供と聞けば、多くの人は修羅場《しゅらば》を想像するだろう。例に漏《も》れず、キンバリー伯爵家も揉《も》めた。

検査の結果、隔世遺伝《かくせいいでん》であって夫人の不義《ふぎ》ではないと証明されたにも拘《かか》わらず、グレン様は腫物《はれもの》にさわるような扱いだったらしい。

居心地の悪い家が嫌で、当人の希望で留学したとラナに聞いた。

そんな事情もあり、兄妹仲はどうなのかと心配していたが杞憂《きゆう》だったらしい。

「お兄様が、のんびりしているから」

「挨拶回りで少し席を外しただけだろう」

「そういう事じゃないのよ」

気安い遣り取りは、仲のいい兄と妹そのものだ。

微笑ましい気持ちで見守っていると、グレン様は困り顔で私を見た。言葉を探すように逡巡《しゅんじゅん》してから、咳払《せきばら》いを一つ。

「リード伯爵令嬢。少し時間をいただけるだろうか？　せっかく美しい方と知り合ったのに、このまま別れるのは惜しい」

明らかな社交辞令に、私は思わず苦笑した。

前もって、ラナから紹介したい人がいると聞いていたのだろう。気乗りしないながらも、妹と私に恥をかかせないよう誘《さそ》ってくれる辺り、やはり優しい方だと思う。

「お兄様ったら、もう遅いのよ。もういいの」

紹介するのはナシになったわとラナが続けると、グレン様は安堵の息を吐《は》く。

「やはり、お前が先走っただけか。いくらキンバリー伯爵家の出身とはいえ、オレと縁を繋《つな》ぎたいという物好きな女性がいるはずがないからな」

予想外の言葉に驚き、目を丸くする。

グレン様は私の反応をどう受け取ったのか、少し眉《まゆ》を下げて笑った。

「兄上が相手だと思ったんだろう？　無理をして付き合わせるより、正直に答えてくれた方が有り難いから、気にしないでくれ」

私が意味を理解する前に、グレン様は言葉を続けた。

「次は兄上と会えるよう、オレの方から取り計らおうか」

「結構です」

考える前に否定してしまった。

だって、グレン様の兄上といえば、キンバリー伯爵家の次期当主。ラナに似た華やかな顔立ちの細身の貴公子で、当然の事ながら婦女子に大人気だ。

そんな方と縁を繋ぐなんて、考えるだけでも恐ろしい。

食い気味に断ってしまったからか、グレン様は唖然《あぜん》とした様子だ。

かなり失礼な態度だったと、今更ながら反省する。

(でも、嫌なものは嫌)

目立つのも、独身女性の敵になるのも御免《ごめん》だ。ソロモン様だけでもう、お腹《なか》いっぱい。

「失礼致しました。ですが、私などには勿体《もったい》ないお話ですので」

「いや、貴女が必要ないというのなら構わないが……」

困惑《こんわく》するグレン様の横で、ラナが呆《あき》れ顔《がお》をしていた。

「チェルシーは、爵位や容姿を気にする子じゃないって言ったのに。本気にしていなかったのね」

(いいえ。私は物凄《ものすご》く、爵位も容姿も気にするわ)

但し、逆の意味で。

過ぎたるは猶《なお》及ばざるが如し。多すぎるお金も高すぎる地位も、ついでに綺麗《きれい》過ぎるお顔も、平穏な暮らしには必要ない。むしろ争いの種になるので邪魔なくらい。

何事も中くらいが丁度よいのだ。

「兄上に興味がない女性がいるとは思わなかった」

「女性にだらしないデールお兄様なんて、チェルシーの眼中にないわよ」

ラナの上のお兄様、デール様は女性関連の噂《うわさ》が絶えない方だ。

ソロモン様も似たようなものではあるが、側で暮らすようになって、彼が女性にだらしないとは到底《とうてい》思えなくなっていた。だから、デール様の噂も真偽《しんぎ》は定かではないなと思っていたけれど、身内の言い分から察するにまんざら誇張《こちょう》でもないらしい。

「だからといって、オレを代わりに差し出すな。リード伯爵令嬢が気の毒だろう」

「チェルシーは、お兄様を嫌がって断っている訳じゃないわ」

ラナの言葉を聞いたグレン様は、半信半疑といった様子だ。

何故、彼がここまで自己評価が低いのか、私としては不思議なくらいだ。

「ねぇ、チェルシー？」

「ええ。グレン様は素敵な方だと思うわ」

家族との不和が影響しているとしても、これだけの男前なら女性が放っておかないだろうに。内心で首を捻《ひね》りながらも答える。

「貴女は、オレの髪と瞳の色が気にならないのか？」

我が国では珍《めずら》しい濃い色だが、黒ではなく茶色だ。何の問題があるのか。

仮に黒であったとしても気にならない私からすると、疑問でしかない。

「？　……特には？」

チョコレートの色ですね、と付け加えると、珍妙《ちんみょう》な生物を見るような目で見られた。

美味《おい》しそうでいいと思うのだけれど、見当違いな感想だったらしい。

「貴女は、……不思議な方だな」

不思議な、というより、変な女だと思われた気がする。

「そうでしょうか」

誤魔化《ごまか》すように笑うと、グレン様も口角を少し上げた。

「ああ。出来ればもう少し、話がしたい」

「？」

どういう意味だろうと首を傾《かし》げる私と、グレン様は視線を合わせる。

「貴女の事を、もっと」

「失礼」

ぐっと、後ろから肩を引き寄せられた。背中にトンと当たる硬《かた》い感触。驚きに声も出せずにいる私が見上げた先、険しい表情のソロモン様がいた。

「っそ、」

「ご令嬢《れいじょう》、気分が優れないのではありませんか？」

「え」

ソロモン様と呼ぶ声を遮《さえぎ》るように、彼は言葉を被《かぶ》せる。

「先ほどから、顔色が悪い。足元もふらついているようだ」

(元気いっぱいですが……何の話？　強《し》いて言うなら、夜会の会場で抱き寄せられている現状に、眩暈《めまい》がしそうですが)

「ソロモン様っ？」

ラナが驚いたように、私とソロモン様を見比べる。

どういう事と視線で問われても、私が聞きたいくらいだ。

「ああ、無理をなさっていたのですね？　今、医師の元に運びますので、それまで辛抱《しんぼう》なさってください」

「えっと、あの……？　っひぇっ？」

流れるような動作で横抱きにされて、小さく悲鳴を上げる。しかし、周囲から上がった若い女性達の悲鳴に掻《か》き消された。

「あの、困りますっ！」

「黙《だま》って」

抗議しようとしたが、低い声で制止される。

「抵抗するなら、今すぐここで貴女にプロポーズするよ」

耳元に顔を寄せたソロモン様の脅《おど》しめいた言葉に、私は動きを止めた。見惚《みほ》れる程に麗《うるわ》しい笑顔で、「私はそれでもいいけれど」と言う彼を止める術《すべ》はない。

大人しくなった私を、ソロモン様はしっかりと抱え直す。

唖然とするラナ達に見送られて、私は夜会の会場を後にした。

こんなにも注目されたのは生まれて初めてかもしれない。そんな風に明後日《あさって》の方向に思考を飛ばしていないと、気を失ってしまいそうだった。

ソロモン様は私を抱えたまま、廊下《ろうか》を進む。行き交う人達が、何事かと注目していても全く気にする素振りはない。普段、人当たりのよいソロモン様が見た事もないくらい険しいお顔をされているからか、誰も声を掛けられない。

私も例外ではなく、普段とは違う彼の様子に戸惑って、何も言えずにいる。

ソロモン様の捏造《ねつぞう》による仮病だったはずなのに、すっかり顔色を失った私は本物の病人さながらだろう。

（ソロモン様は、怒ってらっしゃるの？　どうして？）

離れていた短い時間に、何かあったのかと心配になる。でも聞ける雰囲気《ふんいき》ではない。

辿《たど》り着いたのは、招待客用の休憩室として開放されている部屋だ。

通りかかった執事《しつじ》に何事か伝え、彼は部屋の扉をきっちり閉めてしまった。

未婚の、しかも婚約者でもない男女が休憩室に籠《こ》もる。

その意味を彼が知らない筈はないのに。

「ソロモンさま！」

責めるように呼んでも、彼の足は止まらない。

広い部屋の奥にある寝台まで進み、その上に私を下ろした。

ギシリと軋《きし》み音《おん》を立てて、ソロモン様が寝台《しんだい》に乗り上げる。私の上に覆《おお》い被さるようにして、両手を付いた。

「!?」

飴色《あめいろ》の瞳が、ギラリと不穏に輝く。

野生の獣みたいに鋭《するど》い目に射竦《いすく》められ、呼吸が止まりそうだった。

優雅な仕草と柔らかな微笑みでそうと認識し辛いけれど、ソロモン様の体つきは逞しい。上から覗《のぞ》き込《こ》まれると、それが顕著《けんちょ》になる。

私の抵抗なんて、ソロモン様は片手でも押さえ込めるだろう。

(こわい)

本能的な怯《おび》えで、体が震えた。

「……っ」

怖くて堪らないのに、視線が外せない。

勝手に滲んだ涙で揺らぐ視界の中で、ソロモン様は息を呑《の》む。端整《たんせい》な顔が苦しげに、くしゃりと歪《ゆが》んだ。私の顔の横に突いた手が、何かに耐《た》えるようにシーツを握《にぎ》り締《し》める。

ソロモン様の顔が近付いてきた事に驚いて、思わず目を瞑《つむ》るけれど、暫く待っても何も起こらない。やがて、トンと鎖骨の上辺りに硬い感触が触れた。

恐る恐る目を開けると、間近にあったのはソロモン様のつむじ。

私の肩口に額を押し付けて、彼は静止していた。

「……？」

「オレ以外に優しくしないで」

吐息《といき》がデコルテを撫《な》でる。

思いも寄らない言葉に、怯えていた事も忘れて目を丸くした。

「オレ以外に笑いかけないで」

声も体軀も、魅力的な成人男性のもの。でも何故か、駄々《だだ》を捏《こ》ねる子供みたいに見えてしまった。

途端《とたん》に怯えが薄れて、戸惑いだけが残る。

「ソロモン、さま？」

「オレだけ見ていて。……じゃないと、みんな、貴女を好きになってしまう」

（そんな馬鹿な）

呆気《あっけ》に取られてしまった。

この方には私が、どんな美女に見えているんだろう。

目が悪いのか、趣味《しゅみ》が悪いのか、判断がつかない。

「そんな事、あり得ませんよ」

ソロモン様に私がどう見えていたとしても、実際の私はごく普通の女。

取り立てて言うような器量も才能もない、何処《どこ》にでもいる凡人だ。

「貴女は自分の価値を知らないだけだ」

相変わらず顔は伏せたままだが、声の調子が少しだけ、いつもに戻る。

不貞腐《ふてくさ》れた表情が、見ずとも想像出来た。

「そう言われても……。本当に私が魅力的なら、とっくに婚約者が決まっていたと思うのですが」

親戚や領地が近い下位貴族の中には、同じ年頃の男性がちらほらいたが、婚約を申し込まれた経験はない。

リード伯爵家が政略結婚を拒《こば》んでいるのもあって、こうして自力で探す羽目になっている。

「偏見《へんけん》なく物事を見る貴女の素直さと、見返りを求めない優しさは、汚い世界にどっぷり浸《つ》かった高位貴族にこそ効く。皮一枚の美醜《びしゅう》に囚《とら》われている、ある意味恵まれた環境で育った連中には、貴女の魅力は分からないよ」

（ソロモン様は、私を美化し過ぎだわ……）

私の優しさなんて気まぐれで、独《ひと》り善《よ》がりなものなのに。

どんなに困っている人がいたとしても、助けた事によって自分や家族、友人達に害が及ぶなら、私は手を伸ばさない。

偏見だって、たぶんある。公平で先入観のない人間に見えるなら、それは単に私が無知なだけだ。偏見の奥にある根深い問題や歴史を知らないから、好き勝手に物を言う。

等身大の私は、ソロモン様が厭《いと》う『恵まれた環境で育った連中』に分類される。

家族に愛され、優しい領民に囲まれ、のんびりと苦労なく生きてきた世間知らずだ。

「私はそんなに素晴らしい人間ではありませんよ。その辺にいくらでもいる、狡《ずる》くて臆病《おくびょう》な人間の一人に過ぎませんわ」

「……本当にそうだったら、よかった」

ソロモン様は掠《かす》れた声で呟《つぶや》く。

「チェルシーが狡くて臆病な、ただの女の子だったら……こんなにも苦しい思いはしなくて済んだのに」

ベッドに横たわる私の背中に、ソロモン様の手が差し込まれる。

両腕でぎゅうっと、縋《すが》り付くように掻き抱かれた。

「ソロモン様……」

「チェルシー」

逞しい腕にがっちり抱え込まれ、身動きが取れない。

少し息苦しいけれど、私よりずっと苦しそうな人を前に、『離して』なんて言えなかった。

ソロモン様の事は、好きだ。優しいし、楽しいし、笑うと可愛らしいと思う。

でも異性として愛しているかと問われると、首を傾げるしか出来ない。

私は恋した経験がないから、何が恋で何が愛なのか分からない。それでも、ソロモン様が捧げてくれた感情と、熱量が全く釣《つ》り合っていないのは分かる。

そんな私には、ソロモン様を抱き締め返す権利はない。

でも、何もせずに待つのも辛くて。手持《て も》ち無沙汰《ぶ さ た》に手を握ったり、開いたりを繰り返す。

少し迷ってから、そろりと手触りのよさそうな髪に触れた。


「っ!?」


ビクリと、ソロモン様の体が跳ねる。

嫌だったかなと思ってすぐに手を離すが、ソロモン様は動かなくなってしまった。

彼の頭を撫でるのを、恐る恐る再開する。

金色の髪は想像以上に触り心地がよく、柔らかい。指を通す側から、すり抜けて零れ落ちた。

(すごい気持ちいい感触。毛足の長い猫みたい)

よしよしと慰《なぐさ》めていた筈なのに、いつの間にか、髪の感触の虜《とりこ》になっている。

(それにいい匂いがする)

ふわりと鼻孔《びこう》を掠めるのは、柑橘系《かんきつけい》の香り。男性向けの香水はあまり得意ではないが、ソロモン様はほんのり香る程度なので、不快ではない。

寧《むし》ろ、彼自身の匂《にお》いと混ざって凄くいい匂いだ。ずっと嗅《か》いでいたいくらい。

(汗の匂いも少しするけれど、全然不快じゃないわ。不思議)

考え事をしていたせいか、頭を撫でる指が逸《そ》れて耳を掠める。

ソロモン様の肩が大きく揺れて、ゆっくりと彼は顔を上げた。

(……やば)

ソロモン様の顔を見て、私は手を止める。

彼の顔は真っ赤に染まって、目にはうっすらと涙が浮かんでいた。恨《うら》みがましい目でじとりと睨《にら》まれて、自分がやり過ぎた事に気付く。

「チェルシー……」

「ご、ごめんなさい……」

両手を挙げて、『もうしません』と示しても、おそらく許しては貰《もら》えない。

そして手触りと匂いにばかり気を取られて気付くのが遅れたが、いつの間にか、ソロモン様の髪と瞳が黒く染まっていた。

「ソロモン様、髪と目が」

「だろうね」

ソロモン様は、驚く様子もなく肯定《こうてい》する。余裕《よゆう》な態度に私の方が驚いた。

もしかしたらソロモン様は、自分の変化について何か気付いたのかもしれない。でなければ、この泰然《たいぜん》とした振舞いはおかしい。

とはいえ私も、『魔力が溜まり過ぎると色が変化する』という説は正しくないのでは、と薄々思い始めていた。

説自体が誤《あやま》りなのか、ソロモン様が特例なのかは分からないけれど。

「だろうねって……。ここは自宅ではないんですよ？　誰かに見られたら大変です！」

慌《あわ》てふためく私に対し、ソロモン様はどこ吹く風だ。

「なら、また貴女のスカートに匿《かくま》ってくれる？」

「!!」

(私の黒歴史をここで持ち出すの!?)

本気で心配しているのに、なんて意地悪なのだろう。

殴りたくなる気持ちを、拳《こぶし》を握って抑え込んだ。

「冗談を言っている場合ではありません！　側近《そっきん》を呼んで参りますので、そこを退《ど》いてください」

ソロモン様の腕を外そうとしても、びくともしない。流石に腹が立って、ベシリと腕を叩《たた》いた。

「離して」

睨み付けると、ソロモン様は叱《しか》られた子供みたいに眉を下げる。

拘束《こうそく》が少しだけ緩んだので、ソロモン様の体の下から這い出す。ベッドを下りると何故か、ソロモン様までついてきてしまった。

背後から私の腰に両腕を回しているソロモン様は、扉の前まで来ても離れる素振りがない。べったりと背中に張り付いたままだ。

これでは側近を探しに行けないどころか、執事に伝言を頼む事すら出来ない。

「ソロモン様」

離せと視線で訴えると、ソロモン様はしゅんと萎れた。

けれど腕は私を捕まえたままだ。

雨に濡《ぬ》れた捨て犬みたいに、可哀相《かわいそう》で可愛らしい顔をしているのに、行動が伴《ともな》っていない。寧ろ、折れてたまるものかという気概《きがい》が込められている気すらする。

「置いていかないで。不安なんだ」

「うぐ」

きゅーんと鳴く仔犬《こいぬ》の幻《まぼろし》が見えた。

薄々気付いていたが、やはり、私はこの方の子供っぽい顔にとにかく弱いらしい。なんでも聞いてあげたくなってしまう。

(騙《だま》されては駄目よ、チェルシー)

ソロモン様のこの症状が始まったのは、昨日今日の事ではない。今になって急に不安になるとか、ないと思う。

それに甘えるという手段が私に有効だと、この方は気付き始めている疑惑がある。

「すぐに戻りますので、ソロモン様は隠れて……」

『チェルシーは、ここかしら？』

「！」

扉の向こうから、聞き慣れた声がする。

私を探しているらしい声の主は、ラナだ。具合が悪いと運ばれていった私を、心配してくれたんだろう。

ラナとグレン様らしき声が、だんだんと近付いて来る。

「ソロモン様、隠れましょう！」

潜《ひそ》めた声で伝え、私はソロモン様の拘束から抜け出す。

彼の手を引きながら、部屋の中を見回した。奥に扉を見つけて、急いで駆《か》け寄《よ》る。

(鍵《かぎ》は……掛かってないわ。よかった)

衣裳部屋《いしょうべや》だろうか。こぢんまりとした部屋は、現在は使用されていないらしく、物は殆ど置かれていない。

これ幸いと、ソロモン様を引っ張り込んだ。

「私がラナ達の対応をして時間を稼《かせ》ぎますので、その間に色を戻してください」

何もない狭《せま》い部屋で汗を流すのは大変だろうが、やってもらうしかない。

そう言って、私は元の部屋に戻ろうとする。だがドアノブに手を掛けたところで、大きな手が上から重ねられた。もう一方の手が、するりと腰を抱く。

「嫌だ」

「嫌って……ソロモン様？」

「アイツのところには行かせない」

(アイツって誰？　まさかグレン様の事？)

彼の声も聞こえたけれど、単にラナの付き添いだろう。

「別にグレン様は……」

「黙って」

背後から、覆い被さるように抱き竦められる。

項《うなじ》に熱い呼気《こき》がかかって、背筋に痺《しび》れるような感覚が走った。

「チェルシー……！」

私を抱き締めるソロモン様の体は、火傷《やけど》しそうなくらい熱い。

ぐりっと腰の辺りに、硬い感触が当たって居心地が悪かった。

「ああ、駄目だ。貴女が側にいるのに、もう我慢《がまん》なんて出来ない……」

「ソロ、モンさまっ？　外に人が……」

誰かが部屋に入ってきた気配がする。

扉越しの音がくぐもっていて、ラナ達かどうかは分からない。抱き込まれた腕の中、ソロモン様の速い鼓動《こどう》の音以外は掻き消されてしまう。

「ごめん、チェルシー。少しだけ許してほしい」

「え。それは、どういう……？」

「すぐに色を戻すから、じっとしていて」

嗄《かす》れた声がやけに色っぽくて、雰囲気に呑まれた私は、言われるまでもなく固まっていた。

「つは」

熱い呼気が耳朶《じだ》を掠めて、肩が揺れる。

私の耳の後ろに、彼の高い鼻が埋められた。洗ってはいるが、臭《にお》いが気になって落ち着かないから止めて欲しい。

「ああ、やっぱりいい匂いだ」

うっとりと呟きながら、ぐりぐりと鼻の頭を押し付けられた。

カチャカチャと金属がぶつかる音に、衣擦《きぬず》れの音が続く。

(えっ、な、何をしているの？)

色を戻すというからには、いつものように汗を掻くのだと思っていた。

密着しているのも、体温を高める為なのかと。でも何か、様子がおかしい。

ぐちゅ、と粘度《ねんど》のある水音がして、頭の中が真っ白になった。

「つん、あ」

「!?」

謎《なぞ》の音と共に、ソロモン様が色っぽい声で喘《あえ》ぐ。

目の毒ならぬ、耳に毒を注ぎ込まれた心地だ。色事どころか初恋すらまだの私には、あまりにも刺激が強い。

「チェルシー……、チェルシー……！」

彼は私の名前を繰り返し呼ぶ。嗄れた低い声はやけに甘ったるくて、私の頭の中をぐちゃぐちゃに掻き回した。

(体液って、まさか……え、そういう事なの!?)

ここに来て漸《ようや》く、私は己の勘違《かんちが》いに気付く。

「……つぐ」

(ひぇえぇ……)

粘液を掻き混ぜるような音が、徐々に激しさを増す。

なんて状況で気付いてしまったんだと、自分を責めた。

今までずっと、汗を流す事が魔力を放出する方法なのだと思っていた。

でも思い返せば、誰もそんな事は言っていない。寧ろ、いくらでも気付ける場面はあったはず。ソロモン様の表情や発言と、己《おのれ》の言動を振り返って絶望した。

知識は、それなりにあるつもりだった。

行為の経験はないものの、耳年増《みみどしま》だから察する事は出来ると。歌劇《かげき》の主役のように可愛らしい鈍感さなんてものは、持ち合わせていない、そう思っていたのに。

(健康的で宜《よろ》しいとか、どんな顔で言ったの、私!?)

恥ずかしさで死んでしまいそうだった。

転んで頭を打って、全て忘れてしまいたいと心の底から願う。

(だって、私よ？　色気もなにもないのに……)

必死になって、誰に対してか分からない言い訳を考える。

求婚されたのもソロモン様が初めてなら、好意を向けられたのも彼が初めてだ。十八年も生きてきたのに、私は、自分が女性として見られているという実感さえ薄い。

ましてや、異性の欲望の対象になるなんて考えた事すらなかったのに。覚悟のないまま、今、こうして分からされている。

(ソロモン様は私を、そういう目で見ているって事……？)

考えるのが怖いのに、勝手に思い浮かべてしまう。ソロモン様が部屋に閉じ籠もって、何をしていたのか。差し上げたハンカチが、どう使われたのか。

あやふやな想像が、今と繋がって現実となる。

「チェルシー、すき、好きだ……っ」

熱い吐息と共に、熱烈《ねつれつ》な告白が耳に直接注ぎ込まれた。

カッと頭が沸騰《ふっとう》する。ソロモン様の熱が移ったかのように、体中が熱くなった。

「は……、ちゅ」

「んっ、……ひぁっ！」

薄く汗を掻いた首筋を唇で食《は》まれて声が漏れた。自分のものとは思えない、媚《こ》びるような甘い声に驚いて、咄嗟《とっさ》に自分の口を手で塞《ふさ》ぐ。

しかし、時すでに遅し。ソロモン様は啞然とした表情で、私を凝視《ぎょうし》していた。

「チェルシー……、もしかして、感じている？」

「ちがっ、あっん」

否定した側から、無防備だった下腹部を押されて甘ったるい声が出た。真っ赤に茹《ゆ》で上がった顔で涙目になる私を、ソロモン様は嬉しそうに見る。

「かわいい」

溶《と》けた飴みたいな、どろりとした声だった。その呟きが合図だったように、大きな手が私の体を這い回る。

「だ、だめっ。駄目です！」

ソロモン様は、逃げようとする私を抱き寄せる。耳朶にくっ付けた唇が、「しぃ」と囁《ささや》く。

「大きな声を出すと、外に聞こえてしまうよ」

「！」

状況を忘れかけていた私は、身を固くする。

大人しく腕の中に収まった私に、ソロモン様はうっとりと目を細めた。

「ふ、あっ！」

耳の縁《ふち》を食まれたかと思えば、長い舌が穴の中へと入り込んでくる。ぐちゅりと濡れた音がして、背筋を衝撃《しょうげき》が駆け抜けた。

耳の内側の軟骨《なんこつ》を丁寧《ていねい》に舌が辿る度に、ゾワゾワが大きくなる。擽《くすぐ》ったいという感覚に近いのに、何かが違った。

逃げ出すことも出来ずにいると、ソロモン様の左手が下から胸を掬《すく》い上げる。コルセット越しだからか、感触は薄い。けれど視覚に訴えかけてきて、勝手に体の熱を上げた。

「っ……！」

表面を撫でていただけだった手が、ぐっと内側に入り込む。ドレス越しの指先がコルセットの隙間にねじ込まれ、先端に触れる。その瞬間、体が跳ねた。

「あっ」

「気持ちいい？」

「だ、めっ、んんっ」

人差し指と親指で先端を挟んで、軽く潰《つぶ》す。絶妙な力加減でくりくりと捏ねられて、甘い声が絶え間なく零れ落ちる。

痺れるような感覚を逃がしたいのに、後ろから抱き込まれていて動けない。

「ねぇ、チェルシー」

理性が溶けた声で呼ばれ、ぎゅっと目を瞑って頭を振る。

しかし強がりはすぐに露見《ろけん》した。「うそ」と短い言葉で彼は、甘く糾弾《きゅうだん》する。

「気持ちいいんでしょう？」

「ひぁっ!?」

宥《なだ》めるようにお腹を撫でていた方の手が下がり、スカートの上から、秘部《ひぶ》をぐっと押した。その途端、体が大きく反り返る。

目尻に溜まっていた涙が、衝撃を受けて零れ落ちた。ソロモン様はそれを舐《な》め取り、ついでのように頬に口付ける。可愛らしいリップ音は、淫靡《いんび》な空気にまるで似合わない。

折り曲げた二本の指で秘部を揉《も》まれる度に、くちゅくちゅと卑猥《ひわい》な水音が鳴る。

「かわいい、チェルシーかわいいね」

「んっ、あ、やぁっ」

「すき、っん、好きだよ。大好き、オレの愛《いと》しいひと」

胸と秘部とを同時に揉みながら、ソロモン様は愛を囁く。吐息混じりの声の温度が上がるにつれ、私のお尻に熱いものを押し付ける動きも大きくなる。

「やだ、なんかくる……っ！」

「チェルシー！」

ぐっと抉《えぐ》られるのと同時に、強い力で掻き抱かれた。強制的に高みへと押し上げられ、目の奥に赤い星が散る。

頭が真っ白になったまま、荒い呼吸を繰り返した。

「チェルシー……」

虚空《こくう》を見つめたまま動けない私に、ソロモン様は口付けの雨を降らせる。額に、鼻に、頬にと絶え間なく。

呼びかけに応えなくてはと思うのに、頭が働かない。全力疾走《ぜんりょくしっそう》した後のような疲労感を訴える体からも、徐々に力が抜けてきた。

「チェルシー!?」

膝《ひざ》から崩れ落ちかけた私を、ソロモン様が抱き留める。

（もう限界……。許容量超えています……）

慌てるソロモン様を眺《なが》めながら、私は意識を手放した。

第四章　愛、屋烏《おくう》に及ぶ

「チェルシー、ごめん。ごめんなさい。許してください」

ソロモンの情けない声が、廊下《ろうか》に響《ひび》いている。

チェルシーちゃんの部屋の前で、朝からずっとこんな調子だ。まるで、主人を怒らせて締め出された犬の如《ごと》く、萎《しお》れて懇願《こんがん》している。

「何度でも謝るから。お願い、顔を見せて」

きゅーん、きゅーん、カリカリと、鳴きながら扉を引っ掻《か》く幻聴《げんちょう》が聞こえる。

遠くからその光景を眺《なが》めていた私……スザンナ・ビアズリーは、肩を落として溜《た》め息《いき》を吐《は》き出した。

(うちの息子《むすこ》はいつから仔犬《こいぬ》になったの……？)

我が息子ながら、ソロモンはかなりの美男子に育ったと思う。

ソロモン・ビアズリーの名を知らない人間は、この国にはおそらくいない。その位、容姿、能力、共に優れている。

筆頭公爵家《ひっとうこうしゃくけ》の跡取《あとと》りとして堂々と振舞う様は、親として鼻が高かった。

いつまで経《た》っても伴侶《はんりょ》を選ぼうとしない事だけが玉に瑕《きず》だったが、あの子には根深い問題がある。

他人に心を預けるのを怖がっていると知っているから、無理強《むりじ》いは出来ない。

愛や恋は無理でも、いつか信頼できる伴侶を見つけられたらいいと、そう思っていた。

そんな息子に、好きな子が出来たと聞いて嬉《うれ》しかった。

しかも相手はなんと、あのリード家のご令嬢《れいじょう》。

リード伯爵《はくしゃく》家《け》は、決して目立つ家ではない。寧《むし》ろ注目を集めるのが苦手で、誰かを陰《かげ》でひっそりと支えるのを好む奥ゆかしい人達だ。

それでも高位貴族の間で有名なのは、リード家の人間は争いを収める力があるからだろう。

対立する派閥《はばつ》の間をそれとなく繋《つな》ぎ、どちらにも偏《かたよ》る事なく、どちらを疎《おろそ》かにする事もなく、平和的に解決するという。

私の夫が第二王子であった頃も、兄である現国王とは対立関係にあった。

それぞれの後ろ盾の思惑《おもわく》で、幼い王子達はいがみ合うよう誘導《ゆうどう》されていた。その誤解を解き、仲直りをさせてくれたのが現在のリード家当主らしい。

そしてチェルシーちゃんの友人であるアナベル・オルコット侯爵《こうしゃく》令嬢と、ラナ・キンバリー伯爵令嬢も、以前は犬猿の仲だった。

アナベル嬢は知的な美女で、同年代の令嬢の多くに支持されていた。一方、ラナ嬢は愛らしく可《か》憐《れん》な容姿で、若い男性に囲まれていた。

美貌《びぼう》の種類が違えば、取り巻きの性質も違う。どちらも注目されていただけに、取り巻き同士が張り合い始め、取り返しがつかない程に険悪《けんあく》になっていた。

そんなアナベル嬢とラナ嬢の間に、するりと入り込んだのがチェルシーちゃんだ。何をどうしたのか。いつの間にか、二人の取り巻きは解散させられ、仲良し三人組が出来上がっていた。

あまりにも自然で、幼馴染《おさななじ》みだったのではとすら思える。今の二人はいがみ合う事なく、ごく普通の友人として人生を謳歌《おうか》している。チェルシーちゃんの隣で。

リード伯爵家の人間が持つ稀有《けう》な才能は、伏魔殿《ふくまでん》である王城でこそ真価を発揮するだろう。だが、残念ながらそう上手《うま》く事は運ばない。

リード家は、日陰《ひかげ》で咲くのを好む花。無理やり日向《ひなた》に引き摺《ず》り出せば枯《か》れてしまう。

それを知っているから、国王陛下《へいか》はリード伯爵を側近《そっきん》に据《す》えるのを諦《あきら》めた。

高位貴族に愛されながらも、悉《ことごと》く逃げ回るリード家。

そこのご令嬢を射止めたとは、流石《さすが》、ソロモンだと感心したのも束の間。複雑な表情で我が家にやってきたチェルシーちゃんを見て、思い違いを知った。

全然、射止めていない。息子の片思いだ。

自慢《じまん》の容姿や能力の高さは、チェルシーちゃん相手にはまるで無意味だった。

若いご令嬢の多くは、まるでお姫様のように扱《あつか》われるのを好むが、ソロモンがチェルシーちゃんをそう扱えば扱う程《ほど》、彼女の目が死んでいく。

王家の薔薇《ばら》を捧げるのも、無意味どころか逆効果だ。金貨や高価な花で、リード家の人間は動かせない。

高い地位や華やかな美貌もいっそ邪魔。そんなもので引っ掛かるなら、リード家はとっくに王家の血縁になっている。寧ろ、全て手放してから漸《ようや》く出発地点だ。

ビアズリー公爵家の先々代の弟君も公爵家の籍《せき》を抜け、分家の子爵《ししゃく》家《け》と養子縁組《ようしえんぐみ》して、どうにかリード家のご令嬢と結婚までこぎ着けた。

輝くような麗《うるわ》しい容姿も、野暮《やぼ》ったい姿に変える徹底《てってい》ぶり。その甲斐《かい》あってか、子爵家当主の座を息子に譲《ゆず》り渡してからも、仲睦《なかむつ》まじく暮らしていたと聞く。

（かといって、うちの息子に爵位《しゃくい》を放棄《ほうき》されるのも困るわ。チェルシーちゃん、絆《ほだ》されてくれないかしら）

恰好《かっこう》付けたソロモンは欠片《かけら》も響いていないようだが、緩んだ顔をした情けないソロモンなら可能性が僅《わず》かにある……ような気がする。

でも無理ね、と思い直した。

チェルシーちゃんが、部屋から出てこない。温厚《おんこう》な彼女を怒らせてしまったのだから、可能性も何もないだろう。

ソロモンが魔力を発散する方法について、チェルシーちゃんが勘違《かんちが》いしているだろう事は薄々気付いていた。でも、清らかなチェルシーちゃんに敢《あ》えて聞かせる話ではないと思い、訂正《ていせい》しなかった。そのツケを昨夜、支払う羽目《はめ》になったらしい。

責任の一端《いったん》を感じる。

「ソロモン、いい加減になさい」

いつまでも扉に張り付いているソロモンに、声を掛ける。

反抗的な視線が向けられるが、気にせず言葉を続けた。

「貴方《あなた》がそこにいては、チェルシーちゃんはいつまで経っても部屋から出てこられないでしょう」

「……」

ぐっと言葉に詰まり、ソロモンは俯《うつむ》く。

「使用人も困っているから、さっさと朝食を摂《と》って。それから、午前中に王宮《おうきゅう》魔導師《まどうし》がいらっしゃるから、お出迎えの準備をする事。いいわね？」

「……はい」

不承不承《ふしょうぶしょう》といった様子で頷《うなず》いた。

(可愛くないわ。チェルシーちゃん相手に拗《す》ねる時は可愛い子ぶる癖《くせ》に)

しっしっと手で追い払うと、ソロモンはノロノロとした足取りで階段を下りて行った。

それを見送ってから、チェルシーちゃんの部屋の扉をそっと叩《たた》く。

「チェルシーちゃん、聞こえる？」

中で慌《あわ》ててるような音がしたので、「開けなくていいから」と続けた。

「侍女に朝食を運ばせるから、お部屋で食べて。昼と夜もその方がよければ、侍女に伝えて頂戴ね。湯を使う時や、気晴らしにお庭に出たい時も、使用人に声をかけてくれたら、ソロモンとは会わない通路を案内出来るから」

誤解させてしまわないよう、優しい声を心がけて語り掛ける。

すると扉が、ゆっくりと開いた。

細い隙間《すきま》から見えるのは、シーツを頭から被《かぶ》ったチェルシーちゃん。

可愛らしいゴーストみたいな姿の彼女は、真っ赤な顔をして涙ぐんでいた。

「ご迷惑をおかけして、申し訳、ございません……。それに、こんな恰好で」

ぽろりと、真珠《しんじゅ》のような涙が零《こぼ》れ落ちる。

それを見て、私は反射的に手を伸ばした。シーツごと、チェルシーちゃんを抱き締める。

「謝るのはこちらの方よ！　馬鹿《ばか》息子が、本当にごめんなさい」

今時珍《めずら》しいほど純情なチェルシーちゃんに、あの子はなんて事を。

最後まではしていないとはいえ、初心《うぶ》なご令嬢に覆《おお》い被さって自慰《じい》を見せつけるとか、ある意味もっと酷《ひど》い気がする。

「怒って当然だわ。気が済むなら、一発や二発殴《なぐ》ってもいいのよ？」

「い、いえっ。怒ってなんか、ないです」

チェルシーちゃんは、焦《あせ》った様子で頭を振った。

「ただ、自分が恥ずかしくて……」

消え入りそうな声で呟《つぶや》いたチェルシーちゃんの視線が、どんどん下がっていく。

両手で顔を覆った彼女は、耳まで赤い。罪悪感で心臓が潰《つぶ》れそうだった。

こんなにも可憐で可愛らしい子に、なんてものを見せたのか。

（この様子では、ハンカチの使い道も分かってしまったんでしょうね……）

夜な夜な……いえ、昼夜問わずに自分のハンカチで自慰を繰り返す男。

いくら顔がよくても駄目だろう。いや寧ろ、顔がいいからこそ駄目だ。

チェルシーちゃんにはもっと、普通の男性が似合う。

重くもなく、面倒臭《めんどうくさ》くもなく、淡泊《たんぱく》でも思い遣りに溢《あふ》れる誠実な男性。それこそ、御父上であるリード伯爵のような。

（思えばリード家に嫁入り、もしくは婿《むこ》入りする方って、温厚で堅実《けんじつ》な方ばかりよね）

血縁でもないのに、不思議と似たものの夫婦ばかり。

ソロモンが横槍《よこやり》を入れなければ、きっとチェルシーちゃんもそうなっていた。ご両親のように穏やかな夫婦生活を送っているのが、容易《たやす》く想像出来る。

「……チェルシーちゃん。貴女《あなた》は何も悪くない」

ソロモンの母親としては、息子の恋が叶《かな》うのを願っている。

そしてお嫁さんとしてチェルシーちゃんが来てくれたら、私もとても嬉しい。

でも、短い間でも一緒に暮らして、チェルシーちゃんも我が子のように思い始めている私は、この子を逃がしてあげたいとも思う。

「もしソロモンの事が、生理的に無理なら私に言って。どんな手を使っても、貴女を逃がすと約束するわ」

チェルシーちゃんの潤《うる》んだ瞳が見開かれる。

何度か瞬《またた》きを繰《く》り返した彼女は薄く頬《ほお》を染めて、眉《まゆ》を下げた。

「びっくりしただけで、気持ち悪いとかは……その、ない、です」

「本当に？　私も引いたから、正直に言っていいのよ？」

真剣な表情で問うと、チェルシーちゃんはまた目を丸くした。

次いで破顔《はがん》する。鈴が転がるように笑う声が、耳に心地好い。

その笑顔を見た私は、『やはり息子には勿体《もったい》ないかも』と改めて思った。

今日は部屋でゆっくりするようチェルシーちゃんに勧めてから、一階へ下りる。

ソロモンは食事の席についてはいたものの、皿の上の朝食は全く減っていない。

私が入ってきた途端《とたん》に顔を上げて、チェルシーちゃんの姿を探す。

「今日一日、チェルシーちゃんとは会わせないわよ」

「!?」

愕然《がくぜん》とした表情で、ソロモンは固まった。

世界の終わりを目の当たりにしたかのような衝撃《しょうげき》を受けている息子に、呆《あき》れてしまう。下手《へた》をすると、初めて自分の髪と瞳が黒く染まった日よりも絶望しているように見えた。

「母上は、私に死ねと？」

「今まで二十五年間、側《そば》にいなくても生きていたでしょう。一日くらい我慢《がまん》しなさい」

「側にいる心地好さを知ってしまったからこそ無理なんです。チェルシーが同じ屋根の下にいるのに、声も聞けない、匂《にお》いも嗅《か》げないなんて拷問《ごうもん》だ」

「嫁入り前のお嬢さんを嗅ぐのは止《や》めなさい」

私達夫婦の自慢の息子は、何処《どこ》へ行ってしまったのか。

脱力感に苛《さいな》まれながら、額に手を当てて溜め息を吐き出す。

「チェルシーちゃんに嫌われてもいいの？」

「……っ!!」

ソロモンは、ぐっと言葉に詰まる。

嫌われて当然な事をしている自覚はあったらしい。それならもっと自重《じちょう》して欲しい。

「好きでもない男に無理やり迫《せま》られるなんて、女の子にとっては恐怖でしかないわ」

「好きでもない男……」

「現状、好かれてはいないわよね」

バッサリと切り捨てると、ソロモンは胸を押さえて呻《うめ》いた。

あれだけの事を仕出《しで》かして、気持ち悪いと思われていない辺り、希望を抱いてもいい気はするけれど言わない。

今のソロモンが調子に乗ったら、チェルシーちゃんの貞操《ていそう》の危機に繋がる。

「嫌われていないだけでも奇跡《きせき》よ。それを肝《きも》に銘《めい》じて、これからの行動に活かしなさい」

神妙《しんみよう》な顔でソロモンは頷く。

その殊勝《しゆしよう》さをずっと継続して貰《もら》いたい。切実に。

「失礼致します」

そうこうしている間に執事《しつじ》がやってきて、王宮魔導師の来訪を告げる。

「私が応対するから、いつもの部屋にお通ししてくれ」

凜々《りり》しい顔で立ちあがるソロモンは、さっきまでの情けない顔をした男とは別人だ。姿勢のいい後ろ姿を見送り、心の中で呟く。

(好きな子の前だけ恰好悪くなるとか、なんの呪いかしら)


「なるほどなぁ」

王宮魔導師のドルフは、重々しく頷く。

我が公爵家の分家の出で、夫の乳兄弟《ちきようだい》。そして魔導師団の副団長でもある。年齢は今年で四十二歳。爵位を弟君に譲って、気楽な独身生活を謳歌《おうか》している彼は、昔からソロモンを我が子のように気にかけてくれていた。

ソロモンが十三歳の頃、初めて髪と瞳が黒く染まった日も、ドルフがいなかったらどうなってい
た事か。魔法に疎《うと》い私達だけでは、混乱するソロモンを支えてあげられたかどうか分からない。
ドルフ自身も魔力が強く、成人前はたまに髪や瞳の色が濃くなっていたらしいので、経験者とし
て有益《ゆうえき》な助言をくれた。とはいえソロモンのように完全な黒ではなく、シルバーブロンドが濃い灰
色になる程度だったそうだ。

ソロモンが黒に変化するのは、魔力量が誰よりも多いから。

そしてその分、制御《せいぎょ》も難しいのだろうと以前、ドルフは言っていた。

「一旦は落ち着いたのに、まさか再発するとはな」

溜め息交じりに呟き、ドルフはソロモンを見る。

通常、溜《た》まった魔力は、汗などの体液と共に体外に流れ出る。しかしソロモンは魔力の量が多す
ぎて、間に合わないらしい。

自然な排出《はいしゅつ》だけでは足りないと、提案された方法が自慰だった。

ドルフの助言を受けてから、ソロモンの色の変化は徐々に落ち着いた。

自分で管理するコツを摑《つか》んだのか、十代の後半に差し掛かる頃にはほぼ変化しなくなり、黒く染
まった姿はもう何年も見ていなかったというのに。

どうして今になって、月に何度も変化するようになってしまったのだろう。

「ソロモンは自分の変化に関して、何か気付いた事はあるのか？」

「……確証はありませんが、切っ掛けとなる要素は思い浮かびます」

「言ってみろ」

促《うなが》されたソロモンは、何故《なぜ》か口籠《くちご》もる。とても言《い》い辛《づら》そうに、視線を泳がせた。

我が強い訳ではないが、主張はハッキリしているソロモンらしからぬ態度だ。

私とドルフがじっと言葉を待つと、観念《かんねん》したような顔で目を伏せた。

「性的興奮を得ると、変化するのではと推測しています」

「は？」

呆気《あっけ》に取られ、間の抜けた声が出る。

自棄《やけ》になっているのか、ソロモンは欠片も照れている様子はない。

「そうだろうな」

言葉を失くす私とは違い、ドルフは落ち着き払った態度で言う。

「……どういう事かしら？」

置いてきぼりにされた私の問いに、ドルフは「証明されてはいないので、あくまで仮説だが」と前置きして語り始める。

「おそらく、感情の昂《たかぶ》りと魔力の増加には因果関係《いんがかんけい》がある。特に興奮や高揚《こうよう》は効果も大きい。ソロモンが十代前半に発症《はっしょう》したのは、多感な時期だったからだ」

ぼかした言い方だが、精通を迎《むか》えた時期と丁度重なるのだろう。

「魔力の増加と言っても、もちろん基礎能力が上がる訳ではない。一時的に跳《は》ね上がるだけで、時間を置けば元に戻る上に、体力の消耗《しょうもう》も激しい。初陣《ういじん》の魔導師が潰れやすいのは、このせいだな」

注釈《ちゅうしゃく》を聞きながら、油を掛けて火を燃やすようなものだろうかと考える。火力は大きくとも、燃《も》え尽きるのも早いだろう。

「つまり逆に考えるなら、精神が安定すれば自《おの》ずと魔力も落ち着く？」

私がそう言うと、ドルフは首肯《しゅこう》した。

なるほど、と納得しかけて新たな疑問が浮かんだ。

「あら？　だとしたら、十代後半に落ち着くのはおかしいのではなくて？」

十代の男性なんて、何もかもが興奮材料になるのではないだろうかと、失礼な考えが頭を過《よぎ》る。

「落ち着きはしないが、発散の仕方は覚える」

溜まる暇《ひま》もないだろうという言葉を聞いて、眉間《みけん》に皺《しわ》が寄った。

大切な内容だと理解しているが、身内の赤裸々な話はあまり聞きたいものではない。

「加えて、性行為で魔力の制御を覚える奴《やつ》が多い。実体験でもあるが、他人と体液を交換する過程で、体内の魔力循環《じゅんかん》のコツが不思議と分かるようになる。つまり、そこそこ発散していたら、何も問題はないはず、なんだが……」

淡々《たんたん》と説明したドルフは、そこで言葉を区切った。

「ソロモン。お前――童貞《どうてい》だろ」

投げつけられた、あまりにも乱暴な言葉には疑問符《ぎもんふ》すらついていない。最早《もはや》、断定だ。

あり得ないと思いながらソロモンの顔を見ると、息子はしっかりと頷いていた。

「はい」

(そんな馬鹿な)

愕然とした。だって息子は、社交界一の色男と呼ばれている。

恋愛には臆病《おくびょう》で、結婚に乗り気でないのは知っていた。恋人を紹介された経験もない。

しかし、世間で流れている数多《あまた》の噂《うわさ》が全て偽《いつわ》りだとは思っていなかった。流石に誇張《こちょう》だとは思っていたけれど、可憐なご令嬢から蠱惑的《こわくてき》な未亡人まで、何十人と挙げられたお相手の全てが嘘《うそ》だなんて、そんな事あるのか。

「派手な噂ばかり聞くから、そんな訳ねぇかと思っていたんだがな」

「女性に取り囲まれるのが、少々苦手でして。節操《せっそう》のない男だと噂が広がれば、避《さ》けられるかなと思って噂を放置していたのですが……」

「逆に熾烈《しれつ》な争いになってしまったと。色男は辛いなぁ」

ドルフは呆れ顔で笑った。

ソロモンも苦笑いを浮かべているが、私は受けた衝撃が大きすぎて反応出来ない。

「というか、遊び方を覚えてないくせに、十代後半で落ち着いた事が驚きだよ。お前は聖人かなんかか？」

「あまり人と触れ合うのが好きではないので。興味が薄いというか、おそらく淡泊なんだろうなと思っていました」

ソロモンは昔から、落ち着いた子だった。華やかな外見に寄って来る人間は多く、周囲は常に賑《にぎ》わっていたけれど、当人は静かな空気を好む穏やかな気質《きしつ》だ。

ところが今はどうだ。チェルシーちゃんの言動に一喜一憂《いっきいちゆう》し、情けない姿ばかり晒《さら》しているソロモンは、落ち着きとは程遠い。

「運命の女と出会って価値観がガラッと変わったってか。若い、若い」

ドルフはおかしそうに、喉《のど》を鳴らす。

つまり原因は、ソロモンの遅れてやってきた初恋。

魔力制御を覚えなくても問題ないくらい落ち着いていたはずのソロモンは、チェルシーちゃんに恋した事で、十代の少年並みに精神が不安定になっていると。

「しっかし、どうするかな。原因は分かったが、対処法」

ドルフは首の後ろを掻きながら、眉を顰《ひそ》めた。思案する彼の視線が彷徨《さまよ》う。

「一番手っ取り早いのは、魔力制御を覚える事なんだが……」

言い辛そうに言葉尻を濁《にご》す。

さっさと童貞を捨てて来いとは言えなかったのだろう。私も無理だ。

チェルシーちゃんに協力は頼めない。かといって、別の女性を紹介するのも難しい。後腐《あとくさ》れがないのは娼館《しょうかん》だが……果たして、素直に行くのか。

（そもそも、出来るの？）

チェルシーちゃんに会うまで、聖人並みに欲がなかった子だ。緊急事態だからと頭で納得させても、体が従わない可能性が高い。

ソロモンの愛と執着《しゅうちゃく》と性欲。全てがチェルシーちゃんの華奢《きゃしゃ》な体に伸《の》し掛《か》かっていると思うと、申し訳なさに心が痛む。

（チェルシーちゃんに逃げられたら、ビアズリー公爵家は物理的に詰むのね）

またしても一枚、彼女の退路を塞《ふさ》ぐ壁が出現した。

（ごめんなさい。逃がしてあげられないかもしれないわ……）

部屋でゆっくり朝食を摂っているだろうチェルシーちゃんに向けて、私は心の中で謝罪した。

第五章 恋に師匠なし

ビアズリー公爵家《こうしやくけ》の庭は、王都でも類を見ない程《ほど》に広大だ。

しかも、ただ広いだけではない。敷地内には区画ごとに色々な趣向《しゆこう》が凝《こ》らされていて、訪れる人の目を楽しませる。生垣《いけがき》の迷路に薔薇《ばら》のアーチ、精巧《せいこう》な彫像《ちようぞう》。大きな噴水《ふんすい》の周囲には、季節ごとの花が整然と植えられていた。

その中で私が一番好きな場所は、池のほとり。

個人宅にあるとは思えない大きな池では、最近になって見頃を迎えた睡蓮《すいれん》が咲き誇《ほこ》っている。岸とアーチ状の橋で繋《つな》がれた中央の島には立派な四阿《あずまや》が建っており、そこから眺《なが》める景色は最高の一言に尽《つ》きる。

滞在初日に案内されてからずっと、睡蓮が咲くのを待ち望んでいた。

つまり待望の景色であり時間な訳だが……楽しむ余裕《よゆう》がない。

「チェルシー、チョコレート好きだったよね？」

「はい……」

「このガトーショコラは、我が家のシェフ自慢《じまん》の逸品《いつぴん》なんだ。食べてみて」

「ありがとうございます……」

ティースタンドからケーキを取り分け、甲斐甲斐《かいがい》しく私の前に置いてくれるのは、有能な執事《しつじ》……ではなく、ソロモン様だ。

彼が下がらせてしまったため使用人は側《そば》におらず、紅茶も手ずから淹《い》れてくれた。

「どうぞ」

何をやらせても様《さま》になるなと、思わず感心する。

「……！」

ふわりと爽《さわ》やかな若葉のような香りが鼻を抜ける。今の時期に流通しているのは、春摘《はるつ》みの紅茶だろうか。

雑味は一切なく、ほんのりとした甘さだけを残して喉《のど》を流れ落ちた。

「美味《おい》しい」

思わず、ぽつりと呟《つぶや》く。

するとソロモン様は目元をうっすら紅潮《こうちょう》させ、嬉《うれ》しそうに笑った。

「よかった。貴女《あなた》に飲んでほしくて、爺《じい》やに習った甲斐があったよ」

「！」

笑顔のソロモン様と視線がかち合ってしまい、私は慌《あわ》てて目を逸《そ》らす。

途端《とたん》に彼がしゅんと萎《しお》れるのが、視界の隅《すみ》に映った。

（あぁ……ごめんなさい。でも、どんな顔で向き合えばいいか分からないの）

一日引き籠《こ》もり生活を終えて、翌日。

覚悟を決めて部屋から出てきた私だが、ソロモン様の顔をまともに見られない。

「やっぱり、まだ怒っている……？」

「ちが、違うんです……」

夜会での一件についてソロモン様は誠心誠意、謝罪してくれた。

私の許容範囲を超えた出来事ではあったが、ソロモン様にも事情がある。水に流して、何事もなかったように振舞おうと決めていたのだけれど。

ソロモン様を見ると、あの時の色んな事が頭の中を駆《か》け巡《めぐ》る。

荒い息遣いや、体の熱。腰を抱く腕の力強さに、逞《たくま》しい胸板、首筋を這《は》う唇《くちびる》の感触と、快感を呼び起こす指使い。ついでに粘液《ねんえき》を混ぜる音まで蘇《よみがえ》ってしまい、とてもじゃないが平静を保てない。

(私ったら、何てはしたないの……！)

「オレの事、嫌いになっちゃった？」

「なっていません！」

弾《はじ》かれたように顔を上げた。

反射的に否定しても、ソロモン様の表情は晴れない。

(自分の事に必死で、ソロモン様の気持ちを考えていなかった)

目も合わせず、碌《ろく》に口も利かない。ずっとそんな態度を取られ続けていたら、勘違《かんちが》いして当然だ。

そんな顔をさせたかった訳じゃないと思っても、今更遅い。

「なら、気持ち悪いと思った……？」

ついには、言わせてはいけない言葉まで言わせてしまった。

「思っていません！　全然、これっぽっちも！」

椅子《いす》から立ち上がって、叫《さけ》ぶように告げる。

私のあまりの必死さに、ソロモン様は目を丸くした。長い睫毛《まつげ》が数度瞬《またた》く。「思ってないんだ……」と呟いた声は、驚《おどろ》いたような響《ひび》きだった。

ソロモン様は私をじっと見つめて、躊躇《ためら》いがちに口を開く。

「じゃあ、どうして目を合わせてくれないのか、聞いてもいい？」

「……っ」

言葉に詰まる。立ち上がったままの私は、視線を彷徨《さまよ》わせた。

胸の前で、無意味に手を合わせたり、指を組み替えたりを繰《く》り返《かえ》す。

沈黙《ちんもく》が十数秒続いても、ソロモン様は急《せ》かす事なく、黙《だま》って言葉を待ってくれている。それが逆に居心地の悪さに拍車《はくしゃ》をかけていた。

「……恥ずかしくて」

逃げられないと観念《かんねん》した私だったが、往生際《おうじょうぎわ》悪く視線を逸らしたまま呟く。

「あの夜の事を思い出してしまって……ソロモン様の顔が、見られませんでした」

自分の顔が赤くなっているのが、熱さで分かる。

なんの拷問《ごうもん》だろうと心で泣いた。

羞恥《しゅうち》を誤魔化《ごまか》す為に「それだけです」と早口で告げて、すとんと椅子に座る。

「……意識、してくれたんだ」

ソロモン様は、呆気《あっけ》に取られたような声で言う。

そっぽを向いていた私は、彼がどんな顔をしているのか気になって、ちらりと視線を向けた。

「！」

ソロモン様は蕩《とろ》けるような顔で笑っていた。

いつもの笑顔も麗《うるわ》しいけれど、今日は格別に神々しい。

「嬉しい」

幸福を噛《か》み締《し》めるみたいな言い方だった。

心を全て明け渡してくれるかのような笑顔に、ドキンと胸が高鳴る。

（なんか……私、おかしいかも）

バクバクと心臓が壊《こわ》れそうな音を立てている。

喉の渇《かわ》きを解消しようと紅茶を飲んでも、味が全く分からない。さっきまで、とても美味しかったのに。

アレもコレも伯爵家《はくしやくけ》では一生食べられない高級品なのに、どれが何味なのかも分からない。

どうにか平静を取り戻そうと、ソロモン様に話題を振った。

「そ、そういえば、昨日は魔導師《まどうし》様がいらっしゃったんですか？」

「ああ、うん。私の不調について相談したよ」

実際に聞きたかった話なので真剣に耳を傾《かたむ》ける。ソロモン様の日常生活に関わる大事な問題だ。

意識がそちらに向いたせいか、鼓動《こどう》は鎮《しず》まってきた。

「どうでした？　原因と対策は分かりましたか？」

「うーん……、まぁね」

ソロモン様にしては珍《めずら》しく、歯切れの悪い言い方だ。

不思議に思って首を傾《かし》げる。

「私にお話ししていただくには、何か支障が？」

（私に関係しているかと思ったんだけれど、勘違いだった？）

ここ一月《ひとつき》の話に限るが、ソロモン様に色の変化が起こる時、私が側にいる確率が高い。

ならば解決法も私がお手伝い出来る事があるかと思っていたのだけれど、思い違いらしい。

「支障と言うか……」

ソロモン様は私と目を合わせる。

心の奥まで覗《のぞ》き込《こ》むような真《ま》っ直《す》ぐな視線に、思わずたじろぐ。

すると彼は、ふっと息を吐《は》くように表情を緩める。

頬杖《ほおづえ》をついて、柔らかな眼差《まなざ》しで私に微笑《ほほえ》みかけた。

「チェルシーがオレを好きになってくれたら、教えてあげる」

その言葉に、私は戸惑《とまど》う。

「今の私では、お力になれませんか？」

「そうじゃないよ。でもオレは我《わ》が儘《まま》だから、どちらかだけでは嫌なんだ」

「？」

どちらかだけとは何の事だろう。

疑問が浮かぶけれど、ソロモン様を問い詰めても答えてはくれない気がした。

力になりたいのに、何も出来ない事が歯痒《はがゆ》い。かといって、真摯《しんし》な愛情を注いでくれる彼に中途半端な答えは返せない。

ソロモン様を好ましく思う。ラナやアナベルに抱く親愛とは、少し違うような気がするけれど、明確には否定できない。

(恋って、どんなものなのかしら?)

いつかの夜会での疑問を、再び己に問いかけた。

＊＊＊

ビアズリー公爵家に滞在するようになって、一月《ひとつき》と少し。

よくしてくださる公爵家の皆様のお蔭《かげ》で私は、とても充実した毎日を送っている。

実家の両親に心配をかけてはいけないので、その旨を丁寧《ていねい》に綴《つづ》り、手紙を送った。

ところが両親から公爵家宛てに、娘への面会の申し込みがあったらしい。

あの引き籠もり夫婦が、わざわざ筆頭公爵家に来ると聞いて驚愕《きょうがく》した。

社交シーズン中とはいえ、王都のタウンハウスに留《とど》まり続けているだけでも誉《ほ》めたいくらいなのに。いつも適当な理由を付けて早々に引き上げる二人が、私を置いて領地に帰らなかっただけでも奇跡《きせき》。スタンディングオベーションものだ。

それとも、先に帰るという報告だろうか。だとしても手紙ではなく、直《じか》に言いに来るだけでも賞賛《しょうさん》したい。父様と母様にしては頑張っている。

暫《しばら》く離れて暮らしていた両親の変化に、私は密《ひそ》かに感動していた。

そして迎えた来訪当日。玄関ホールにて。

ビアズリー公爵一家勢揃《せいぞろ》いで出迎えられ、私の両親は昏倒《こんとう》しそうな顔色になっていた。

「久しぶりだね、リード卿《きょう》。会えて嬉しいよ。今日はどうか、ゆっくりしていってくれ」

「こ、こちらこそ、お会い出来て光栄です」

「ポーラ様、よくいらして下さったわ。チェルシーちゃんとのお話が終わったら、三人でお茶会しましょうね」

「あ、ありがとうございます」

歓待《かんたい》する公爵夫妻のテンションの高さに対し、私の両親は蛇《へび》に睨《にら》まれた蛙《かえる》のようだ。

そろそろ表情筋と声帯《せいたい》が限界みたいなので勘弁《かんべん》してやってくださいと、間に割って入りたくなる。

そんな私の心の声に気付いたのかは定《さだ》かではないが、ソロモン様が「家族水入らずの邪魔をするものではありませんよ」と公爵夫妻をやんわり止めてくれた。

名残惜《なごりお》しげな公爵夫妻とソロモン様と別れ、応接間に移動する。ソロモン様が気を利かせてくださったのか、使用人も退出し、私達家族だけが残される。

ベルの音が届く位置にはいると思うが、家族水入らずの時間を設けてくれたのだろう。

静かな応接間に、長い沈黙が落ちる。

「お父様、お母様……」

じっと私を見つめる両親に戸惑いながらも、呼びかけた。すると二人は席を立った。

「チェルシー！」

両脇から挟《はさ》み込むように抱き締められて、私は目を白黒させた。

「チェルシー……、貴女、頑張ったのね。こんな豪華《ごうか》なお屋敷で、輝くような美貌《びぼう》の方達に囲まれて、よく生き残ってくれたわ。お母様は貴女が誇らしい」

「私が頼りないばかりに、辛《つら》い思いをしただろう。ごめんな」

両親は、まるで龍《りゅう》の巣穴に娘を放り込んでしまったかのような嘆《なげ》き様だ。

私は公爵家の皆様によくしてもらって、楽しく暮らしていると手紙に書いたはずなのに。何がどうなって、両親はその結論に辿《たど》り着いたのか。

もしかして、途中で山羊《やぎ》に食べられて届かなかったのかもしれない。

「でも、もう大丈夫だ。お父様に任せておけ」

「えっ」

まず誤解を解かなければと思っていた矢先、衝撃的《しょうげきてき》な言葉を聞いて動きを止めた。

(お父様が『任せておけ』って言った⁉　そんな頼もしい言葉、生まれて初めて聞いたわ)

何をするにも逃げ道を用意するお父様が。

約束なんてものは自分に自信のある人間がするものだと堂々と言い放ち、娘を街に連れていくという些細《ささい》な約束ですら明言しなかった、あのお父様が。

筆頭公爵家を相手に、一歩も引かない姿勢を見せている事に心を打たれる。

「ですがお父様、ビアズリー公爵様は……」

私にとてもよくしてくれていると続ける前に、お父様は「皆まで言うな」と言葉を被《かぶ》せる。

「確かにあの方は、素晴らしい。地位も家柄も容姿も能力も、何一つ敵《かな》わないだろう。……だが一つだけ、あの方には絶対に真似《まね》の出来ない特技が、私にはある」

「特技」

何ソレ聞いた事ないわと、私は胸中で呟く。

凡人な私の両親は同じく凡人だ。突出した部分が一切なく、全てが平均な事だけが特徴だと思っていたのに、秘められた能力があったとは驚きだ。

「それは一体？」

ごくり、と喉が鳴る。見守る私と同じく、真剣な顔のお父様が口を開いた。

「土下座だ」

「どげざ」

言葉が脳内で変換できず、間抜けな発音のまま口から零《こぼ》れた。

意味が分からない。いや、分かりたくない。

場を和《なご》ませる為の（面白くない）冗談かと思ったけれど、真剣な顔で頷《うなず》かれてしまった。

お母様はお母様で、信頼を込めた眼差しでお父様を見ている。何だろう、この異様な状況。私がおかしいのか。

「心配するな。私の土下座は中々のものだぞ？」

少し照れた顔で誇らしげに胸を張らないで頂きたい。

言葉選びとの落差で脳が混乱する。

「お父様の土下座は、それは、それは見事なのよ。一切の躊躇《ちゅうちょ》なく、矜持《きょうじ》を投げ捨てる姿勢は惚《ほ》れ惚《ぼ》れとするわ。お母様はその姿を見て、この人に付いて行こうと決めたのだから」

（どんな状況なの、それ。物凄《ものすご》く気になる。気になるけれど、絶対に見たくない）

そして、意味不明な馴《な》れ初《そ》めを聞かせないで欲しい。今後、どんな目で両親を見ればいいか分からなくなるから。

どうしよう、ツッコミが追い付かない。

頭痛を感じながらも、まずは一つ、分かり易《やす》いものから解決を目指した。

「誤解です」

「……誤解？」

お父様とお母様は揃って首を傾げる。

何処《どこ》までも似たもの夫婦な二人を見ながら、私は頷いた。

「お手紙に書いた通り、公爵家の皆様は私にとてもよくしてくださいます。ソロモン様からのお願いで始まった生活ではありますが、私自身も今では楽しんでおりますし」

「本当に？」

「無理をしているのではないの？」

飾《かざ》り気《け》のない本音に、疑惑《ぎわく》の目が返って来た。どうして。

「何故《なぜ》そこまで疑われるのか、逆に聞きたいです」

「だって貴女、手紙に『死にたい』って」

「えっ!?」

「『死にたい、殺して』っていう一文を見つけた私達が、どれ程《ほど》、心配したか。臆病風《おくびょうかぜ》に吹かれて、お前を見送ってしまった自分を許せなかったよ」

「はっ!?　そんな言葉、書いた記憶ないんですが!?」

「無理をしなくていいのよ。臆病な貴女が、精一杯勇気を振り絞《しぼ》って助けを求めた言葉は、ちゃんと私達に届いたの」

お母様はそう言って、見覚えのある封筒《ふうとう》を取り出す。自らしたためた手紙を受け取って読み返しても、そんな悲壮感溢《ひそうかんあふ》れる文節は何処にも見当たらない。

「ほら、ここに」

母様の細い指先は、文章の流れを無視して縦に動く。

「何故、縦読みを!? いえ、それにしてもそんな奇跡……起きてる」

左端の言葉を抜き出すと、さっき父様が言った文章が現れてしまった。思わぬところで私は奇跡を起こしていたらしい。

「誤解です」

同じ言葉を繰り返した。ここまで綺麗《きれい》に文章が出来上がってしまうと、我ながら嘘臭《うそくさ》く聞こえるなと思った通り、両親は信じてくれない。

「怖がらなくていいのよ、チェルシー。お母様が付いていますからね」

「確かに、人払いしてあっても何処で誰が聞いているかは分からない。だが、正直に言っていいんだ。私は覚悟を決めたよ」

いつになく頼もしい両親からの視線に、喜びたいのに喜べない。

『本当です』『無理するな』という遣り取りを、何回繰り返したか。

両手の指の数を超えた頃、漸《ようや》く、二人は私の言葉をまともに聞いてくれるようになった。

無限ループに突入するかと思って、怖かった。

「じゃあ、本当に無理していないんだな？」

「人生の全てを諦《あきら》めて、自棄《やけ》になっているのでもないのね？」

「はい」

未《いま》だ半信半疑《はんしんはんぎ》な二人の問いに、しっかりと目を逸らさずに頷いた。

すると二人は揃って、安堵《あんど》の息を吐き出す。「よかった」という短い言葉を聞いて、少し頼りないけれど、私は二人の娘でよかったと改めて思った。

「ソロモン様のお相手として名が知れ渡ってしまって、お前が絶望しているんじゃないかと気が気じゃなかったんだ」

「え？」

「チェルシーはソロモン様の申し込みを断るつもりだと思っていたから、驚いたわ。婚約も秒読みだなんて噂《うわさ》が広がっては、もう別のお相手なんて探せないし。逃げ場がなくなった貴女が泣いているんじゃないかと、お母様は心配していたのよ」

「は？」

「公爵家と親戚になる覚悟は……正直、まだ出来ていない。でもチェルシーが望むのなら」

「待ってください」

恰好《かっこう》よさげなお父様の言葉を、思いっきり遮《さえぎ》った。

感動的な言葉を贈《おく》ってくれようとしているのは分かる。でも今は、そんな場面じゃない。

「ソロモン様と私が、何ですって？」

お父様とお母様は顔を見合わせてから、戸惑ったように私を見た。

お父様、曰《いわ》く。

紳士《しんし》であり、女性関係の噂が絶えないソロモン様だが、衆目《しゅうもく》の中で女性に触れる事は滅多《めった》になく、ダンスと挨拶《あいさつ》が精々《せいぜい》。

そんな彼が、先日の夜会で私を抱き上げた事で「相手は誰だ」と動揺《どうよう》が広がった。

私の顔を覚えている人は滅多にいないだろうと思っていたのに、すぐさま身元は割れてしまったそうだ。

どうして。特徴がなさ過ぎて逆に目立っていたとでもいうのか。

今までソロモン様のお相手として名前が挙がっている令嬢《れいじょう》とは、毛色が違う。遊び相手には向かない。つまり本気なのでは？

そんな地獄《じごく》のような連想ゲームが繰り広げられ、私は見事、ソロモン様の婚約者候補筆頭にされてしまったようだ。

（そんな馬鹿な）

知らない間に、話がどんどん進んでいる。何一つ覚悟が出来ていないままに、未来の公爵夫人の座をかけた争いに参加表明させられていた。

動揺した私は、その後の記憶が朧《おぼろげ》気だ。

お父様とお母様はビアズリー公爵夫妻に振り回されていた気がするけれど、よく覚えていない。

疲れ切った様子の両親を見送った事だけが、ぼんやり記憶に残っている。

心配して訪ねてきてくれたのに申し訳ないけれど、噂話の件で頭がいっぱいだった。

私がソロモン様の婚約者候補筆頭とは。

実際の状況は少し違う。でも、事実無根とも言い難い。

私はソロモン様に求婚された身。しかも、ビアズリー公爵家のタウンハウスに一か月も滞在している。

懇切《こんせつ》丁寧に弁解したとしても、たぶん理解は得られない。私でも『何が違うの？』と聞き返すと思う。

（いい加減、目を逸らさずに考えなきゃならない時期なのかも）

ソロモン様を異性として愛せるのか。

ビアズリー公爵家に嫁《とつ》ぐ覚悟が出来るのか。それから。

（友達に嫌われる覚悟も、まだ出来ていないわ……）

重い吐息が唇から零れる。

ソロモン様は、社交界で最も人気の高い方だ。未婚の女性に思いを寄せる方を聞いてみれば、彼の名が八割以上の確率で返ってくる。

そして私の親友であるラナとアナベルも例に漏《も》れず、ソロモン様に憧《あこが》れていた。

気障《きざ》な言葉で誘いをかけてくる男性らには素気《そっけ》ない態度を取る二人も、ソロモン様の話をしている時は年頃の乙女《おとめ》らしく、はしゃいでいた。

（見知らぬ人に嫌われるのは我慢《がまん》出来ても、二人に嫌われるのは無理よ。泣いてしまうかも……）

考えただけで、涙が滲《にじ》みそうだ。でも泣く資格なんて、私にはない。

夜会でソロモン様に抱き上げられた時に、ラナは目の前で見ていた。優しいあの子は私を心配して追いかけて来てくれたけれど、心の中では動揺していたかもしれない。

（恋愛に疎《うと》い私は今まで、どれだけの人の気持ちを踏《ふ》み躙《にじ》ってきたんだろう）

答えの出ない問いを自分に投げかけて、沈《しず》み込《こ》むという事を繰り返していた数日後。実家経由で、アナベルから手紙が届いた。

アナベルとラナと私、三人だけのお茶会。

いつもなら楽しみにしていた招待状《しょうたいじょう》を見て、これ程、気分が落ち込むのは初めてだ。それでも、欠席だけは絶対にしない。

そんな事をしたら私はもう二度と、二人の顔を正面から見られなくなるから。

招待状の記載のとおり、五日後にオルコット侯爵家《こうしゃくけ》を訪れた。

案内する使用人の後に続いて石畳《いしだたみ》の道を進む。ハーブガーデンを抜けると、白い円柱にドーム型の屋根のガゼボが現れた。中央には白い塗装《とそう》のガーデンテーブルがセットされており、既にアナベルとラナの姿がある。

先に私に気付いたアナベルが席を立ち、出迎えてくれた。

「ようこそ。待っていたわ」

「こんにちは、アナベル、ラナ」

「チェルシー、元気だった？」

「ええ」

私に手を振るラナの笑顔は、いつも通り可愛らしい。でも、少しだけ沈んでいるように感じてしまうのは、私が持つ罪悪感のせいか。

オルコット侯爵家の領地で採れる紅茶は深いコクが特徴で、ミルクティーに最適。一杯目のストレートも、茶葉本来の瑞々《みずみず》しい香りが楽しめる。

三段のティースタンドの最上部に鎮座《ちんざ》するケーキはどれも絶品。特にダークチェリーのタルトは、私の好物の一つだ。

花の盛りを迎えた庭園の景色も見事だ。

でも、一向に私の気持ちは上向かなかった。三人での会話も、全く盛り上がらない。

(胸が苦しい)

いつもは美味しいお菓子一つで、大袈裟《おおげさ》な程にはしゃげた。淑女《しゅくじょ》としてのマナーや貴族の責務も、この時ばかりは忘れられていたのに。

大好きな友人達との大切な時間を失ってしまった事が、哀《かな》しくて堪《たま》らなかった。

(いいえ。辛いのは、ラナとアナベルの方よ。私に哀しむ権利なんてない)

俯《うつむ》きかけた顔を上げる。

今の私に出来るのは、二人の気持ちを受け止める事くらいだ。

全員が思い詰めた表情で黙り込む。葉擦《はず》れの音だけが聞こえる心地好い空間のはずなのに、酷《ひど》く息苦しい。

「……チェルシー」

長い静寂《せいじゃく》を破ったのはアナベルだった。

呼びかけられて、大袈裟に肩が揺れる。どうにか平静を装《よそお》って微笑んだ。

「何かしら?」

「ソロモン様との噂は、本当なの？」

「嘘よねっ？」

私の返事を待たずに、ラナが必死な声で割り込んだ。

「ソロモン様はチェルシーの体調不良に気付いて、運んでくださっただけよ。夜会に参加していた人達が勝手な噂を流しただけ」

畳《たた》み掛《か》けるように言って、ラナは「ね？」と私に念を押す。確認するのではなく、同意を促《うなが》すような強さが、視線に込められていた。

あの噂はラナにとって受け入れ難《がた》い内容だったのだと、思い知らされる。

「私もチェルシー達の後を追いかけたのだけれど、医師の診察中だと止められてしまったのよね。暫くしてから様子を見に行ったら帰ったと聞いて、心配したわ。大丈夫だった？」

気遣ってくれるラナに曖昧《あいまい》な笑みを返す。

夜会で休憩室に入る前に、ソロモン様が声を掛けた執事が機転を利かせてくれたらしい。

衣裳《いしょう》部屋に隠れていた時に休憩室へ入ってきたのも、ラナとグレン様ではなく、ビアズリー公爵家の従者だったので、決定的な場面は目撃されていない。

つまり、言い逃れしようと思えば出来る。

でも、それでは今までと何も変わらない。嘘を上塗《うわぬ》りし続けたら、いつか露見《ろけん》した時に取り返しのつかない溝《みぞ》が出来る。

(もう遅いかもしれないけれど)

沈黙する私に、ラナとアナベルの表情が不安げに曇《くも》る。

スカートをきゅっと握《にぎ》り締めてから、思い切って口を開いた。

「私とソロモン様は婚約していないわ」

「そう……」

「でも」

安堵《あんど》しかけたアナベルの言葉を強引に遮る。

「……でも、ソロモン様に婚約を申し込まれたのは事実よ」

二対の瞳が見開かれる。

強い視線を感じながら、私は姿勢を正す。二人に向けて頭を下げた。

「黙っていて、ごめんなさい」

再び、静寂が訪れる。二人の反応を確かめるのが怖くて、顔を上げられなかった。

「お返事はまだという事？」

アナベルの声は平坦《へいたん》で、怒っているのかどうかの判別がつかない。

「私の我が儘で、返事を待っていただいているの。光栄なお話だと分かっていても覚悟が出来なくて」

「なら、断ればいいわ」

突き放すような冷たい声にハッとして、俯いていた顔を上げると、声と同様に冷えた眼差しとかち合う。

「未来の公爵夫人としてやっていける自信がないのなら、早めにお断りするべきよ」

「それは」

ラナの言葉は正論だった。覚悟がないなら、さっさと断るべきだ。

悲しませたくないなんてエゴで先延ばしにしても、余計に傷付けるだけ。ソロモン様の為にも、彼を思う女性達の為にも、少しでも早く結論を出した方がいい。

そう、頭では理解出来ているのに頷けなかった。

子供みたいに笑うソロモン様の顔が思い浮かんで、言葉に詰まる。

「ラナ。貴女、言い過ぎよ」

「だって！」

アナベルが窘《たしな》めるように言うと、ラナの頬が赤く染まる。悔《くや》しそうな顔で唇を噛むラナの姿に、胸が痛んだ。

「いいの、アナベル。ラナの言葉は正しいわ」

ハッと我に返ったように、ラナは私を見る。

憤《いきどお》りと罪悪感の狭間《はざま》で揺れているのが、表情から読み取れた。可愛らしい顔をぎゅっと歪《ゆが》めたラナの目尻に、涙が浮かぶ。

「だって、チェルシーは私のお義姉様になるはずだったのに！」

「…………え？」

ラナの叫びを聞いて、呆気に取られる。

罵倒《ばとう》か、絶縁宣言か。胸を刺《さ》し貫《つらぬ》く言葉に備えて身構えていたのに。内容が予想外で、脳内の処理が追い付かない。

「チェルシーが家族になってくれたらなって、ずっと思っていた。でも大切な貴女をデールお兄様みたいなクズには任せられないから、ずっと我慢していたわ」

そんな計画自体、初めて聞いた。

混乱する私をよそに、ラナは赤く染まった小さな鼻をスンと鳴らした。

「そんな時に丁度、グレンお兄様が帰ってきてくれて、チャンスだと思ったのよ。それなのに……なんで？　なんでソロモン様なの!?」

憤りをぶつけるように、ラナはテーブルを叩《たた》く。華奢《きゃしゃ》な造りのティースタンドがぐわんと揺れた。

「ソロモン様は確かに素敵な方だけれど、チェルシーのお相手としては不安よね」

呆気に取られる私と違い、訳知り顔のアナベルが呟く。

するると、同意を得たラナが勢いづいた。

「そうよ！　チェルシーにはもっと、一途《いちず》で誠実な男性が似合うと思うわ！　うちのグレンお兄様なんか、その点お勧めよ。ちょっと堅物《かたぶつ》なのが玉に瑕《きず》だけれど、浮気の心配は一切ないし」

「……待って？」

心の底から待ってほしいのに、二人は止まってくれない。

「あら、グレン様は女性が苦手だと聞いたわ。それなら私の弟のアダムはどう？」

しかもアナベルまで、何やらおかしな事を言い出した。

「グレンお兄様は、チェルシーに興味を持っていたから問題ないわ。貴女の弟君は確か、今年成人したばかりでしょう？　チェルシーには年上の方が似合うと思うの」

「三歳差くらい、すぐに気にならなくなるわよ。しっかりした子だから、十分、チェルシーを支えられるでしょうし」

二人は私を放置して、睨み合う。バチバチと火花が散った気がした。

「なによ」

「やるの？」

出会った頃を思い出す遣り取りを見て、肩の力が抜ける。私の意見も聞いてほしいとか、兄弟の意思は確認したのかとか、言いたい事は色々ある。でも、今はそんな事、どうでもよかった。

「ラナ、アナベル」

「チェルシー？」

呼びかけると、揃ってこちらを向く。

当たり前のように寄越《よこ》される視線が、嬉しくて堪らない。かけがえのない存在を失くさずに済んだ安堵に、体中の力が抜けそうになった。

「嫌わないでくれて、ありがとう。大好きよ」

「!?」

思わず涙ぐんだ私を見て、ラナとアナベルは動揺する。

「な、何故泣くの!?　グレンお兄様が嫌だった!?」

「それともアダム？　無理強《むりじ》いはしないから、泣かないで。なんなら従兄弟《いとこ》でもいいのよ？」

「それなら私の従兄弟でもいいはずよ！」

「ご兄弟だけでなく、従兄弟の方にも怒られるわよ。二人共」

恥ずかしくなって涙を拭《ぬぐ》いながら、私は笑う。

「あら。チェルシーを紹介するんだから、感謝されるに決まっているわ。怒るとしたら、ソロモン様でしょうね」

アナベルが胸を張って言うと、ラナは複雑な表情で頷いた。

「選《よ》り取《ど》り見取りなんだから、邪魔しないでほしいのに」

「でも、チェルシーを諦めて別の女性を選ばれたら、それはそれで腹が立つわ」

「まぁね」

酷い言われ様だ。二人はソロモン様に想いを寄せているのではなかったのだろうか。

「あの。……二人は、ソロモン様をどう思っているの？」

顔を見合わせたラナとアナベルは、口を揃えて「観賞用」と答えた。

「素敵だとは思う。でも、私の好みじゃないわ」

「貴女達と同じ話題で盛り上がれる事が大事なのであって、対象が誰かは重要ではないのよね」

ラナはバッサリと言い捨てて、アナベルは頰に手を当てながら悪びれず答えた。

容赦《ようしゃ》のない言葉に、ソロモン様が気の毒になってくる。でも申し訳ないが、大切な友人と争わなくて済んだ安堵の方が大きかった。

「チェルシーこそ、ソロモン様をどう思っているの？」

「えっ」

アナベルの問いから追及が始まり、お茶会の話題は私とソロモン様の馴れ初めとなった。

恋の話に縁がなかった私は、しどろもどろになる。

魔力や色の変化について伏せると、語れない部分も多いので尚更《なおさら》だ。

でも、ソロモン様が女性にだらしないという噂だけは、しっかり否定しておく。ソロモン様は不誠実な方ではないと、短い付き合いの私でも断言できる。

「ソロモン様は真面目《まじめ》で優しい方よ」

「へぇ」

アナベルは面白がるように、にんまりと口角を上げた。

逆に、ラナは拗《す》ねた顔でそっぽを向く。

「私、何か変な事を言ったかしら？」

「ううん、何でもないわ」

「べーつーにー」

対照的な二人の様子に首を傾げるが、明確な答えが返ってくる事はなかった。

第六章 袖振り合うも多生《たしょう》の縁

ラナ達とのお茶会の、翌々日。

急遽《きゅうきょ》、ラナの家と縁のあるリンメル公爵家《こうしゃくけ》のお茶会に参加する事となった。

ソロモン様から求婚されている身で頻繁《ひんぱん》に遊び歩くのもどうかと思うけれど、拗《す》ねたラナのお願いは断れない。

『結婚したら中々会えなくなっちゃうんだから、今くらい付き合って欲しい』とか、『チェルシーは私に会えなくても寂《さび》しくないのね』とか。そりゃあもう、ごねられた。

果ては『ソロモン様と私とどっちが大事なの!?』と、寂しがり屋の恋人みたいなセリフを言われては、抵抗なんて出来ない。

了承すると拗ねていたのも忘れたかのように、とてもご機嫌になった。

少し我《わ》が儘《まま》なところもラナの魅力なので、まあ、よしとしよう。

「よく来てくれたわね、ラナ。アナベル嬢《じょう》とチェルシー嬢も、久しぶりにお会い出来て嬉《うれ》しいわ」

主催《しゅさい》のリンメル公爵夫人は、優しい笑顔で私達を出迎えてくれた。

温厚《おんこう》な夫人の人柄《ひとがら》がそうさせるのか、集まった人達も穏やかな方ばかり。

和《なご》やかな空気のまま、のんびりと時間が流れる。

見事な庭を散策しながら、私達も他愛《たわい》ないお喋《しゃべ》りに花を咲かせていた。

「？」

ふと、視界の端《はし》で何かが動くのが見えた。

ラナの背後にある生垣《いけがき》が、風もないのに揺れている。

注視していた私は、足元に落ちる黒い影を見つけた。一瞬、動物が迷い込んだのかと思ったけれど、違いにすぐに気付く。

（……子供？）

ピンク色の小さな靴《くつ》の先が、生垣からはみ出している。少しだけ膝《ひざ》を折って視線を下げると、膝を抱えた子供が隠れているのを見つけた。

この家の子供だろうか。迷子なのか、遊んでいるのかの判断がつかない。迷子なら屋敷まで送り届けたいけれど、大ごとにしてしまうと、この子が叱《しか》られてしまうかもしれない。

「チェルシー、どうしたの？」

「あ、……えっと」

口籠《くちご》もった私は頬《ほお》に手を当てるふりで、さっとイヤリングの片方を外す。

袖口《そでぐち》に無理やり押し込んでから、困り顔で笑った。

「イヤリングを片方、失くしてしまったみたいなの」

「えっ、大変。一緒に探すわ」

「そうね、手分けしましょう」

「大丈夫よ！」

以前も似たような過《あやま》ちを犯したと、今更になって思い出した。

(そういえば私の友人は、外見も内面も綺麗《きれい》な女神と天使だったわ)

「場所に心当たりあるから、先に会場に戻っていて」

「本当に一人で大丈夫?」

「ええ、すぐに追いつくわ」

焦《あせ》りを隠して誤魔化《ごまか》すと、渋々《しぶしぶ》ながらも二人は去っていく。

後ろ姿を見送ってから、その場にしゃがむ。驚《おどろ》かさないように、静かに声を掛けた。

「どうしたの? 迷ってしまった?」

「……!?」

自分に話しかけられているとは思わなかったらしい。数秒の間を空けて、ビクリと小さな体が跳《は》ねる。

生垣の隙間《すきま》に隠れていたのは、五歳くらいの小さな女の子だった。

見開かれた大きな瞳に涙の膜《まく》が張るのを見て、私は大いに焦った。

「ごっ、ごめ」

「ごめんなさいっ」

動揺《どうよう》した私の謝罪よりも、女の子の方が早かった。

呆気《あっけ》に取られて固まる私に、彼女は更《さら》に謝罪を重ねる。

「かってにお庭に出て、ごめんなさい」

零《こぼ》れ落ちそうな目を潤《うる》ませて謝る姿は、私の胸を深く抉《えぐ》った。

酷《ひど》く混乱した私は、女の子の両脇に手を入れて抱き上げた。

「っ!?」

「私の方こそ驚かせてしまって、ごめんなさい」

強張《こわば》った体を抱き締めて、宥《なだ》める為に背中をゆっくりと叩く。

ぽん、ぽんと一定のリズムを刻んでいると、やがて緊張《きんちょう》は解けた。顔を覗《のぞ》き込《こ》むと、目元は赤いものの、涙は零れていない。

私に怯《おび》えている様子もないと確認して、私は安堵《あんど》の息を零した。

「許してくれる？」

女の子は、コクリと小さく頷《うなず》く。

幼気《いたいけ》な仕草《しぐさ》と赤くなった鼻の頭が可愛らしくて、つい笑み崩れた。

「貴女《あなた》は、ここの家の子かしら？」

問いかけに、女の子は首を横に振る。では何処《どこ》から来たのかと訊《たず》ねると、西に隣接する国の名前が出た。どうやら彼女は、隣国の貴族の子供らしい。

親戚であるリンメル公爵家へ姉妹で遊びに来て、数日前から滞在しているそうだ。お茶会の間は大人しく、お部屋で遊んでいると約束したようだが……。

「お姉さまは、ダリアがきらいなの。だから、怒ってばっかり」

生垣の通路を進みながら、女の子……ダリアちゃんの話に耳を傾《かたむ》ける。

お部屋で遊ぶという約束を破ってしまったのは、お姉さんとの喧嘩《けんか》が原因のようだ。話しているうちに哀《かな》しくなってしまったのか、彼女はグスンと鼻を鳴らす。

「そばにいても怒るし、お外に出ても怒るし……いっつも怖いお顔してるの。ダリアがいなくなって、きっと今ごろ喜んでるとおもう」

「そうなの？」

「そうなの……っ」

ダリアちゃんは、自分の言葉に傷付いて泣きそうになった。

嫌われていると思っていても、嫌われたい訳ではないのだろう。

「聞いてみないと、分からないでしょう？」

「わかるもん！」

鼻声で濁音《だくおん》混じりになっているのが、可哀相《かわいそう》で可愛らしい。

「ダリアがのろまだから……」

「私ものんびりしているから、たまにお友達に叱られるわ。一緒ね」

ラナとアナベルには、警戒心がないと叱られる事が多い。

笑顔の私にダリアちゃんは目を丸くした。

「叱られるのに、嫌じゃないの……？」

「お友達は私を心配してくれて、叱ったのよ。嫌な訳ないわ」

「しんぱい……」

ダリアちゃんは小さな声で呟《つぶや》いて、考え込む。

黙ってしまった彼女を抱っこしたまま、お屋敷を目指した。

大きな騒《さわ》ぎになってはまずいと思い、お茶会の会場を避《さ》けて遠回りしている途中《とちゅう》、二階から声が降ってきた。

「ダリアッ！」

必死の形相でバルコニーの手摺《てすり》から身を乗り出しているのは、これまた可愛らしい女の子。ダリアちゃんを凛々《りり》しくしたような顔立ちをしている。

その子は、ダリアちゃんを抱く私に気付くと、すぐさま引っ込んだ。その後に続く慌《あわ》ただしい足音とドアの開閉音が、ここまで届く。

「パメラお姉さま……」

やはり、あの子がダリアちゃんのお姉さんか。

どう見てもダリアちゃんを嫌っているようには見えないし、ダリアちゃん自身もその事に気付いただろう。小さな胸を痛めた問題がなくなりそうで、何だか嬉しくなる。

ただ一つ、問題があった。

(私が誘拐犯《ゆうかいはん》ではないと、分かって貰《もら》えるといいのだけれど)

さっきの様子を見る限り、私は大事な妹をかどわかした悪人と判断された可能性が高い。

(こんな事になるならお父様に、効果的な土下座のやり方を習っておくべきだったかしら)

リード家の意味不明な秘儀《ひぎ》は、こうして受け継がれていくんだろうか。

そんな馬鹿馬鹿しい事を考えていると、向こうから、小さな女の子が大人の男性の手を引いて駆けて来るのが見えた。

ダリアちゃんを地面に下ろすと、覚束《おぼつか》ない足取りで駆《か》け出す。

パメラちゃんは腕を広げて、ダリアちゃんを抱き締めた。

「心配ばっかりかけてっ！　ダリアのバカッ！」

「ごめんなさぁいっ」

感動の再会を横目に、私とアッシュグレーの髪色の男性は気まずい顔付きで対面する。

「誤解です」

どう釈明《しやくめい》するべきかと悩んだ挙句《あげく》、かなり胡散臭《うさんくさ》い言葉を選んでしまった。ダリアちゃんが必死に庇《かば》ってくれなければ、お茶会で恥を晒《さら》す羽目《はめ》になったかもしれない。

男性は二人のお父様で、娘が迷惑をかけたと逆に謝られた。

ご家族の元に送り届ける事が出来たので、一安心。お役御免《やくごめん》だと会場へ戻ろうとしたところで、新たな問題が発生した。ダリアちゃんが離してくれない。

「ダリアちゃん……」

「やだ」

お別れを告げようとする私の声を、ダリアちゃんは遮《さえぎ》る。

「行っちゃやだ」

小さな手を必死に伸ばし、離すまいとしがみ付く姿は健気《けなげ》で可愛らしい。

どうしてここまで気に入られたのかは分からないけれど、好かれるのは単純に嬉しかった。行かないでと全力で引き留められて、つい絆《ほだ》されそうになるのを理性で踏《ふ》み止《とど》まった。

屈《かが》んで、ダリアちゃんに視線を合わせる。

「ごめんなさい。会場に待たせている人がいるの」

これ以上遅くなると、ラナとアナベルが心配してしまう。

ダリアちゃんの頭を優しく撫《な》でると、大きな目がじわりと潤んだ。

「だ、ダリアちゃん」

「うぇ」

(あぁっ、泣いちゃう!)

そう思ったのと同時に、別の人が彼女を呼んだ。

「ダリア」

聞く者の背筋を正させるような、静謐《せいひつ》な響《ひび》きだった。

ダリアちゃんのお父様は、宥めるように小さな頭にポンと手を置く。

「我が儘を言うのは止《や》めなさい」

「だって」

「ダリアは彼女に嫌われたいのか?」

幼子相手に容赦《ようしゃ》がない。ダリアちゃんは、くしゃりと顔を歪《ゆが》める。表面張力《ひょうめんちょうりょく》で止まっていた涙が、ぽろぽろと丸い頬を滑《すべ》り落ちた。

「やだぁ」

声を上げて泣き出したダリアちゃんを、私は両手で抱き締める。

「嫌わないでぇ……っ!」

「嫌う訳ないわ!」

背中を撫でながら、必死になって慰《なぐさ》める。

「そうやって泣いても、困らせるだけだ」

（き、厳しい……！　聞いているこちらがハラハラするわ）

二人のお父様は、泣いている子供にも手加減はしないらしい。

他人《ひと》様のご家庭の方針に口を出すのは如何《いかが》かと思うが、間に入りたくなってしまう。

「うう……。だって、ここでさよならしたら、もう会えなくなっちゃう」

「ダリアちゃん……」

寂しそうな声に、私も胸が締め付けられる。

どうしたものかと逡巡《しゅんじゅん》していると、ダリアちゃんのお父様が不思議そうに首を傾《かし》げた。

「また別の日に会えばいいだろう？」

「え？」

さも当たり前のように提案され、私とダリアちゃんの声が重なった。

「彼女にも都合があるのだから、今日は諦《あきら》めなさい。また改めて、招待すればいい」

唖然《あぜん》として固まる私とは対照的に、ダリアちゃんはキラキラと目を輝かせる。

「ダリアに会いに来てくれるの？」

「う……」

小さな子に涙に濡《ぬ》れた目で見上げられ、否《いや》と言える人間がどれ程いるのだろう。少なくとも、私には無理だった。


そうして、翌日。

再びリンメル公爵家を訪問し、ダリアちゃんだけでなく、パメラちゃんとも仲良くなれた。

彼女達の家名すら知らないままだが、聞くつもりはない。

日和見《ひよりみ》主義なリード家としての勘《かん》が、不用意に藪《やぶ》を突《つつ》くなと言っている。

敷物を広げて木陰でお喋りしているうちに、ダリアちゃんとパメラちゃんは眠ってしまった。小さな頭を膝《ひざ》にのせ、私もうつらうつらと舟を漕《こ》いでいると、声が掛かった。

「邪魔をする」

「こんにちは。こちらこそ、お邪魔しております」

見上げた先にいたのは、二人のお父様。名はオズ様というらしい。

彼は敷物《しきもの》の端に腰を下ろし、娘達の寝顔を眺《なが》めている。

(独特な雰囲気《ふんいき》の方よね)

横顔を眺めながら、心の中で呟く。

後ろに撫でつけたアッシュグレーの髪と切れ長な同色の瞳。すっと通った鼻筋に薄い唇《くちびる》。顔の造作《ぞうさく》は整っているのに、それぞれのパーツが主張していないせいか、印象に残り難い。

言ってしまえば地味な顔立ちだというのに、不思議と目を引く。彼の持つ独特の雰囲気と、威風《いふう》堂々《どうどう》とした立ち振舞いが、そうさせるのだと思う。

年の頃は、おそらく三十手前。ただ、顔だけでなく体つきも平均なので、外見で年齢を判断するのは難しい。

白いシャツに黒のジレとトラウザーズという装《よそお》いは、飾《かざ》り気《け》がないからこそ、仕立てのよさが引き立つ。カフスボタンに彫られた紋様《もんよう》もかなり緻密《ちみつ》で、一目で高価な品だと分かる。

リンメル公爵家の縁者《えんじゃ》だという事も踏まえると、かなり高い身分の方なのかもしれない。

（あまり、深く関わらない方がよさそう。……でも、ダリアちゃんとパメラちゃんは可愛いのよね）

触らぬ神に祟《たた》りなしという言葉が頭を過《よぎ》るが、子供達と疎遠《そえん》になるのは寂しい。

悩ましい問題に頭を痛めていると、独り言のような声が耳に届く。

「ダリアだけでなく、パメラまで懐《なつ》くとは驚いた」

表情の変化に乏《とぼ》しい方だが、娘達を見守る時は瞳が和《やわ》らぐ。

分かり難くとも、愛情は確かにあるのだろう。

「パメラは優しい子だから、亡くなった妻の代わりにダリアを守ろうとして、ずっと気を張っていたんだ」

「！」

お母様の姿が見えないのは、少し気にかかっていた。

こんなにも可愛い子達を置いていくなんて、きっと心残りだったろう。

パメラちゃんがダリアちゃんを叱っていたのは、お母様の代わりになろうとしていたからだと思い至り、切なくなる。嫌われているなんて誤解で、すれ違わなくてよかった。そんなの、あまりにも辛過《つらす》ぎる。

「こんなにも安らいだ寝顔は、久しぶりに見たな」

オズ様は手を伸ばして、二人の頭を順番に撫でる。

慣《な》れていないのか、手付きがぎこちない。ダリアちゃんの眉間《みけん》に皺《しわ》が寄る。力加減がお気に召さなかったらしく、ごろんと寝返りを打った彼女は、私のお腹《なか》に顔を埋《うず》めてしまった。

パメラちゃんも眠ったまま、オズ様の手を振り払う。

「……」

娘二人に振られてしまったオズ様は、手を引っ込めた。心なしか、しょんぼりしているように見えて、吹き出しそうになる。既《すんで》のところで堪《た》え、咳払《せきばら》いで誤魔化した。

「笑ってもいいんだぞ」

「……滅相《めっそう》もございません」

サッと目を逸《そ》らす。

微《かす》かに喉《のど》を鳴らす笑い声が聞こえた気がして、視線を戻した。でもオズ様は相変わらずの無表情のままだった。

「まぁ、いい。それよりも、頼みがあるんだが」

「私にですか？」

目を丸くして問いかけると、オズ様は首肯《しゅこう》する。

裕福で能力も高そうな大人の男性が、平凡な小娘にいったい何の頼みがあるというのか。私に出来て、オズ様に出来ない事なんてなさそうなのに。

想像が出来なくて、身構えてしまう。

「贈《おく》り物《もの》の相談に乗って欲しい」

「贈り物？」

「いつも寂しい思いをさせている娘達に、何か贈りたいんだ。……しかし、女の子が好むものが分からない」

(なるほど)

娘を持つ父親の多くは、同じ悩みを抱えているだろう。うちのお父様も例に漏《も》れず、私の好みが分からないとコッソリお母様に相談しているらしいし。

それに偏見《へんけん》かもしれないが、オズ様は殊《こと》の外《ほか》、そういうのは苦手そうだ。

「いくつか候補があるので、店をご紹介しましょうか？」

「いいのか？」

目を丸くするオズ様に、私が驚いてしまう。了承するとは思わなかったと言わんばかりの反応を、不思議に思った。

「はい」

戸惑《とまど》いながらも答えると、オズ様の表情が少しだけ緩んだ気がする。

「なら、すぐにでも出かける用意をさせよう。君も準備が出来たら、声をかけてくれ」

「えっ」

紹介と言っても、同行するつもりではなかった。地図と簡単な紹介状でもお渡ししようかと思っていたのに、いつの間にか一緒に行く流れになっている。

(そんな気はなかったのに……どうしてこうなったのかしら)

胸中で愚痴《ぐち》りながらも、今更、一緒には行けませんとは言い辛い。仕方ないなと、諦め混じりの溜《た》め息《いき》を吐《は》き出した。

ぐっすり眠っているダリアちゃんとパメラちゃんを部屋に運んで、使用人に託《たく》す。

リンメル公爵家の馬車を出してもらい、街へと繰《く》り出《だ》した。

「何かイメージしているものはございますか？　装飾品《そうしょくひん》がいいとか、玩具《おもちゃ》がいいとか」

「いや、全く」

お手上げだと示すように、軽く両手を上げる。

「丸投げして申し訳ないが、任せたい」

どうやら、本当に苦手分野らしい。威風堂々とした態度は鳴りを潜《ひそ》め、オズ様は借りてきた猫みたいに不安げな面持ちになった。

笑ってはいけないけれど、面白い。緩みそうになる口元を引き締める。

少し考えてから、王都の目抜き通りを北に一本外れた路地を目指すよう指示した。

瀟洒《しょうしゃ》な店の前に馬車が停まる。ダークブラウンの木製の扉の横、飾《かざ》り格子《ごうし》が嵌《は》まったショーウインドウに置かれた椅子《いす》に鎮座《ちんざ》する物を見て、オズ様はぽつりと呟く。

「……クマ？」

「はい。オーダーメイドでぬいぐるみを作ってくれるお店です」

女の子といえば、ぬいぐるみ。安直だけれどハズレはないと思う。

「ぬいぐるみの種類や布だけでなく、目やリボンの色も好きに選べるんですよ」

組み合わせ次第でオリジナリティが出せるので、特別感がある。贈り物には最適だ。

「ただ時間がかかりますので、すぐに欲しいのでしたら既製品《きせいひん》もございます」

オズ様達の滞在期間は把握《はあく》していないが、帰国に間に合わない場合もあるので付け加える。

「如何でしょう？　まだ他にも候補はございますので、決めるのは他所《よそ》を見てからでも……」

「いや、ここでいい」

もっと手軽な物の方がいいかもと考えながら提案すると、オズ様は頭を振った。

従者がドアに手を掛けると、カランとアンティークゴールドのベルが鳴る。背の高い女性が、笑顔で出迎えてくれた。確か、彼女がこの店の店主だ。

「いらっしゃいませ」

「ぬいぐるみを二つ、作ってもらいたい」

出し抜けに用件のみ伝えられても、店主は怯《ひる》まなかった。笑顔を崩さない彼女に、応接室へと通される。

見本のぬいぐるみや、布にリボン、ボタンなどの小物類。

机に並べられた素材を見て、オズ様は固まっていた。

仕事でも私生活でも、悩まずに即決しそうなイメージを勝手に抱いていたので、戸惑う様子がどうにも面白くて困る。

高みの見物に興《きよう》じながら出された紅茶を優雅に味わっていると、助けを求めるような視線を向けられた。

「何か？」

白を切る私に、オズ様の眉《まゆ》が下がった。

「……君が決めて」

「駄目です。オズ様が決めるべきです」

最後まで言わせずに、ぴしゃりと遮る。

「せっかくのお父様からの贈り物なのに、実は別の人が選んだなんて知ったら哀《かな》しみますよ」

オズ様はぐっと言葉に詰まる。萎《しお》れて俯《うつむ》く姿は叱られた子供のようだ。

罪悪感が刺激されるけれど、折れる訳にはいかない。ダリアちゃんとパメラちゃんの為にも、オズ様自身に選んでもらわなくては。

(どんな仕上がりでも、二人はきっと喜ぶわ)

私の協力は得られないと理解したのか、オズ様はノロノロと素材選びの作業に戻った。店主の丁《てい》寧《ねい》な説明も耳を素通りしている気がする。

ついには微《び》動《どう》だにしなくなってしまったのを見て、私はそっと溜め息を吐き出した。

「灰色を何処かに取り入れてみては？」

「灰色？」

オズ様は不思議そうな表情で、私の言葉を繰り返す。

「はい。お父様の色ですから、気に入ってくれると思います」

「私の色……」

オズ様は、彼自身の髪と瞳の色に近いアッシュグレーの布を手に取って、ぽつりと呟く。

「なるほど。では、あの子達の目の色に、リボンは……」

一つ頷いてから、唐突《とうとつ》にハキハキと喋り出す。今まで悩んでいたのが嘘《うそ》のように、気が付いたら、スムーズに全てが決まっていた。

(どうにか役目を果たせてよかったわ)

店を出ようとした時、ふと猫のぬいぐるみが目に留《と》まる。金色の目の黒猫を見て、何故だかソロモン様の顔が思い浮かんだ。

「気に入ったのか？」

いつの間にか隣に立っていたオズ様が、私を覗き込む。

「ええ」

「どれだ？」

「あの黒猫です。可愛らしいと思いませんか？」

私が示すと、オズ様は眉を下げた。

「……正直、違いが分からない」

「……っ、ですよね」

困り切った顔を見て、思わず吹き出す。

軽く睨《にら》まれても、笑いは止められなかった。

「ご、ごめんなさい」

「……つまらない男で悪かったな」

「ええ？　寧《むし》ろ面白い方だなと思っているんですが」

正直にポロリと心情を吐露《とろ》すると、オズ様は目を丸くする。失礼な言動だったと我に返り、慌てて謝罪した。

「申し訳ございません。失礼な事を……」

「いや。……構わない」

戸惑うオズ様と目が合う。視線を逸らす彼の頬が、赤く染まっているように見えた。口元は僅《わず》かに緩んでおり、どうやら気分を害してはいないようでホッとした。

「……それよりも、その黒猫の事だが」

オズ様は誤魔化すような咳払いの後、黒猫のぬいぐるみを指差す。

少し緊張した面持ちの彼は、「差し支えなければ贈らせてほしい」と言った。

「いいえ、頂けません」

きっぱりと否定してから、歩き出す。視線でオズ様を促《うなが》すと、彼も不承《ふしょう》不承《ぶしょう》と言った態度ながらも店を出た。

「ぬいぐるみが駄目なら、何なら受け取ってくれる？　宝石でも、ドレスでも、望むものを言ってほしい」

オズ様は納得していなかったようで、馬車に乗ってからも話が続いた。

「君には世話になっているのだから、何か返したい」

「大した事はしておりませんし、気になさらないでください」

「そうはいかない」

固辞しても、オズ様は諦めなかった。妙にムキになっている。

出来る大人の男というオズ様のイメージが、今日一日で綺麗さっぱり壊《こわ》された。ただ、悪い意味ではない。血が通った一人の人間なんだと実感出来て、親近感を覚える。

「お気持ちだけで十分です」

「しかし……」

まだ食い下がろうとするオズ様に、私は苦笑した。

「誤解してほしくない方がいるので、別の方からの贈り物は受け取れません」

「！」

アッシュグレーの瞳が大きく見開かれる。オズ様は暫《しば》し動きを止めた後、小さな声で「そうか」と呟いた。

「……オズ様？」

「何でもない」

何処か様子がおかしいオズ様の名を呼ぶ。けれどフイと顔を逸らされたので、どんな表情をしているのか分からない。

これ以上、触れて欲しくないとばかりに話を変えられた。

「明日も空いているのなら、娘達に会いに来てやってほしい」

「明日……」

唐突な話題の変化に戸惑いつつも、明日の予定を思い浮かべる。

特に約束も用事もなかったはず。けれど、出がけに見たソロモン様の萎れた姿が頭を過った。

連日のように出かけているせいで、日中に寂しい思いをさせてしまったようだ。

朝か晩、どちらかには会えているし、昼はソロモン様もお仕事の筈《はず》ではあるのだけれど。

寂しいと包み隠さずに伝えてくれる彼の素直さを、好ましいと思う。

「申し訳ございませんが、明日は先約があります」

笑み崩れそうになる顔をどうにか引き締めて、答える。

「……そうか」

さっきよりも声が硬《かた》いと感じるのは、たぶん気のせいなんだろう。

＊＊＊

朝食の席で、今日は外出しない旨を告げると、ソロモン様は目を輝かせた。

午前中ずっと機嫌がよかった彼は、昼食後の休憩で思わぬ事を言い出す。

「ご褒美《ほうび》、ですか？」

ソロモン様の言葉を繰り返すと、彼は深く頷いた。

「ここ数日の私は、とてもいい子だっただろう？」

真顔で言うから、冗談かどうかの判断が難しい。反応出来ずにいると、彼は話を続けた。

「チェルシーが出掛ける時も引き留めたいのを我慢したし、追いかけずに仕事をしていた。賞賛《しょうさん》されて然《しか》るべき我慢強さだったと思う」

当然の事なのに、ソロモン様の真剣さに引き摺《ず》られて『確かに』と思ってしまう。

「健気に貴女を待っていた私に、ご褒美を下さい」

どんなに凜々しい表情で言っても、決して恰好《かっこう》よくはない。ないけれど、可愛いとは思ってしまう。悔《くや》しい事にソロモン様の可愛さは効果抜群《ばつぐん》だ。

「……分かりました」

「えっ、本当？」

「はい。何が欲しいのでしょう？　言っておきますが、高価な物は無理ですよ」

ソロモン様が高価な品を望むとは思えないけれど、一応付け加える。

(たぶん、店で買えるものではないわね。お金でどうにかなる物なら、私が与えるまでもなく自力で手に入れられるだろうし)

そんな私の予想を裏切って、ソロモン様は難しい顔をして考え込む。

「高価なのは間違いないよ。金貨を積んでも手に入らないけれど、とても価値のあるものだ」

「ええっ？」

気軽に受けてしまった話が、まさかの方向に転がり始めた。

重々しい雰囲気を醸《かも》し出すソロモン様に、私は蒼褪《あおざ》める。固唾《かたず》を飲んで、彼の次の言葉を待った。

「私が欲しいものは……」


「紛《まぎ》らわしい言い方をしないでください」

形のよい額をぺしりと叩《たた》く。

「間違った事は言っていないよ。私には何よりも価値のあるものだ」

私の膝に頭を乗せたソロモン様は、悪びれる事もなく笑った。

「王家の宝物庫にだって、これほど素晴らしいものはないよ」

(そんな馬鹿な)

こんなものに価値を見出《みいだ》すのなんて、ソロモン様くらいのものだ。

呆《あき》れながらも、嬉しそうにされてしまえば何も言えない。

ソロモン様がご褒美として強請《ねだ》ったのは、私の膝枕だった。居室のソファーは大きめではあるものの、長身のソロモン様は収まりきらずに、肘掛《ひじかけ》から足がはみ出している。

酷く窮屈《きゅうくつ》そうなのに、彼はとても機嫌がいい。時折、鼻歌まで聞こえてくる。

「眠らないんですか？」

「勿体《もったい》なくて」

目を閉じてはいるものの、ソロモン様は一向に寝る気配がない。

お祭り前夜の子供みたいだなと、苦笑した。

窓から差し込む午後の日差しを受けて、ソロモン様の髪がキラキラと輝く。光を紡《つむ》いだような金糸に指を通し、感触と輝きを楽しんだ。

「幸せだ……」

微睡《まどろ》みながらソロモン様は、うっとりと呟く。

膝枕だけで大袈裟《おおげさ》だと思うけれど、それだけ寂しい思いをさせていたんだろう。

ソロモン様は寂しがり屋なのに、私の行動を制限した事はなかった。

正直に要望は伝えてきても、命令ではなく懇願《こんがん》ばかり。側にいて、オレだけ見ていてと言いながらも、地位や権力を笠《かさ》に着て無理強《むりじ》いしたりはしない。

私が許せないと感じる一線を、決して踏み越えようとしない方だからこそ、ここまで受け入れてしまったんだと思う。

(こんな綺麗な方の側にいるなんて、絶対に無理だと思ったのに)

以前の私に、この距離感を伝えたら卒倒《そっとう》しただろう。隣に立つだけでも辛いのに、膝枕なんて正気の沙汰《さた》ではないと。

「昔のオレがこの光景を見たら、驚くだろうな」

私の思考と重なる言葉に、虚《きよ》を衝《つ》かれる。ソロモン様は薄く目を開けて、はにかんだ。

「実はチェルシーの事は、以前から知っていたんだ」

「そうなんですか？」

そういえば初対面の時、名前を呼ばれていたような。

遠縁の娘だから、一応知っていたのだろうと深くは考えていなかった。

「夜会には多くの貴族が参加するから、大なり小なり争いが起こる。派閥《はばつ》がある以上、避《さ》けては通れないとはいえ、消せる火は小さいうちに消しておくべきだ。適当なところで介入しようと目を光らせていたら、貴女の存在に気付いた」

話を聞きながら記憶を辿《たど》るけれど、特に思い当たる事はない。

日和見主義の私が争い事に近付くなんて、滅多《めった》にないし。

（……もしかして、ラナとアナベルと仲良くなった時の事を仰《おつしや》っているのかしら？）

二人は今でこそ長年の友のように気の置けない関係だが、一年前まで社交界では犬猿の仲と言われていた。寄ると触ると取り巻き達の嫌みの応酬《おうしゆう》が始まる。本人達よりも周囲を取り巻く人達の方が過熱してしまって、一触即発《いつしよくそくはつ》の空気が漂《ただよ》っていた。

このままではいけないとは、思っていた。しかし争いに割って入る勇気が私にはない。

どうしたものかと静観していた私がアナベルと話すようになったのは、ただの偶然《ぐうぜん》。彼女の顔色が悪い事に一番先に気付いたのが、たまたま私だったというだけ。

アナベルの友人達が言い争いに夢中になっている間に、そっと連れ出した。休憩室は人が来るから嫌だと言うので、庭園のベンチで暫く夜風に吹かれていたのを覚えている。

思い詰めた表情で黙り込んでいたアナベルが、やがてポツポツと小さな声で話し始めた。そこで私が知ったのは、彼女は争いを望んでいないという事だった。

毅然《きぜん》として美しく、自信家に見えるアナベルだが、根は真面目《まじめ》で優しい。周りの期待に応えているうちに、引き返せない状況に陥ってしまったのだろう。

アナベルと友人になった私は、どうにか仲裁《ちゅうさい》できないかと思って、今度はラナと話す機会をずっと窺《うかが》っていた。

ラナの周りには常に数人の男性がいるので、容易《ようい》には近付けない。

しかしチャンスは意外な形で転がり込んできた。なんとラナの方から、私に近付いてきたのだ。

アナベルの側に毛色の違う私が紛れていたから、気になったのかもしれない。二人きりになった途端《とたん》、ラナは私を質問攻めにした。

何故《なぜ》、一緒にいるのか。どういう関係なのか。友人だと答えると、どうしてと理由を問われる。

『友人になるのに理由がいるの？』

純粋な疑問をぶつけると、ラナの可愛らしい顔が歪んだ。

『私には理由がいらない友人なんていないわ。あの子にもいなかったはずなのに……！』

泣き出しそうな顔で吐露した言葉は、あまりにも痛々しいものだった。

羨望《せんぼう》の的で、常に人の輪の中心にいる彼女達は、同じ孤独を抱えていると知った。

そして、私達は友達になった。

「私は特に何も……」

凄《すご》いのはラナとアナベルであって、私ではない。

「そう、貴女は特別な事は何もしていない。両者の話を静かに聞いて、たまに相槌《あいづち》を打つだけ。それなのに、いつの間にか争いは収まっているんだ」

ソロモン様は、ひたと私の目を見つめる。

「複雑な論理《ろんり》も優れた話術も必要なかった。相手の気持ちに寄《よ》り添《そ》い、親身になって話を聞くだけでいいこともあるのだと、貴女はオレに教えてくれた」

「ソロモン様」

「簡単なようでいて、誰にでも出来る事ではない。邪心《じゃしん》のない貴女だからこそ、警戒せずに話せるのだと思う」

私の頰に、ソロモン様の手が触れる。愛《いと》おしむような手付きで、そっと撫でられた。

「それからずっと、貴女に憧《あこが》れている。……こうして触れられるようになるなんて、夢のようだ」

蕩《とろ》けるような無防備な笑顔で、嚙《か》み締《し》めるように言う。

対する私は驚き過ぎて、何も言えない。

だってソロモン様が私に拘《こだわ》るのは、黒を怖がらないからだと思っていた。

彼がくれる愛情を疑ってはいない。でも、キッカケとなったあの出来事がなければ、彼が私に気付く事はなかったのだろうと、そう、思っていたのに。

(ずっと私を、見ていてくれた……?)

アナベルのように賢《かしこ》くもなく、ラナのように可愛らしくもない。

ごく平凡で特技一つも持たない私の存在に気付き、見守っていてくれた?

他の誰でもなく、この私を。

「大好きだよ、チェルシー」

「っ……!!」

息が詰まる。

カッと一瞬で真っ赤になった私を見て、ソロモン様は驚いたように目を丸くした。

彼が甘い言葉を囁《ささや》いてくれるのは、今に始まった事ではない。今更こんな反応をしたら何事かと思って当然だ。

でも、もう流せない。

『私でもいい』のではなく、『私がいい』のだと言ってくれていると、気付いてしまったから。

「どうしたの、凄く可愛い顔しているけれど」

「……見ないでください」

赤い顔を隠そうとした手を掴《つか》まれる。

見上げてくるソロモン様の頬も、赤く色付いていた。

「チェルシー……」

身を起こした彼は、もう片方の手でソファーの背凭《せもた》れを掴む。私を囲い込むような体勢で覗き込んできた。ソロモン様の顔が、ゆっくりと近付いてくる。

避けようと思えば避けられた。でも私はそうせずに、そっと目を閉じる。

「っ……!」

ごくり、と喉の鳴る音がした。

けれど、いくら待っても何も起こらない。

恐る恐る目を開くと至近距離《しきんきょり》に、鼻を押さえたソロモン様の顔があった。

「……ソロモン様」

「ごめんなさい」

指の間から赤い筋が伝い落ちるのを見て、ハンカチを取り出す。

高い鼻にそっと当てると、ソロモン様が小さな声で謝罪した。

今にも死にそうな顔をしている彼を見ていると、胸の奥がムズムズする。

こんなにも恰好いいのに、不思議と恰好付かない。そんなところが、どうしようもなく可愛らしいと思う。

愛おしいという気持ちが抑えきれずに、衝動《しょうどう》に任せて行動に出た。

チュッと可愛らしいリップ音が鳴る。

一瞬だけ唇で触れたソロモン様の頬は、驚く程に滑《なめ》らかだった。

私が口付けた途端、ソロモン様は動きを止める。凍《こお》り付いたかのように、鼻をハンカチで押さえた姿勢のまま、微動だにしない。

じわじわと顔が赤くなるのに連動して、彼の髪と瞳が黒く染まる。

「……ソロモン様？」

あまりにも動かないので、気を失っているのではないかと不安になった。呼びかけると漸《ようや》く、視線がこちらを向く。

「……チェルシー？　え、今、キスした？　夢？」

「夢ではありません、けど」

改めて言葉にされて、私も恥ずかしくなってくる。視線を逸らしながら小さな声で返事をすると、ソロモン様が視界から消えた。

「ソ、ソロモンさまっ!?」

床に転がり落ちたソロモン様から、鈍《にぶ》い音がした。慌てて覗き込むが、彼は何のダメージも負っていないかのように、ガバリと身を起こす。

「も、もう一回！　チェルシー、もう一回！」

彫像《ちょうぞう》の如《ごと》き美丈夫《びじょうふ》が、必死の形相《ぎょうそう》で距離を詰めてくる。鼻血の跡《あと》も隠さず、形振《なりふ》り構わない様子を見ているといたたまれなくなってきた。

（私如きのキスで、どうしてそこまで……）

「も、もう駄目」

「何故!?」

「……恥ずかしいので」

正直に答えると、「んんっ」とくぐもった悲鳴じみた声が聞こえた。見ると、床に座ったソロモン様が両手で顔を覆《おお》っている。

「チェルシーの掌《てのひら》の上で転がされている気がする」

転がしているというか、勝手に転がっているというか。

失礼な事を考えつつも、私の頰の熱は引かない。

結局は私も、ソロモン様に転がされているのだと思う。

こほんと咳払いを一つ。空気を変える為に話題も変える。

「それよりも、ソロモン様。そろそろ色を戻した方がよいのでは？」

午後の執務が始まる時間が近付いているが、鼻血もすぐに止まってしまったせいか、色が戻る気配がない。

顔を上げたソロモン様は、飾り棚に置かれた時計ではなく、私の顔をじっと見つめる。

「ソロモン様？」

「チェルシー、手伝ってくれる……？」

「……え!?」

理解が追い付かなくて、反応が一拍遅れた。

色を戻す手伝いと聞いて真っ先に思い浮かぶのは、いつかの夜会。淫《みだ》らなアレやコレが脳裏《のうり》を駆け巡って、一瞬で顔に熱が集まった。

「無理ですっ！」

必死に首を横に振る。

「少しだけでいいから、ね？」

要求の難易度《なんいど》が跳ね上がっている。さっきのキスに応じておけばよかったと後悔しても遅い。

「私は外に出ますので」

押《お》し退《の》ける為に突き出した手を摑まれ、引き寄せられる。掌の中央に口付けを落としたソロモン様は、私を見上げた。ギクリと体が強張る。

朱《しゅ》を刷《は》いた目元と、とろりと溶《と》けた黒曜石《こくようせき》の瞳がソロモン様の興奮を訴える。上気した美貌《びぼう》は、恐ろしい程壮絶《そうぜつ》な色気を纏《まと》っていた。

「いかないで」

「そ、ソロモン様……」

唇が何度も押し当てられる。リップ音を鳴らしながら掌から手首へと移り、戯《たわむ》れに皮膚《ひふ》を食《は》む。

はぁ、と吐き出される呼気《こき》は、火傷《やけど》しそうに熱い。

「ここにいて。手伝うのが嫌なら、見ていてくれるだけでいいから」

「見ているだけ……？」

何を、と問う前にソロモン様は体勢を変えた。床に座ったまま、胡坐《あぐら》をかく。

私の手を掴んでいない方の手で、下衣《かい》を寛《くつろ》げ始めた。

「！」

(見るって、まさかソレを!?)

以前、不本意ながら自慰《じい》の現場に立ち会ってしまった事はある。でも、直接見てはいない。

不自然に膨《ふく》らんだトラウザーズの前を開くのを視界の隅《すみ》に捉《とら》え、私は慌てて顔を背けた。

「……っん」

にちゃ、と粘度《ねんど》の高い水音と共に、色っぽい吐息《といき》が漏れる。

きつく目を瞑《つむ》っても、耳から熱に冒《おか》されていく。視界の情報は遮断《しゃだん》されているのに、音から情景がありありと思い浮かんでしまった。

ソロモン様と繋《つな》いでいた手を離し、己の耳を両手で覆う。

けれど静かな部屋の中では、殆《ほとん》ど効果はない。塞《ふさ》ぎ方が悪いのか、寧ろ、籠もった音を拾い上げてしまう。

「……は、ぁ、チェルシー……」

「……っ？」

ふいに片足が浮かびあがる。反射的に目を開けると、ソロモン様が私の右足の靴《くつ》を脱《ぬ》がせているところだった。

「な、に？」

驚きに、声が嗄《かす》れる。ソロモン様から贈られたローヒールのパンプスが、コトリと音を立てて床に置かれた。

啞然として動きを止めている間に、今度は先を摘《つま》むようにして靴下が抜き取られる。上質な薄手のソレは大した抵抗もなく、するりと落ちた。

「……!?」

無防備な素足《すあし》を恭《うやうや》しく掲《かか》げ、ソロモン様は爪先に口付ける。倒錯的《とうさくてき》な光景の筈なのに、ソロモン様の顔の造形《ぞうけい》が整っているせいか、神聖な儀式ではと錯覚《さっかく》してしまいそうだ。

状況が理解出来ずに静止していると、ソロモン様の形のよい唇がぱかりと開く。赤い舌を這《は》わせたかと思うと、招き入れるように親指を口内に入れてしまった。

「ひぇっ……」

嗄れた悲鳴じみた声が洩れた。

咄嗟《とっさ》に蹴《け》り飛ばしそうになったのを、どうにか止める。怪我《けが》をさせたくはない。

でも頭の中がぐちゃぐちゃで、どうしたらいいのか分からなかった。

「やめ、っん……！」

ピチャピチャと水音を立てながら、ソロモン様は足を食む。指の間を丁寧に舐《な》める彼の表情は恍《こう》惚《こつ》としていて、好物をじっくり味わっているかのようだった。

(足なんて汚いから止めてほしいのに……っ！)

とんでもない事をされているのは、間違いない。ないのに、何故、私は嫌悪《けんお》ではなく快感を得てしまっているのか。

ソロモン様の舌が足を這う度に下腹部《かふくぶ》が疼《うず》く。疼痛《とうつう》に似た重い何かが、蟠《わだかま》って居座《いすわ》っている。

ビクビクと小刻みに体が跳ねて、必死に口を押さえても、媚《こ》びるみたいな声が絶え間なく洩れた。

「ん、ちゅ、チェルシー、は、どこも美味《おい》しい」

足の甲《こう》に口付けるソロモン様の手が、徐々に上がってくる。羽箒《はねぼうき》みたいな力加減で、脛《すね》や膝を撫でながら通り過ぎた。

「あ」

太腿《ふともも》まで辿り着いた指先が柔《やわらか》い肉に沈《しず》み込《こ》む。ぐっと押されて、か細い声が出た。

お腹の奥が熱い。下着が濡れて張り付いているのが、見なくても分かる。

「チェルシー……」

焼け付くような視線を向けられている。

たぶん今、見てしまったら拒《こば》み切れる自信がない。理性は逃げろと命じているのに、視線はソロモン様へと吸い寄せられる。

薄く開いた目が合い、どちらともなく手を伸ばそうとした、その時。

コンコン、と扉が鳴った。

「!?」

「痛っ!?」

急に現実へと引き戻された私は、咄嗟にソロモン様を突き飛ばした。近くにあった机に頭をぶつけたのか、ゴンと痛そうな音が鳴る。

「ご、ごごごめんなさい！　大丈夫ですか、ソロモン様っ？」

「え、うん、大丈夫」

我に返って手を差し伸べると、後頭部《こうとうぶ》を摩りながら、ソロモン様は起き上がった。

「大丈夫なんだけど……」

「きっと、側近の方ですね！　私が誤魔化《ごまか》しておきますので！」

皆まで言わせずに立ち上がると、物言いたげな視線が刺《さ》さる。

裸足《はだし》のままパンプスを突っかけて、足早に扉を目指す。

「チェルシー！」

「ごゆっくり！」

哀しげな声に振り向きそうになるのを耐《た》えて、そのまま強引に振り切った。

(ごめんなさいっ)

捨て犬みたいな顔を見てしまえば、おそらく私は流されてしまう。

申し訳ないけれど時間が欲しい。気持ちの整理が出来るまで、もう少しだけ。

耳を伏《ふ》せ、尻尾《しっぽ》を丸めた仔犬《こいぬ》の幻影《げんえい》を、頭を振って脳内から追い出した。

第七章　禍《か》福《ふく》は糾《あざな》える縄の如《ごと》し

ソロモン様の事が、好きなのかもしれない。

何とも曖昧《あいまい》な表現になってしまうのが、我ながら情けない。でも初恋すら経験のない私には、自信を持って言い切るのは難しかった。

(いくら私が流されやすくても、好きでもない男性とあんな事は出来ないわ)

思い返せば抱き締められるのも、嫌ではなかった。色を戻す為のアレコレも、驚《おどろ》いたけれど気持ち悪くはなかった。

別の男性が相手だったらと考えただけで背筋が凍《こお》る。たぶん即座に逃げ出して、領地から二度と出なくなっただろう。

(私って、鈍《にぶ》かったのね)

自分に呆《あき》れてしまうけれど、悪くない気分だった。

ソロモン様がくれる溢《あふ》れんばかりの愛情と比べたら、芽が出たばかりの小さな恋でも、喜んでくれるだろうか。

もう少し育ったら、勇気を出して伝えてみたい。

そんな事を考えながら廊下《ろうか》を歩いていたら、向こうから本人がやって来た。

「チェルシー」

毎日会っているのに、ソロモン様は私を見つける度《たび》に目を輝かせる。語らずとも大切だと伝えてくれる眼差《まなざ》しが擽《くすぐ》ったくて、それ以上に嬉《うれ》しい。

「今日の予定は？」

「特にはございませんが……」

「なら、」

「ソロモン様と街までお出かけしたいなって思っていて」

ソロモン様の言葉を遮《さえぎ》って、続けた。

自惚《うぬぼ》れでなければ、ソロモン様は私を何かに誘《さそ》ってくれようとしたはず。黙《だま》っていても、私の要望は叶《かな》うだろう。でも、それでは駄目。

(物も気持ちも貰《もら》うだけでなく、ちゃんと返したい)

「駄目、でしょうか？」

目を見開いているソロモン様に、上目遣《うわめづか》いでおねだりをした。

「駄目じゃない！　喜んで！」

ソロモン様は、大きく頭を振る。脊髄反射《せきずいはんしゃ》で返事をしたらしい彼は、徐々に内容を理解してきたのか、満面の笑みを浮かべた。

「チェルシーとデートか」

喜びが抑《おさ》えきれないといった様子で頬《ほお》を赤く染める。

呟《つぶや》く声も弾《はず》んでいて、ブンブン振られる尻尾《しっぽ》が見える気がする。

笑《え》み崩《くず》れそうになる顔をどうにか引き締め、一時間後に玄関ホールでと約束して別れた。

階段の下、広いホールで佇《たたず》むソロモン様が輝いて見える。豪奢《ごうしゃ》なシャンデリアの物理的な光度ではなく、比喩《ひゆ》的《てき》な意味で。

黒い上着はフロックと呼ばれる、後ろ裾《すそ》だけが長い型。切り込みが入った襟《えり》に、前面は金ボタンのダブルブレスト。ピッタリとしたシルエットのグレーの下衣《かい》と、黒いブーツを合わせて、若い貴族の間で流行している乗馬服をイメージしたデザインが完成する。

仕様《しよう》通りの装《よそお》いに、レース地のクラヴァットと、袖口《そでぐち》をさり気なく飾《かざ》るカフスボタンが華を添《そ》える。手に持っている黒いハットを被《かぶ》れば、さぞ麗《うるわ》しい紳士《しんし》が出来上がる事だろう。

（この方の隣に並ぶのね……。大丈夫かしら、私の存在、消えてしまわない？）

青のバッスルスタイルのドレスは、襟の詰まったローブモンタント。地味な私の顔に控《ひか》えめなデザインはとても合っているけれど、存在感のなさに拍車《はくしゃ》がかかっている気がする。

ドレスと同色のリボンに白いレース、淡《あわ》い紫と白の花飾りの付いたボンネットだけが、唯一《ゆいいつ》華やかだ。

公爵家《こうしやくけ》の侍女達は清楚《せいそ》で可憐《かれん》だと誉《ほ》めてくれたけれど、お世辞《せじ》を本気にしてはいけない。

「！」

階段を下りる私に気付いたソロモン様が、顔を上げる。全身をじっくりと眺《なが》めた後、彼は蕩《とろ》けるような微笑《ほほえ》みを浮かべた。

差し出された手に手を置くと、白い手袋越しの指先に口付けられる。

「ネモフィラの精霊が舞い降りたのかと思ったよ。こんなにも可憐で美しい貴婦人のエスコートが出来るなんて、私は国一番、いや世界で一番幸せな男だ」

顔から火が出そうだ。

一応、私も貴族の娘。社交辞令に過ぎない美辞麗句《びじれいく》に頬を染めるような、可愛らしさは持ち合わせていない。地味な女相手にお世辞を絞《しぼ》り出すのも大変ねと呆れながら、笑顔で躱《かわ》せるのに。

ソロモン様の場合は違う。心からの言葉だと分かってしまうから、どう受け止めていいか分からない。デビュタント前の少女のように、頬を染める事しか出来なくなる。

赤い顔で黙り込んでも、ソロモン様は気分を害する事はなかった。寧《むし》ろ上機嫌になったソロモン様に馬車までエスコートされ、街へ向かう。

「装飾品《そうしょくひん》が欲しいの？」

御者《ぎょしゃ》に伝えた店に到着すると、ソロモン様は首を傾《かし》げた。

王都の一角に店を構えるこの装飾店は、歴史が古く格式が高い。公爵家御用達《ごようたし》の店に比べれば、ややグレードは下がるものの、十分高価だ。

物欲が薄く、贈り物《おくりもの》のし甲斐《がい》がない私のイメージとは結び付かないのだろう。

「ええ。探している物があるんです」

「そうなんだ。どんな物？」

問いには答えず、静かに笑む。不思議そうな顔をしながらも、ソロモン様は店のドアを開けた。

上品な初老《しょろう》の紳士にいくつか品物を持ってきてもらったところで、ソロモン様の表情が変わる。カフスボタンにタイピン。並べられた商品が、明らかに男性物だと気付いたのだろう。

私の意図を汲《く》み取《と》ってくれたかと思いきや、彼の表情は硬《かた》い。

「念のために聞くけれど、お父上への贈り物？」

「ではないですね」

「……そう」

否定すると、何故《なぜ》か落ち込んだ。

（まさか、別の男性に贈ると思っている……？）

求愛してくれている男性を同伴《どうはん》して、一緒に選んだソレを別の男性に贈ると？　そんなの、とんでもない悪女ではないか。

（何故、ご自分の物だとは思い至《いた》らないのかしら）

しょぼんと萎《しお》れたソロモン様に、呆れと申し訳なさの両方を感じた。ソロモン様の自信のなさは、私が愛情を返せていない事の証《あかし》だと思うから。

「これは、お気に召《め》しませんか？」

アメシストのタイピンを指差す。すると、ソロモン様の眉間《みけん》に深く皺《しわ》が刻まれた。

「……貴女《あなた》の瞳の色だ。気に入らない訳がない」

不本意だと顔に書いてあるのに、正直に答えてくれる。珍《めずら》しくも目付きが悪いのさえ、どうしようもなく可愛らしく見えた。

「では、これを」

店員は笑顔で了承し、ラッピングの為に店の奥へと消える。

後ろ姿を見送りながら背伸びして、ソロモン様の耳元に唇《くちびる》を近付けた。

「着けているところを、後で見せてくださいね」

「…………!?」

一拍の間を置いて、バッと勢いよくこちらを向く。微笑んで頷《うなず》くと、ソロモン様は花が咲くように笑った。

「どうしよう……。嬉しくて死にそうだ」

噛《か》み締めるように言うソロモン様は本当に嬉しそうで、私まで幸せな気持ちになる。

こんなにも喜んでもらえるなら、また何か贈りたい。

事あるごとに贈り物をしようとするソロモン様の気持ちが、少しだけ分かってしまった。


ソロモン様とお出かけした一週間後。浮かれていた私の元に、手紙が届いた。

真っ白な封筒《ふうとう》に赤の封蠟《ふうろう》。星を象《かたど》った王家の紋章《もんしょう》を見て、息が止まりそうになる。差出人は恐れ多くも我が国の王太子殿下《おうたいしでんか》。震《ふる》える手で確認した内容は、私への呼び出しだった。

尊いお方が田舎《いなか》の伯爵家《はくしゃくけ》の娘に、いったいどんな御用があるのか。

何かの間違いか、もしくは偽物《にせもの》であってほしい。しかし紋章だけでなく、直筆《じきひつ》のサインまであっては疑いようがない。残念ながら、本物のようだ。

気絶しかけた私に、ソロモン様が同行を申し出てくれた。

本来は呼び出された本人以外の立ち合いは認められていないけれど、ソロモン様は王太子殿下の従兄弟《いとこ》。

こんな時こそ地位と権力の出番だと笑う彼が、とても頼もしい。

一人であったら、途中で怖《お》じ気《け》づいていただろう。

王城の煌《きら》びやかな内装を眺めながら、心の中で呟く。ロングギャラリーを抜けた先の応接間へと、侍従《じじゅう》に案内された。

真っ白な壁に複雑な模様《もよう》の金のモールディング。アーチを描《えが》くように張り出した南向きの壁は、格子《こうし》の嵌《は》まった背の高い窓が三つ並び、光を効率よく取り入れている。その上の垂れ壁は、蔓薔薇《つるばら》をモチーフにした金の化粧《けしょう》漆喰《しっくい》が施《ほどこ》され、そこから繋《つな》がる天井に描かれた女神の絵の額縁のようになっていた。

平織《ひらお》りの絨毯《じゅうたん》に猫脚のソファー、カーテンと、布製品は全て朱色《しゅいろ》と金で統一されている。

さほど広い空間でもないせいか、余計に豪華絢爛《ごうかけんらん》さが際立つ。

己《おのれ》の場違いさに、眩暈《めまい》がした。

(こ、ここ……?　本当に私、ここにいていいの?　間違っていない?)

いくら王城内とはいえ、もっと機能を重視した部屋もあるだろう。何故こんな、他国の王族を持て成す為にあるような部屋に通されたのか。意味が分からない。

ソファーの座り心地が抜群《ばつぐん》なのも、居心地の悪さに拍車をかける。

「チェルシー。大丈夫?　具合が悪いのなら、帰ろうか」

さり気なく気遣ってくれるソロモン様の提案に、一も二もなく頷いてしまいたかった。

しかし無情にも、扉が開く。現れたのは中性的な美青年。ソロモン様の印象を更に柔《やわ》らかくした面差《おもざ》しの男性は、ウィンストン・アリンガム様、御年二十六歳。

我が国の王太子殿下、その人である。

立ち上がりかけた私を手振りで制し、向かいの席に優雅な動作で腰掛けた。

「余計なものが、付いて来てしまったようだね」

私の隣で微笑むソロモン様を見て、王太子殿下は溜《た》め息《いき》を吐《つ》く。

「魑魅魍魎《ちみもうりょう》が跋扈《ばっこ》する城に、私の大切なチェルシーを一人で向かわせる筈《はず》がないでしょう」

「その魑魅魍魎が跋扈する場所から、毎朝のように花を摘《つ》んでいったのは誰だったかな」

「ああ、もう必要ありません。チェルシーは、私が贈る花ならどんなものでもよいと言ってくれたので」

「その事にもう少し早く気付いてくれたら、中庭の景色はあれ程寂《ほどさび》しいものになっていなかっただろうね」

やはり『ソロモン様、王家の薔薇を摘み過ぎ問題』は、杞憂《きゆう》ではなかったらしい。

二人の遣《や》り取《と》りを、私はハラハラと見守る。

「大体、馬鹿の一つ覚えのように花を贈るのはどうかと思うよ。リード伯爵令嬢《れいじょう》が優しい方だから見捨てないだけで、普通のご令嬢ならとっくに愛想《あいそ》を尽《つ》かしている」

王太子殿下の厳しい指摘《してき》に、ソロモン様は言葉に詰まる。

ぐぅ、と悔《くや》しげに唸《うな》っている辺り、気にしていたらしい。私が王家の薔薇を貰って、喜んでいなかった事が尾を引いているのだろうか。

仔犬《こいぬ》みたいな目が、私を見る。

迷惑だった？　と眼差しが問いかけている気がする。

「お花を頂けるのは、嬉しいです」

（王家の薔薇が迷惑だっただけで）

嘘《うそ》は言っていない。嘘は。

ぱぁっと明るい表情になったソロモン様は、途端《とたん》に胸を張った。

「チェルシーは奥ゆかしいから、宝石やドレスよりも花を好むんです」

（それは、そう）

ビアズリー公爵家を訪れた初日。クローゼットの中いっぱいのドレスを見て驚いたけれど、衣《い》裳《しょう》部屋にはなんと、その三倍の量のドレスが詰め込まれていた。

しかも、ドレス一着につき、専用の靴と装飾品が用意されている事を知った時の私の気持ちが分かるだろうか。更には『初夏用は既製品《きせいひん》でごめんね。次の季節のドレスはオーダーメイドで作るから、好きなデザインを選んで』とか……住む世界が違い過ぎて、逆に冷静になった。

その後も事あるごとに私の為に散財しようとするのを宥《なだ》めた結果、花に落ち着いた。現在は公爵家の庭で、ソロモン様自ら花を育ててくれている。

「ゆっくり距離を縮めている最中なんですから、余計な口を挟《はさ》まないで頂きたい」

ソロモン様がそう言うと、王太子殿下は苦虫《にがむし》を嚙み潰《つぶ》したような顔になった。

「そんな悠長《ゆうちょう》な事をしているから、後手に回るんだ」

誰に聞かせる意図もない、小さな独り言。

けれど不穏《ふおん》な響《ひび》きを持つ言葉を、聞き流せなかった。

「どういう意味です」

ソロモン様にも聞こえたようで、彼の表情が真剣なものに変わる。

鋭《するど》い眼差しが、王太子殿下へと向けられた。

しかし王太子殿下は欠片《かけら》も怯《ひる》まず、冷えた視線を返すのみ。

永遠とも思える気まずい沈黙《ちんもく》の後、静かに口を開いた。

「リード伯爵令嬢に、婚姻《こんいん》の申し込みがあった」

「……は？」

私の心を代弁したかのような唖然《あぜん》とした声は、私ではなくソロモン様の口から零《こぼ》れた。

無意識にコメカミを押さえて、俯《うつむ》く。

頭が上手《うま》く働かない。混乱しきった状態で思考を巡《めぐ》らせても、空回りするばかり。

(こんいん……、婚姻？　え、まさかよね？　そんな訳……)

馬鹿馬鹿しいと一蹴《いっしゅう》する為に、顔を上げる。否定材料を見つけたいのに、王太子殿下の硬い表情が事態の深刻さを訴える。

ドッと冷や汗が噴《ふ》き出した。心臓がデタラメな鼓動《こどう》を刻んで、息が苦しくなる。

得体《えたい》の知れない化け物と対峙《たいじ》する直前のような、途轍《とてつ》もない恐怖《きょうふ》に襲《おそ》われた。

「な、にを……、何を馬鹿な事を」

ソロモン様も混乱しているようで、嗄《かす》れた声で呟く。

「……リード伯爵令嬢に、婚約者はいない。それは事実だね？」

王太子殿下はソロモン様には構わず、私を見る。

真《ま》っ直《す》ぐに向けられた瞳は、嘘偽《いつわ》りや誤魔化《ごまか》しを許さないと言葉なく告げた。

「……っ」

言葉が喉《のど》の奥に閊《つか》えて、出てこない。体が勝手に小刻みに震えだした。

ソロモン様は私に求婚してくださった。

そして私は、ソロモン様を好きになった。

でも、どちらも互いの言葉や気持ちだけで確約はない。

書類上、私には婚約者がいない。それだけが事実。

「それは！」

「ソロモン、君には聞いていないよ。無関係な人間は引っ込んでいてくれ」

「……無関係？」

ソロモン様は、低く嗄れた声で呟く。

端整《たんせい》な顔から表情が削《そ》ぎ落とされ、ゾッと背筋が寒くなるような迫力《はくりょく》があった。

しかし、王太子殿下は一歩も引かない。

「リード伯爵令嬢、貴女に婚姻を申し込んだのは……」

「それ以上は、自分で言おう」

王太子殿下が続きを話す前に、別の声が割って入る。

いつの間にか扉が開き、誰かが入って来ていた。

「久しぶりだな、リード伯爵令嬢」

「オズ様……？」

平坦な声と、表情のあまり動かない端整な顔立ち。そして不思議な威厳《いげん》のある男性。

そこにいたのは、ダリアちゃんとパメラちゃんの父親である、オズ様だった。

「私の名はオズワルド・ベルトランと言う」

「！」

いくら私が世情に疎《うと》くとも、オズワルド・ベルトランの名は知っている。

隣国の現国王陛下《へいか》の弟君、つまり王弟《おうてい》殿下。

国王陛下の右腕兼、魔法騎士《まほうきし》団《だん》の団長という肩書をお持ちだ。

明晰《めいせき》な頭脳と高い魔力を持つ優秀な魔法騎士で、当代随一《とうだいずいいち》の実力者と評判も高い。

お妃《きさき》様は確か一年と少し前に、お亡くなりになった。

五歳になる双子のお子様がいらっしゃった筈だけれど、それがダリアちゃんとパメラちゃんという事……？

呆《ほう》けていた私は、ハッと我に返る。

私は王弟殿下に対し、どれ程の不敬を重ねてきたのか。

「王弟殿下であらせられるとは知らず、数々のご無礼をお許しください」

「止《や》めてくれ。無礼と言うなら、本名を名乗りさえしなかった私の方だろう」

蒼褪《あおざ》めながら謝罪する私を、オズワルド様が止める。

「君が何も聞かないのをいい事に私は、己の身分も明かさず、君を見極めようとしていた。信用に足る人間なのかどうか、観察していたんだ」

「それは、当然の事かと」

王族であるオズワルド様が、近付いてくる人間を警戒するのは当たり前だ。

大切な娘二人を危険から遠ざける為にも、見極めようとする行動は正しい。

それに私を本気で怪しいと思っていたのなら、『オズ』とは名乗らなかったと思う。偽名《ぎめい》にしては、そのまま過ぎる。

「君の厚情《こうじょう》に感謝を」

オズワルド様は私の手を取り、指先に口付ける。

視界の端《はし》でソロモン様が一歩踏《ふ》み出す。けれど即座に、王太子殿下が肩を摑《つか》んで止めた。

「そして、私の願いをどうか聞いて欲しい。リード伯爵令嬢、貴女に結婚を申し込みたい」

「……っ！」

息を呑《の》み、目を見開く私を、アッシュグレーの瞳がひたと見据《みす》える。

「娘達は君と一緒なら、また自然に笑えるようになるだろう」

頭の中が真っ白だ。

確かにダリアちゃんとパメラちゃんは可愛いと思うけれど、それとこれは別問題。私には無理だ。きっともっと、他に適任《てきにん》がいる。

必死になって断る為の突破口《とっぱこう》を探す私に気付いているのか、オズワルド様は「それに、私も」と、優しい声で続けた。

「私も君となら、信頼し、寄《よ》り添《そ》える夫婦となれると思う」

以前なら、揺《ゆ》らいでいたかもしれない。ソロモン様に会う前の私なら。恋や愛の意味すら分からずに、結婚に対して熱意も憧《あこが》れもなかった頃の私なら、その言葉を嬉しいと思っただろう。

身分に関しては問題しかないが、それでも、人を愛せるか不安だった頃の私にとって彼の言葉は、許しとすら感じたはず。

でも、今は違う。

好きな人が出来て、私の結婚観は一変した。

まだ芽吹《めぶ》いたばかりの恋でも、ソロモン様の側《そば》にいるだけで嬉しい。笑ってくれたら、凄《すご》く幸せ。

たまに困らされるけれど、それさえも楽しい。

この温かな時間を共有したいと思ったのは、ソロモン様が初めてだ。

だんだん育っている気持ちは、たぶん、そう遠くない未来に花開く。

(そうしたら、貴方《あなた》の隣をずっと歩いてもいいですかと、聞こうと思って……)

「っ……」

くしゃりと、顔が歪《ゆが》む。

隣国の王弟殿下に結婚を申し込まれて、そんな顔をしていいはずがない。笑えと自分に言い聞かせても、駄目だった。

隣国と我が国は同盟国ではあるものの、軍事力はあちらが上だ。機嫌を損《そこ》なうのは不味《まず》い。

それでなくとも、私はしがない伯爵家の娘。

筆頭公爵家の跡取《あとと》りの婚約者であれば話は別だが、何の肩書きも持たない現在の私に、断る権利などある筈もなく。

お受け致します、と。そう応える他ないのだと絶望した私の肩を、誰かが掴んだ。

「……ソロ、モンさま」

ぐっと抱き寄せられて、涙が勝手に溢れた。

駄目だ。止めてと拒《こば》まなくてはいけないのに。

いくらソロモン様でも、隣国の王族相手に不敬を働けば、罰せられかねない。

「ソロモン、控えよ！」

王太子殿下の命令にも、ソロモン様は従わなかった。

私の肩を抱いたまま、オズワルド様を睨《にら》み付けている。

オズワルド様は私とソロモン様を順番に見てから、短く息を吐《は》き出した。

「横槍《よこやり》を入れたのは、私の方だとは気付いていた。だが、こちらにも引けない理由がある」

「私も引けません。彼女は……チェルシーは、私の命です」

「そうか」

オズワルド様は短く返して、暫《しば》し、思案《しあん》するように黙り込む。

「……本来なら、チェルシー嬢に振り向いてもらえるよう努力するべきだろう。だが、私には時間がない。申し訳ないが、強引な手段を取らせてもらう」

何かを覚悟したような真剣な表情で、ソロモン様を見据えた。

「古《いにしえ》の法に則《のっと》り、決闘《けっとう》を申し込む」

「決闘!?」

私は思わず声を上げる。不敬という言葉すら、頭から吹っ飛んだ。

そんなの冗談じゃない。ソロモン様の命と私の結婚なんて比べるまでもない。彼を危険に晒《さら》すくらいなら、私は黙って嫁《とつ》ぐ。

「何も本当に命を懸《か》けさせはしない。視察がてら、こちらの魔法騎士の代表と模擬試合《もぎじあい》を行う事になっていたな？」

「はい」

オズワルド様が問いを投げると、王太子殿下は戸惑《とまど》った表情で頷く。

「私の相手を、騎士団の人間から彼に変えてくれ」

「……ソロモンは、その、」

魔法が使えないと、王太子殿下が続ける前にソロモン様が遮った。

「お受けします」

「ソロモン様!?」

私はソロモン様の腕を掴む。

(魔法が使えないだけじゃない！　ソロモン様は最近、魔力が安定していないのに……。もしも試合中に色が変化したら、どうするの)

ソロモン様は私の手に、手を重ねる。

安心させるように二度、軽く叩《たた》く。

「私が勝ったら」

「先ほどの求婚は撤回《てっかい》しよう。だが、私が勝ったら君も引け」

「……分かりました」

ソロモン様の凛々《りり》しい横顔を見つめながら、私は言い様のない感情を持て余していた。

「ソロモン様、やはり止めましょう」

帰りの馬車の中、私は真剣な面持ちで提案する。

しかし、向かいの席に座るソロモン様は、困ったようなお顔で笑うだけ。いつもなら、私のお願いは何でも叶えると仰《おっしゃ》ってくださるのに、決して頷いてくれなかった。

「ソロモン様が危ない目に遭《あ》う必要なんてありません。別の方法を、一緒に考えてください」

身を乗り出して訴えかけても、ソロモン様は了承してくれない。

「実家の父と母にも相談します。社交的ではありませんが、顔は広いので……」

「チェルシー」

優しく窘《たしな》めるような声で呼ばれた。

膝《ひざ》の上で硬く握《にぎ》りしめていた私の手に、大きな手が触れる。

「最初から私が負けると思われているのは、ちょっと寂しいな」

「つ、それは」

そうじゃない、とは言えない。

その件と私の不安は別ものだとは思うけれど、ソロモン様がオズワルド様に勝てるかどうか不安なのは事実だからだ。

「私の剣術も、中々のものだと思うんだけどなぁ」

ソロモン様が強い事は、噂《うわさ》で聞いている。騎士団の精鋭《せいえい》とも互角に渡り合うと。

でも魔法騎士との戦いとなると話は別だ。

「ソロモン様は、魔法が使えないと聞きました」

「うん。でもまだ、試合まで何日かある。知り合いの魔導師《まどうし》に頼み込んで、稽古《けいこ》をつけてもらうよ。どうやら私は、魔力量だけは人一倍あるらしいから」

そんな簡単な話なら、ソロモン様はとっくに魔法が使えるようになっているのではないだろうか。

それは、ご本人が一番よく分かっているはずなのに。

「魔法の鍛錬《たんれん》と仰いますが、それ以前に、最近のソロモン様は魔力が安定しておりませんよね？」

「ああ……。うん、まぁ、そう、だね？」

ソロモン様は斜《なな》め上に視線を逃がしながら、何とも歯切れ悪く肯定《こうてい》した。

「そういえば、原因と対策について、私はまだ何も知りません」

「教えてないからね」

「ソロモン様！」

「貴女は知る必要のない事だ」

静かな声で線を引くソロモン様に、苛立《いらだ》ちを感じた。

彼が突き放すのは、私を守る為だろうと推測《すいそく》できる。

この方は優しい方だから、理由もなく私を傷付けたりしない。だから今回もきっと、行動原理の根本には私への思い遣りがある。

(だとしても、引けないわ)

「試合中に色が変化なさったら、どうするおつもりですか？」

「それはそれで仕方ないかなと思っている」

「なっ……!?」

私は絶句《ぜっく》した。

「今回の事がなくても、この先ずっと隠し続けられる保証はない」

「だとしても、わざわざ大勢の前でなんて」

「夜会で見つけてくれたのがチェルシーだったから、何事もなく済んだけれど、世の中には卑《いや》しい考えの人間は山ほどいる。公爵家の弱みとして脅《おど》されるよりは、いっそ大衆《たいしゅう》の目の前で露見《ろけん》した方がマシだろう」

「……それは、あまりにも極端《きょくたん》です」

「そうかな」

「そうです！　大体、もしそんな事になったら、貴方がどんな目に遭うのか……」

この優しい方にどれ程の悪意が向けられるのか、想像しただけでも背筋が凍る。

それなのにソロモン様は、穏やかな顔で笑う。

「何処《どこ》の誰に蔑《さげす》まれても、構わない。貴女がオレを嫌わないでくれるなら、それでいいよ」

「……っ！」

私は構う。

私の大切な人を傷付ける人間を、どうして許せるのか。

(貴方が私を守ってくださるように、私だって貴方を守りたいのに。気持ちが伝わらない事が、こんなにも歯痒《はがゆ》いなんて)

くしゃりと顔を歪めた私を見て、ソロモン様は焦《あせ》ったように付け足した。

「それに筆頭公爵家の跡取りに、表立って喧嘩《けんか》を売る人間は少ないと思う」

「陰《かげ》でなら何を言われてもいいと？」

「世の中の理不尽や差別に耐《た》えているのは、私だけではないしね」

確かに、この世界は平等ではない。

生まれながらにして明確な差があり、当人ではどうしようも出来ない理由で虐《しいた》げられたりもする。ダリアちゃんとパメラちゃんも、おそらく、その中に含《ふく》まれる。

遠い昔、王家の双子は凶兆《きょうちょう》だとされていた。現在は忘れ去られた迷信《めいしん》とはいえ、高齢者の中には、未《いま》だにそんな認識を持つ人もいる。

しかも二人のお母様は産後の肥立《ひだ》ちが悪く、長く病床《びょうしょう》に臥《ふ》せっていた。そして一年と少し前、風邪《かぜ》を拗《こじ》らせてお亡くなりになったと聞く。

それ見た事かと、陰口を叩く人がいてもおかしくない。

いくらオズワルド様が王弟という地位にあっても、全ての雑音から子供達を守り切るのは無理だと思う。

いや寧ろ、地位が足枷《あしかせ》になり兼ねない。

オズワルド様はまだお若いし、ご子息《しそく》はいらっしゃらない。

再婚を勧める声は多い筈だし、立場上、縁談の全てを断るのは難しいだろう。

(だから、私に結婚を申し込まれたんでしょうね)

子供達と仲良く出来て、国内の派閥《はばつ》の何処にも属さない私が都合よかった。

短期間の滞在で他に、そんな人間を見つけるのは難しい。だから、あんなにも強引な手を使ったのだろう。

境遇《きょうぐう》と事情は理解出来る。

私も、ダリアちゃんとパメラちゃんには幸せになって欲しい。

けれど、私は聖人君子《せいじんくんし》ではないから、自分の幸せを犠牲《ぎせい》には出来ない。

(ごめんなさい。どちらかしか選べないなら、私は迷わずソロモン様を選ぶわ)

ソロモン様の為ではなく、愛する男性の側にいたい自分自身の為にも決して譲《ゆず》れない。

それに、誰より大切にしたいソロモン様に苦痛を強《し》いるなんて論外だ。

それくらいなら私は、どんな卑怯《ひきょう》な手でも使ってみせる。

「チェルシー」

黙り込んだ私を心配したのか、ソロモン様が呼びかける。

顔を上げて、真っ直ぐに瞳を見つめると、彼は僅《わず》かに怯んだ。

「ソロモン様、抱いてください」

「……ごめん、なんか強めの幻聴《げんちょう》が聞こえたみたい。もう一回いいかな?」

ソロモン様は真顔のまま固まったかと思うと、トントンと片耳を叩いてから微笑んだ。

本気で聞き間違ったと思っているのか、誤魔化そうとしているのかは定かでない。

どちらであっても、逃がしてさしあげる事は出来ないけれど。

隣国の王弟殿下に求婚されてから別の男性と関係を持つ女なんて、オズワルド様が認めても、お国の方々は認めないだろう。

それに筆頭公爵家の跡取りの子を身籠《みご》もっている可能性があれば、尚更《なおさら》。

罰せられる危険もあるけれど、そこはオズワルド様の良心を信じたい。

子供達の為に強引な手を使ったとはいえ、本来は優しい方だと思うから。

(こんな打算で、結ばれたくはなかった)

感傷的《かんしょうてき》な気持ちが込み上げてくる。

でも迷っている時間はない。

「チェルシー！　危ないよ！」

走る馬車の中で立ち上がると、ソロモン様は焦ったように私に手を伸ばす。逆らわずに、そのままソロモン様の腕の中に飛び込んだ。

するとソロモン様は、「う」と短く呻《うめ》く。

抱《だ》き留《と》めようと腕を広げた恰好《かっこう》のまま、動きを止めた。

一瞬だけ躊躇《ためら》ってから、彼の膝の上に乗り上げる。「ひぇ」と悲鳴めいた声が聞こえたけれど、気付かない振りをした。

首に腕を絡《から》めて視線を合わせると、ソロモン様は真っ赤になっていた。

信じられないと凝視《ぎょうし》してくる瞳には、少なくとも嫌悪《けんお》は浮かんでいない。

(よかった……、幻滅《げんめつ》されるかと思ったわ)

はしたない女などお呼びでないと、嫌われてしまったらどうしようかと心配していた。

死ぬほど恥ずかしいのを我慢して頑張っても、嫌われてしまっては意味がない。

どうか、嫌わないで。

どうか、軽蔑《けいべつ》しないで。

願いを込めながら、手を伸ばす。

そっと輪郭《りんかく》を辿《たど》るように、指先で撫《な》でる。ソロモン様の顔は、更にもう一段階赤くなった。人間はここまで赤くなって大丈夫なのかと心配になる顔色で、パクパクと口を開閉させる。

「ソロモンさま」

手慣《てな》れた風を装って、媚《こ》びるように彼を呼ぶ。

私のような地味な女が、婀娜《あだ》っぽい女性の仕草《しぐさ》を真似《まね》したところで滑稽《こっけい》なだけだと思ったけれど、ソロモン様は動揺《どうよう》してくれた。

両手で頬を包んで上向かせると、ソロモン様の眉《まゆ》が下がる。

苦しげな顔で息を零す様は、溺《おぼ》れているかのようだ。

「チェルシー」

私を呼ぶ声が、まるで助けを求めているように聞こえて、こちらの胸まで苦しくなる。

思い切って鼻先に軽く口付けると、ぶわっと毛を逆立てた猫みたいな顔になった。

蜂蜜《はちみつ》を溶《と》かし込んだ瞳が、縁からジワジワと濃い色に変わっていく。

漆黒《しっこく》に染まった虹彩《こうさい》に光が反射する光景は、星が瞬《またた》く夜空よりも美しい。見惚《みほ》れながら、感嘆《かんたん》の息を漏《も》らす。

触れた部分からソロモン様の熱が移って、私の体温も上がってきている気がする。

傾《かたむ》けた顔をそっと寄せる。

信じられないというように目を見開いたソロモン様と視線を合わせたまま、唇を近付けた。互いの呼気《こき》を感じ、触れると思った、その時。

「だ、駄目だ！」

振り切るように視線を外したソロモン様は、私の両肩を摑んで引き剝《は》がす。

「……どうして？」

我ながら、不満そうな声だと思った。

ソロモン様はそんな風に返されるとは思っていなかったのか、「どうしてって……」と困惑《こんわく》しきった様子で呟く。

「貴女が無理をする必要なんてない。そんな事をせずとも……」

無理をしていると決め付けられて、ムッとする。

確かに以前なら、どんな苦境《くきょう》に立たされてもこんな選択はしなかった。でも私は変わった。ソロモン様に変えられたのに。

「無理なんて」

「嫌な事はしなくていいんだよ」

ソロモン様に、嫌々触れていると思われるのは心外だった。

(なんで分かってくださらないの)

癇癪《かんしゃく》を起こした子供みたいに、歯噛みする。

伝えていないのだから、分からなくて当然だと頭の隅《すみ》で冷静な声が告げる。

でも今、言葉で伝えたところで信じて貰えるとも思えない。ソロモン様は、きっと私が優しい嘘を吐いているのだと判断してしまうだろう。

それだけは嫌だった。

好きだと伝えるのが遅くなったから、こんな事態になったというのに。それでも、この気持ちをおざなりに扱うのだけは絶対に耐えられない。

だって、ソロモン様が大切にしてくれたものだから。

鈍い私が気付かなかった種に水をやり、ゆっくり芽吹かせてくれた。大切な貴方がくれた、大切な気持ちだから。

(言葉じゃなくて、別に伝えられる方法はないかしら)

無意識に胸を押さえた私は、ふと気付く。ここに、あるではないか。言葉よりも雄弁《ゆうべん》に、『ソロモン様が好きだ』と喚《わめ》いている心臓が。

「……チェルシー？」

ソロモン様の手を引き寄せる。私の行動の意図が読めずに、彼は困惑していた。

それでも止めようとはせず、私のしたいようにさせてくれる優しさに勇気をもらう。

「……！？！？」

思い切って、ソロモン様の手を自分の胸に押し付ける。

金色の目が、際限《さいげん》まで見開かれた。

「……わ、分かりますか？」

左胸のやや中央寄り。心臓の上にソロモン様のぬくもりを感じて、鼓動が更に早くなる。

恥ずかしさに死にそうになりながら、ソロモン様を見上げた。しかし、反応がない。

彼は目と口を開いたまま、固まってしまっている。

あまりにも長い時間動かないから、心配になって呼びかけた。

「ソロモンさ、……ぁんっ？」

それが合図となったのか、ソロモン様の手が動き出す。私の胸の形を確かめるように、ぐにぐにと揉《も》んだ。形を変えたコルセットが、胸の先端を掠める。

「ふ、ぁ」

押し殺しきれなかった声が、唇から零れ落ちた。

媚びた甘さが恥ずかしくて、耳まで熱くなる。

「……っ」

ごくりと嚥下《えんげ》する音に合わせて、ソロモン様の喉仏が上下する。

「チェルシー……」

興奮して嗄れた声で名前を呼ばれ、腰を攫《さら》うように抱き寄せられた。長い指が器用に、私のドレスの襟元のボタンを外す。

曝《さら》け出された首筋に顔を寄せ、ソロモン様はきつく吸い上げた。

「いた、え、あっ？」

軽い痛みに戸惑っている間に、ソロモン様は躊躇いなく私の体を暴《あば》く。

開いた襟の間から、するりと手が入り込んだ。ドレスもコルセットも押《お》し退《の》けて、素肌を撫でられる。柔い胸の感触を直《じか》に確かめてから、爪の先が胸の先端を弄《いじく》るみたいに引っ掻《か》く。

「んんっ」

鮮烈《せんれつ》な刺激に肌が粟立《あわだ》つ。

声を出したくないのに、噛み締めた唇をあやすようにソロモン様が撫でる。人差し指と中指が隙《すき》間《ま》を割り開いて入り込み、歯列の奥で縮こまっていた私の舌を挟んだ。

「やぁ、あん」

くちゅくちゅと口内を指で掻き混ぜながら、ソロモン様は私の耳を食《は》む。

はしたない水音があちこちからして、頭が沸騰《ふっとう》しそう。

体の熱は急激に高められているのに、奥手な心が置いてきぼりにされている。さっきからソロモン様が一言も喋《しゃべ》らなくなってしまったのも、戸惑いに拍車をかけていた。

背中から抱き込まれている形では、顔もまともに見えない。獣《けもの》のような荒い呼吸音だけでは、触れているのが愛する方だと実感出来なかった。

(拒んじゃ駄目……！　私が望んだ事よ)

せめてものよすがを求め、ソロモン様の手に手を伸ばす。口内を弄《もてあそ》んでいた手を引き寄せて、指と指を絡めて繋ぐ。

すると今までの強引さが嘘だったかのように、ソロモン様はぴたりと止まった。

「……？」

肩で息をしながら、首を傾げる。御伽噺《おとぎばなし》の魔物によって石に変えられたのかと疑問に思うほど、微動だにしなくなってしまった。

「……ソロ、」

「つうわぁあああああっ!?」

一拍空けて。ソロモン様が悲鳴を上げながら仰《の》け反《ぞ》る。その拍子に後頭部をぶつけたのか、ゴッとかなり大きな音が鳴った。

「ソロモンさまっ、大丈……」

「ごごご、ごめんっ、理性が飛んでいて、いや、だからって許される事じゃないけど!!」

「いえ、あたま……」

「ごめん、ごめんね、チェルシー！　嫌わないでっ！」

頭に手を伸ばすが、暴れているので確かめられない。

痛みなんて感じていないかのように、ソロモン様は真っ赤な顔で謝罪する。堅く目を瞑《つむ》り、泣きそうな顔をしている彼を見ていると、まるで私が虐《いじ》めているみたいに思えてきた。

(……あながち、間違っていないかも)

「ソロモン様っ！」

「はいっ」

「私が貴方に触らせたのに、嫌いになるはずないでしょう。逆ならまだしも」

「オレが貴女を嫌うなんて、もっとあり得ないよ」

慌《あわ》てふためく様子から一転、急に真顔になる。一切の躊躇《ちゅうちょ》なく、『あり得ない』だなんて狡《ずる》い。

(好き。ソロモン様が好きなの)

諦めたくない。

私は絶対に、この人の手を放したくない。

「なら……っ、続けてください」

羞恥《しゅうち》に頰を染めながら、はしたない願いを告げた。

ソロモン様は真っ赤な顔で狼狽《うろた》えている。

「でも」

抵抗しようとする唇を、指先一つで封じる。

体勢を変え、向かい合う形でソロモン様の膝の上に乗り上げた。

乱されたままだった襟を、ぐっと割り開いて胸の谷間を見せつける。

狙《ねら》い通り釘付《くぎづ》けになった視線を感じながら、ソロモン様に手を伸ばした。

クラヴァットを留めているピンを引き抜《ぬ》いてから、コートの襟に刺《さ》す。両手でクラヴァットを解いて、晒された首元を掌《てのひら》で撫でた。

戯《たわむ》れるように鎖骨《さこつ》のくぼみを指で辿ると、大袈裟《おおげさ》な程に体が揺れる。

首筋に口付けようと屈《かが》むと、引き寄せて抱き締められた。

「ソロモンさま？」

「チェルシー、いい。いいんだ」

「っ、……何がですっ？」

宥めるような優しい声に、私は苛立つ。

ここまでしても、まだ分かってくれないのか。尖《とが》った声で問い返しても、ソロモン様は欠片も怯まない。

私の背を優しく撫でてから、手を握る。指を一本一本絡めて、私の指先に口付けた。

「だって、チェルシー。震えている」

「……え」

呆然《ぼうぜん》とした声が漏れた。

ソロモン様はそんな私を見つめ、酷《ひど》く優しい顔で微笑んだ。

「ずっと、震えているよ」

彼がもう一度、私の指に口付けを落とす。

ソロモン様の大きな手に包まれた私の手は、カタカタと震えていた。

「そ、んな、こと」

嗄れた声で否定する私を、ソロモン様は優しく抱擁《ほうよう》する。

熱を分けるように、愛《いと》おしむように。

「ねぇ、チェルシー。オレは貴女が大好きだから、触れてくれたら嬉しい」

ソロモン様は私の頭を撫でながら、子供に語り掛けるような声で言う。

「でも、それで貴女が嫌な思いや怖い思いをしたら、意味がないんだ」

嫌な思いも、怖い思いもしていない……なんて、震えた状態で言っても信じて貰えない。

実際に怖い。当たり前だ。

初恋すら経験のなかった私にとっては、口付けだって未知の領域《りょういき》。更にその先なんて、怖がらない方がおかしいだろう。

でも、だから駄目っていうのは納得できない。

(怖かったらいけないの？)

どんなに怖くても、逃げ出したくても、この先に進むのならソロモン様と一緒がいいと思うのは、いけない事？

涙目で睨み付けると、ソロモン様は怯んだ。

大好きだけれど、分からず屋な彼に腹が立つ。

「えっと……チェルシー？」

「もうソロモン様なんて知りませんっ」

「ええっ⁉」

タイミングよく、馬車が止まる。

ソロモン様の胸を両手で突《つ》っ撥《ぱ》ねて、立ち上がった。

慌てた彼が私へと手を伸ばそうとするのを、イヤイヤと首を振って遠ざける。

「待って、チェルシー！」

「来ないで！」

拒絶すると、ソロモン様の顔が辛《つら》そうに歪む。

思わず私も怯んだ。そんな顔をされたら、怒りが萎《しぼ》んでしまう。

反射的に謝りそうになるのをグッと堪《こら》え、頭を振った。

「……その髪と目で、外に出てはいけません」

「！」

勢いを失くした声で告げると、ソロモン様は漸《ようや》くご自分の色の変化に気付いた様だった。

（……一度、頭を冷やそう）

側近《そっきん》を呼ぶ為の言い訳を考えながら、ドアノブに手を掛ける。力を込める寸前、手首を摑まれた。

驚いて見上げると、ソロモン様が縋《すが》るような目で私を見ている。

「チェルシー……」

「ソロモン様……」

私の胸が、再び高鳴り始める。ドアノブから手を離し、ソロモン様と向き合った。

彼は少し躊躇うように視線を泳がせてから、私と目を合わせる。

懇願《こんがん》する熱い眼差しから目が逸《そ》らせない。

形のよい唇が言葉を紡《つむ》ぐのを、じっと待った。

「お願いだ、チェルシー」

「……はい」

「ハンカチを」

「……は？」

「ハンカチを、貸してほしい」

「…………」

すん、と涙が引っ込んだ。鼓動も一気に正常な律動《りつどう》を刻む。

冷めた目でソロモン様を睨みながら、手を振り払った。

(この期《ご》に及《およ》んで、私よりハンカチ……!?)

「知りません」

「ち、チェルシー……？」

「もう私は知りませんので、お一人でお好きなだけどうぞ！」

手早くドレスのボタンを留め、取《と》り繕《つくろ》ってから馬車を下りる。

乱暴に扉を閉めると、外で控えていた従者が目を丸くしていた。

「……お嬢様？」

如何《いかが》されましたか、と問う声が若干《じゃっかん》、震えている気がする。

それ程、今の私は恐ろしい顔をしているのだろうか。

「ソロモン様は具合が宜《よろ》しくないようなので、側近をお呼びしてさしあげて」

「かしこまりました」

恭《うやうや》しく頭を下げる彼らに背を向け、私は足早に屋敷へと向かう。

すれ違う使用人らの視線が背中を追って来るのに気付かないふりで、部屋へと逃げ込んだ。

着替えもしないまま、ベッドに乗り上げる。お行儀《ぎょうぎ》悪く靴《くつ》の踵《かかと》に指を突っ込み、乱暴に脱《ぬ》いだ。

ごとん、ごとんと重い音をたてて、パンプスが床に転がる。

「ソロモン様の馬鹿！」

枕を頭上高く持ち上げて、ベッドに振り下ろした。

ボスンと枕が寝台にぶつかり、布の隙間から抜け落ちた羽毛がヒラリと宙を舞う。

「私を拒んでおきながら、ハンカチって何？　本物の私は用なしって事？」

ボスボスと連続で枕を叩き付ける。

私の八つ当たりを一身に受ける枕は、可哀相《かわいそう》なくらいに歪んできた。

「私よりハンカチがいいなんて、酷い」

自分で言っていて、情けなくなってきた。

アナベルやラナのように美しい女性に負けるのならまだしも、自分のハンカチに負けるって、どんな状況だ。

確かに今日持っているのは、かなりいいハンカチだけれど。

ビアズリー公爵夫人に頂いた白いハンカチは、薔薇の蔓《つる》をモチーフにしたチュールレースが四方にあしらわれた一級品だ。

実家で普段使いしていたものとは、素材も値段も違う。

「……本当に私よりハンカチの方がいいなんて事ない……わよね？」

不安になってきた。

無機物に負けるとは思いたくない。

でもハンカチは私と違って、余計な事はしないだろう。

少なくとも、睨み付けて置き去りにした挙句《あげく》、鬼の形相《ぎょうそう》で枕相手に八つ当たりするなどという所業《しょぎょう》はしない。

「こんな可愛くない女、嫌われてしまうわ……」

すん、と鼻を鳴らして枕に顔を埋《うず》める。

哀《かな》しくて、苦しくて、消えてしまいたかった。

＊＊＊

「……ちゃん、チェルシーちゃん」

遠慮《えんりょ》がちな呼びかけと、肩を揺する振動《しんどう》に意識が浮かび上がる。

薄く目を開けると、部屋の中が暗い。いつの間にか夜になっていたらしい。枕元にあるランタンの灯《あか》りが、淡《あわ》く周囲を照らす。

「チェルシーちゃん、起きた？」

「……！」

寝起きの頭でぼんやりと考えていた私は、十数秒の間を空けて、ようやく声の主が誰であるかに思い至った。

目が合ったスザンナ様は、柔らかく微笑む。

「わたし、あのまま眠って……？」

今までの出来事と現在の自分の有様を一気に思い出して、私はサッと蒼褪めた。

ソロモン様に失礼な態度を取った上、馬車に置き去りにした。

更にはドレスも化粧もそのまま。靴を脱ぎ散らかして不貞寝《ふてね》するとか、とてもではないが淑女《しゅくじょ》のする事ではない。

「も、申し訳ありません……っ！」

「大丈夫よ。貴女を叱《しか》りに来たのではないの」

頭を下げようとする私を、スザンナ様は止める。

宥めるように、細い手が私の頰を撫でた。

「詳《くわ》しい事情は知らないけれど、きっとまたソロモンが貴女を困らせたんでしょう？」

実の息子《むすこ》ではなく、私の味方だと言外に示してくれる優しさに胸が痛む。くしゃりと顔を歪めると、「あら、あら」と困ったように眉を下げた。

「違うんです。わたし、私が悪くて……っ」

「そうなの？　ああ、駄目よ、そんなに強く握ったら、怪我《けが》をしてしまうわ」

無意識に握り締めた手を解かれ、そっと抱き寄せられる。

「ちゃんとお話は聞くから、焦らなくていいのよ」

背を叩く手が、子供を寝かしつけるようなリズムを刻む。

ソロモン様が悪いのではないと説明したいのに、声が震えて上手く話せそうにない。

スザンナ様の肩口に額を押し付けて心の整理をしている間も、彼女はずっと黙って待っていてくれた。

勇気を出す為に何度か、深呼吸を繰《く》り返《かえ》す。

体を離して、スザンナ様と正面から向き合った。

「……私がソロモン様に、無理やり迫《せま》ったんです」

「まぁ」

決死の覚悟でした告白に、緊迫感《きんぱくかん》ゼロの声が返ってくる。

「え、あの、強引にですよ？　許可も得ずに、か、体を押し付けたりして……」

「さぞ喜んだでしょうね。ソロモンのだらしない顔が見えるようだわ」

遠い目をしたスザンナ様は呆れたように言う。その呆れも、おそらく私に向けたものではない。

困惑している私に気付いた彼女は、苦笑いを浮かべる。

「勇気を振り絞って話してくれたのに、ごめんなさいね。ソロモンにとって、その状況はご褒美《ほうび》でしかないわ」

「ごほうび……」

「そうよ。今だって、貴女に嫌われたんじゃないかって狼狽えているの。大きな図体して、小型犬みたいに部屋の中をウロウロ、ウロウロ……鬱陶《うっとう》しいったらないわよ」

まだソロモン様に愛想を尽かされてはいないと知って、肩の力が抜ける。

安堵《あんど》した私を見て、スザンナ様は優しく目を細めた。

「それよりも私は、理由が気になるの」

虚《きょ》を衝《つ》かれ、目を丸くする。「理由」と鸚鵡返《おうむがえ》しするとスザンナ様は頷いた。

「まだ一緒に過ごした時間は短いけれど私は、貴女が今時珍しいくらい貞淑《ていしゅく》なお嬢さんだって知っているわ。愛情が抑えきれなくなったソロモンが暴走するならともかく、逆はないと断言できる。貴女は理由もなく、そんな事をする子ではない」

「……スザンナ様」

「だから、行動よりも理由が知りたいわ。何か、やむにやまれぬ事情があったのではないかしら？」

真っ直ぐに向けられた目は、言葉と同様に何処までも真摯《しんし》。

だからこそ気負わず、話す事が出来た。

「……求婚、されたんです」

「ソロモンに、ではないわよね？」

コクリと小さく頷く。

「オズワルド・ベルトラン様。――隣国の王弟殿下であらせられる方です」

息を呑む音がして、スザンナ様の顔が強張《こわば》る。ゆっくりと目を伏せるのに合わせて、苦々しい表情へと変わった。

「そういう事」

吐息《といき》と共に言葉を吐き出す。刺々《とげとげ》しい声には、押し殺しきれなかった苛立ちが込められているような気がした。

「才能に恵まれた人格者だと聞いていたけれど、噂はあてにならないわね。横恋慕《よこれんぼ》した挙句《あげく》に強引な手を使って、うちの大事なお嫁さんを追い詰めるなんて、ただのロクデナシだわ」

詳しい説明はしていないにも拘《かか》わらず、話の流れから事の顚末《てんまつ》を汲み取ったのだろう。

普段は柔らかな線を描く眉を吊《つ》り上げ、スザンナ様は憤《いきどお》る。

素晴らしい洞察力《どうさつりょく》だと感心しながらも、大胆な発言にハラハラした。

「ろ、ロクデナシは言い過ぎでは？」

「好きな女の子に振り向いてもらえないからって、権力を振りかざすような男がロクデナシでなくて何だと言うの？　しかも傍《かたわ》らにはソロモンがいたんでしょう？　婚約していなくとも、好き合っているのは見れば分かるでしょうに」

「好き合う……」

「あっ、ごめんなさいね。これだから、おばさんは野暮《やぼ》で困っちゃうわ」

ポッと頬を染めた私を見て、スザンナ様は口元を押さえる。二十五歳の息子がいるとはとても思えない若々しい美貌《びぼう》で、己を『おばさん』と称《しょう》して笑った。

「人の気持ちを勝手に決め付けちゃ駄目よね」

「いいえ、……事実なので」

小さな声で答えたら、微笑ましいものを見るような目を向けられた。

「私も、ソロモン様の事をお慕《した》いしています。だから、他の方の元に嫁ぐなんて嫌」

恥ずかしさに俯きそうになるのを堪えて言うと、頭を撫でられる。

「うん、よくぞ言ってくれました。流石《さすが》、うちのお嫁さんだわ」

スザンナ様は満足そうに頷く。

「それならビアズリー公爵家も抗《あらが》いましょう。そういえば、ソロモンは黙って突っ立っていた訳ではないわよね。チェルシーちゃんは渡さないと、ちゃんと喧嘩を売ってきた？」

とんでもない発言を、さも当然の事であるかのように言う。目を白黒させながら首肯《しゅこう》した。

「は、はい。オズワルド様とソロモン様が、模擬戦で決闘する事になりました」

「腑抜《ふぬ》けていなかったようで何よりだわ」

「ですが、魔法騎士としての決闘なんです。ソロモン様は魔法が使えないと聞いていたのに、大丈夫なんでしょうか？」

抱えていた不安を吐露《とろ》すると、スザンナ様は軽く目を瞠《みは》った。

「ああ、なるほど。だからチェルシーちゃんはソロモンに迫ったのね」

「……？」

「既成事実《きせいじじつ》を作って、求婚を有耶無耶《うやむや》にする作戦かと思ったけれど……。あら？」

スザンナ様は途中で、私が戸惑っている事に気付いたらしい。すれ違っていると理解して、口を閉ざす。

「まさに、そういうつもりだったんですが。もしかして、別の解決法があるのでしょうか？」

じっと見つめると、あからさまにスザンナ様は視線を逸らした。ばつが悪そうな顔には、『やらかした』と分かり易《やす》く書いてある。

（性行為によって得られる利点が、他にもあるの？）

隣国の心証《しんしょう》を損なって、王弟殿下の伴侶《はんりょ》として相応《ふさわ》しくないと判断してもらう事が目的だった。

でもスザンナ様の言葉は何か、別の意図を指しているように思える。決闘そのものを回避《かいひ》するのではなく、寧ろ、憂《うれ》いなく決闘に挑《いど》む為に出来る事があるかのような。

「スザンナ様……？」

問《と》い質《ただ》す目を向けても、逸らされた視線は戻ってこない。明らかに何かを隠している。

やがて、スザンナ様は両手を軽く上げた。『降参』と言葉なく示す彼女の表情はどこか複雑なものだった。

「ソロモンが拗らせているだけなんでしょうけど、あの子はあの子なりにチェルシーちゃんを思い遣って、黙っている部分もあると思うのよ」

意味は分からないけれど、言いたい事はなんとなく分かる。

ソロモン様はいつでも、私以上に私を大切にしてくれるから。

「ただ、私としては隠し通すのが最善とは思えないのよね。遠回りし過ぎて、道を見失っているように見えるわ。大切にしたいって気持ちばかりが強すぎて、チェルシーちゃんの覚悟を蔑《ないがし》ろにしているのに気付いてないのかしら」

独り言みたいに呟いて、スザンナ様は溜め息を吐き出す。思案するような沈黙の後、「よし」と顔を上げた。

「今から私の独断で、大事な話をします」

真剣な空気を感じ取って、居住《いず》まいを正す。

「ただその前に一つ、懸念《けねん》があるの。おそらくソロモンが貴女にこの話を出来なかったのは、同じ理由だと思う。だから、先に約束して。問題を解決する為に自分を犠牲にするような選択だけは、絶対にしないって」

スザンナ様の迫力に気圧《けお》されながら、考える。

ソロモン様が私に何かを秘密にしていたのは、話す事によって、私の選択を歪めてしまう恐れがあったからだろうか。日和見《ひよりみ》主義な私が流されてしまうのではないかと。

(ソロモン様は優し過ぎるわ)

自己犠牲という言葉から不穏な気配を察知《さっち》しても、逃げ出したい気持ちは起こらなかった。大切にされている事実への喜びと、一方的な関係へのもどかしさが込み上げる。

(与えられるばかりではなく、私だって返したい。受け取ってほしい……ううん、受け取らせるわ。流されるんじゃなくて、自分がしたいからそうするの)

覚悟を新たにして、深く頷く。するとスザンナ様も満足げに頷いた。

「話というのは、ソロモンが魔力を制御出来ない原因と対処法についてよ。聞いていないわよね?」

「! はい。教えてほしいと言っても、はぐらかされてしまって」

思わず、前のめりで食いついた。ずっと知りたかった事だ。

摑みかからんばかりの勢いの私に、スザンナ様は丁寧《ていねい》に説明してくれた。

ソロモン様の魔法の師匠であるドルフ様の仮説に基づいた話を聞いて、私は驚愕《きょうがく》する。

感情の揺れと魔力の増幅についての因果関係《いんがかんけい》、性行為における体液の交換と魔力循環の手順の類似性など、専門的な部分は素人である私には理解出来ない。

けれど、大事な事は分かった。

(性行為で、今、悩んでいる問題が全て解決するって事⁉)

ソロモン様は魔力の制御と排出の仕方を覚えて、髪と瞳が黒く染まる現象を回避出来る。

その上で、魔法を使えるようになるかもしれない。

そして私は望まぬ方の元に嫁がなくて済む。しかもソロモン様を助けるという大義名分《たいぎめいぶん》を得て、罪悪感も減る。

(迷う理由なんて、一つもないじゃない……！)

そう憤りかけた私だったけれど、とある場面が思い浮かんで、怒りがすぐに解けた。

あれは確か、池の中央にある四阿《あずまや》でお茶をしていた時。魔力の制御方法について訊《たず》ねた私に、ソロモン様はこう返した。

『チェルシーがオレを好きになってくれたら、教えてあげる』

その言葉に、全てが集約されている。

私に強制したくなかったのは事実だろう。自分の事情に巻き込みたくないという気遣いによるところも大きい。

でもそれ以上にきっと、同情で流されてほしくないという願いがあったと思う。

好きだから、もっと深い部分で繋がりたい。私にもそう思ってほしいと。それ以外の理由で決断しないで、と。

(馬鹿なひと……)

自分の未来が懸かっている大事な場面で、そんな事に拘《こだわ》るなんて。

なんて愚《おろ》かで、可愛らしい人だろうか。自分の価値をまるで分かっていない。

(貴方みたいな方に愛されて、愛を返さずにいられる訳ないのに)

「スザンナ様、ありがとうございます。今のお話を聞いて、気持ちが固まりました」

絶対に逃がすものかという意気込みで告げる。

「それはソロモンの為の決断ではないわね？」

「はい。私自身の為に、既成事実を作ってソロモン様の逃げ道を塞《ふさ》ごうと思います」

貴族の令嬢らしからぬ宣言を聞いて、スザンナ様の顔が綻《ほころ》ぶ。「それでこそ、うちのお嫁さんだわ」と可笑《おか》しそうに喉を鳴らした。

「私も微力ながらお手伝いするわね」

「お願いします」

「じゃあ、まずは明日、一緒にお買い物に行きましょう」

意外な提案に首を傾げる。二人きりになるよう誘導してくれる等の助力を想像していたので、買い物と言われてもピンとこない。

「ええ。大事な戦いに臨む為の武装《ぶそう》を調《ととの》えなくてはね」

「武装？」

「あのバカ息子を、今以上にメロメロにしてやりましょう」

「……？」

戸惑う私を見て、スザンナ様は蠱惑《こわくてき》的な微笑みを浮かべた。

女性の武装と聞いて、最初に思い浮かんだのはドレスだった。

けれど、目抜き通りに並ぶ仕立屋の前を通り過ぎる。細い路地を曲がり、閑静《かんせい》な場所にぽつんと立つ小さな店の前で、馬車が停まった。

古いレンガの壁に、黒い木枠の窓。格子や表に吊り下がった鋳物《いもの》の看板も黒。隠れ家のような雰《ふん》囲気《いき》の、上品な店構えだ。

護衛を表に残し、私と数人の侍女だけを連れて、スザンナ様は店の中へと進んだ。

「ようこそ。お待ちしておりました」

出迎えてくれた店主は、ふくよかな女性だ。表情や仕草にわざとらしくない色気があって、同性の私でもドキッとする。

「今日は、この子に見立てて欲しくて」

「まぁ！　なんて可愛らしいお嬢様」

スザンナ様に背を押され、店主の前に立たされる。頭の天辺《てっぺん》から足の爪先まで見つめられ、居心地が悪い。店主はキラキラと輝く目で、「腕が鳴りますわ」と言った。

「一から作ってほしいところだけれど、残念ながら時間がないの。今日は既製品でお願い」

「かしこまりました。では、まずは採寸《さいすん》ですわね。こちらへどうぞ」

奥へと通されて、数人の従業員に囲まれる。

手際よく脱がされて、全身を測られた。

(結局、ここは何の店なの？　やっぱりドレス？)

その割には、店内にドレスの類《たぐ》いは飾られていなかった。

優雅に紅茶を飲むスザンナ様が見比べている見本の端切れも、やけに薄い生地だ。レース地のようなソレは、ドレスというよりハンカチの素材に近い。

「意表《いひょう》を突《つ》いて紫とか……、でも白も外せないわね」

「お嬢様は清楚な美しさがおありですから、確かに白はよくお似合いだと思います。くるぶしに届くくらいの長さですが、全体的にレースで仕上げて、肌がうっすらと透《す》けるような」

「うちの息子が好きそうだわ」

「肌が白いので、濃《こ》い色もきっと映えますわ。紺《こん》、もしくは思い切って黒は如何でしょう？　膝丈で、大胆なスリットが入っているデザインなのですが」

「絶対に似合うわね。持って来て頂戴」

話がどんどん不穏な方向に流れていく。

薄々気付き始めていたが、従業員が運んで来たトルソーを見て確信した。

(ここ、下着のお店だわ……！)

しかも、とびきりセクシーなタイプの。

衝撃の事実を知って愕然《がくぜん》としていると、スザンナ様が私を手招く。

「チェルシーちゃんも、こっちへいらっしゃい。どれがいいかしら？」

「わ、私が着るんですか……？」

「当たり前でしょう」

そうですよね、と乾《かわ》いた笑いが洩れる。

入店と同時に宣言していらしたものね。でも、私に似合うとは思えない。

「この黒は決定ね。あとは白と、もう数着欲しいわ」

「あの、本当に私に似合いますか？」

「もちろん。私達の目を信じて」

自信満々に言われてしまった。

このままでは、あのめちゃくちゃ色っぽい下着が私の物になってしまう。

絶対に似合わないのに。大事故確定なのに。

赤面と蒼褪めるのを繰り返す私を放置して、次々と違うデザインの下着が運ばれてくる。

「スザンナ様、もう少し控《ひか》えめなデザインの方が……」

「チェルシーちゃん」

「……はい」

往生際悪く抵抗する私を、スザンナ様はじっと見つめる。

叱られると身構える私の前に、白と黒の下着が突き付けられた。

「ソロモンは、絶対にどちらも好きよ」

「……っ!!」

ぐっと、言葉を呑み込む。母親のこの手の予言は、恐らくハズレなしだろう。

色気のない自分の体を見下ろして、意を決した。何かしらで底上げ、もしくは盛らない限りは戦いにも臨めない。

この際、羞恥心はどこかに投げ捨てよう。

「着ます」

私が屈《くっ》すると、スザンナ様は満足気に頷いた。

しかし、戦支度《いくさじたく》は一日だけで終わらなかった。

香油《こうゆ》に石鹸《せっけん》、髪の手入れに全身マッサージ。連日のように連れ回され、目まぐるしく時間が過ぎていく。

喧嘩別れをした日から口を利いていないソロモン様は、日を追うごとに萎れていった。

毎日、私に話しかけようとしてはスザンナ様に阻止《そし》される事の繰り返し。

怒りや苛立ちなんてとっくに消えていたから、申し訳なさと寂しさが、私の中でも膨《ふく》れ上がっていた。

第八章　愛は惜しみなく与う

時間はあっという間に過ぎて、決闘前夜《けっとうぜんや》。

そして私にとっては、決戦当日。

夕食を終えて、今から湯を浴び、侍女達に手伝ってもらい、支度《したく》を整えてからソロモン様のお部屋を訪ねる予定だ。

不安がない訳ではないけれど今日まで、やるべき事は全てやった。後は全力で挑《いど》むだけ。

必ず成《な》し遂《と》げなければならないと闘志《とうし》を燃やす私に、声が掛かる。

「チェルシー」

振り返ると、不安げな面持ちのソロモン様が立っていた。まだ準備が整っていない私は、内心で慌《あわ》てふためく。

「……なんでしょう」

動揺《どうよう》を押し隠そうとしたせいか、感情の籠《こ》もらない平坦《へいたん》な声になってしまった。

ソロモン様の眉《まゆ》が哀《かな》しそうに下がる。俯《うつむ》きかけた彼はぐっと口を引き結んで、私と目を合わせた。

「話がしたいんだ」

馬車の中で喧嘩《けんか》をしたきり、まともに会話をしていない。

明日の決闘の前に、仲直りをしたいと思ってくれているのだろう。

「分かりました。後でお部屋に伺《うかが》います」

「！　ありがとう」

明らかにホッとした様子のソロモン様を見て、私は微笑《ほほえ》む。

目の前の女が、『丁度よかった』などと悪巧《わるだく》みしているなんて思いも寄らないんだろうなと、考えながら。

身を寄せて、耳元で「鍵《かぎ》を開けておいてくださいね」と囁《ささや》く。

二人の寝室を繋《つな》ぐ扉の事だと思い至《いた》ったのか、ソロモン様は頰《ほお》を赤く染めた。

「わ、分かった。……あ、変な気は起こさないから、安心して来て」

（いいえ、起こさせるわ）

にっこり笑って、返事はしなかった。

罠《わな》にかかる寸前の獲物《えもの》に、わざと牙《きば》を見せて警戒《けいかい》させる獣《けもの》なんていないのだから。

薔薇《ばら》の花びらが浮かぶ湯に浸《つ》かり、公爵家《こうしやくけ》の有能な侍女の手によって全身磨《みが》き上げられた。肌の張りと艶《つや》、髪の一筋、爪の先に至るまで全て、自分至上最も輝いていると断言出来る。

全力で背中を押してくれる公爵家の皆様には、足を向けて寝られない。

心から感謝しながら、スザンナ様に見立ててもらった下着を身に着けて、薄手《うすで》のガウンを羽織《はお》った。

吐息《といき》と共に緊張《きんちょう》を吐《は》き出して、覚悟を決める。

ソロモン様の部屋へと繋がる内扉をノックした。

暫《しば》く待っても返事がないので、もう一度。今度は強めに。

「ソロモン様？」

扉の向こうから、慌てたような物音が微《かす》かに届く。

「ごめん、ちょっと待ってもらえる？　あと十秒、いや、三十秒……一分待って」

何故《なぜ》、どんどん伸びるのか。

不思議に思いながら待っている間も、バタバタと忙《せわ》しない音が聞こえてきた。

頭の中でゆっくり数えた数字が五十を超す頃、扉が開く。

「お待たせ！」

現れたソロモン様は息急き切らせていた。

(鍛錬《たんれん》でもしていたのかしら？)

薄っすらと汗を掻《か》き、赤い顔をしたソロモン様とは対照的に、招《まね》き入れられた部屋の中はヒヤリと冷たい。さっきまで窓を開けていたのか、僅《わず》かな湿度《しつど》を孕《はら》んだ夜気が漂《ただよ》っている。

火照《ほて》っていた肌が温度差に粟立《あわだ》ち、無意識に腕を摩《さす》った。

「あ、ごめん！　換気していたから、寒いよ、ね……？」

私の様子を窺《うかが》うように、頭の先から足元まで移動した視線が途中で止まる。同時に言語中枢《ちゅうすう》も停止したのか、不自然に途切《とぎ》れた。

目を見開いたソロモン様は、私を凝視《ぎょうし》する。

焼け付くような視線が、ゆっくりと全身を検分《けんぶん》した。

「チェルシー……なんて恰好《かっこう》を」

溺《おぼ》れ、喘《あえ》ぐような声で詰《なじ》られる。

薄手のガウン姿でも、琴線《きんせん》に触《ふ》れる事は出来たらしい。

(でも、まだよ)

私の本気はこの程度ではない。包み紙で喜ばれては、中身のプレゼントの立《た》つ瀬《せ》がないというものだ。

腰のリボンに手を掛けて解くと、ソロモン様は息を呑《の》んで絶句する。

一歩後退《あとずさ》るのに合わせて、私も一歩進んだ。

殊更《ことさら》にゆっくりと前を開く。

「駄目だ」と彼は苦悩するように呟《つぶや》くけれど、視線は外さない。

すとんと足元にガウンが落ちる。

「…………は?」

長い沈黙《ちんもく》の後、呆然《ぼうぜん》とした声がソロモン様の口から洩《も》れた。

最後の最後で羞恥心《しゅうちしん》が邪魔をして、顔を逸《そ》らしてしまった。だから、彼がどんな表情をしているのかは見えない。それでも、視線が刺《さ》さっているのは感じた。

(恥ずかしい……っ)

覚悟は決めたはず。でもやはり、羞恥心は消えない。

だって、こんなのまるで痴女《ちじょ》ではないか。それに自分に似合っているとは思えないのも理由の一つだ。

黒のシルク製のスリップは、太腿《ふともも》の半ばくらいまでの丈しかない。しかも胸を覆《おお》う部分はニードルレースが贅沢《ぜいたく》に使用されており、肌が透けている。薔薇と蔓《つる》を複雑に組み合わせた刺繡《ししゅう》が、辛《かろ》うじて先端《せんたん》を隠してくれているけれど、それが逆にいやらしく見えた。

大胆に入ったスリットから覗《のぞ》くショーツは、驚《おどろ》くほどに布面積が小さい。リボン結びにした両側の紐《ひも》で留《と》めているだけなので、ちょっとした衝撃《しょうげき》で外れてしまいそうだ。

誰よりも似合っていると、自信を持って着こなすのが大切だとスザンナ様は仰《おつしゃ》っていたけれど、無理。

私は顔もスタイルも特別よくはない。せいぜい人並みだ。

ソロモン様のように全てが美しい方の前に半裸《はんら》を晒《さら》しているのかと思うと、今すぐ逃げ出したくなる。

でも、ここで諦《あきら》める訳にはいかない。

似合わないのを承知で、色っぽい下着まで着た意味がなくなってしまう。

「……っ？」

羞恥を振り切って顔を上げようとした瞬間、体が宙に浮く。

膝裏《ひざうら》に手を回して私を抱き上げたソロモン様は、大股《おおまた》で歩く。彼にしては少々、乱暴な動作でベッドの上に放り投げられた。

軽い衝撃の後、混乱が治まる間もなく上に影《かげ》が差す。

顔の両脇に手を突かれ、真上から見下ろされる。ソロモン様の髪と目はいつの間にか、漆黒《しっこく》へと変わっていた。

暗闇の動物みたいに真っ黒な瞳が、私を映す。

ギラギラと目を輝かせ、荒い呼吸を繰《く》り返《かえ》しているせいもあり、大型の肉食獣に捕食《ほしょく》されそうになっている錯覚《さっかく》を起こした。

「チェルシー……」

ソロモン様の美声が、酷《ひど》く嗄《かす》れている。ゴクリと喉《のど》が鳴るのを間近で見て、更に獲物になったような気持ちが強くなった。

怒りと興奮に輝く双眸《そうぼう》が、私を見据《みす》える。

「何でこんな無防備な恰好で、オレの部屋に来たの。今から何されるか、本当に分かってる？」

「つ、……もち、ろん」

恫喝《どうかつ》された訳でもないのに、ソロモン様の迫力《はくりょく》に気圧《けお》される。

そう、と相槌《あいづち》を打つ声も平坦で、いつもの優しさは欠片《かけら》もない。それに奮《ふる》い立つ気持ちが、ガリゴリと削《そ》がれた。

「ここに」

「あっ？」

大きな手が、私の下腹部《かふくぶ》に触れる。

ぐっと押されると恐怖と共に、未知の感覚が襲《おそ》ってきた。

「オレのコレを受け入れるんだよ？」

コレと言いながら、ソロモン様は私の足に腰を押し付けた。

熱くて硬《かた》い感触は想像よりも遥かに大きくて、呼吸が止まりそうだ。

ひゅっと息を詰める私を見て、ソロモン様は困ったように眉を下げた。

「……やっぱり、怖いんじゃないか」

「！」

身を起こして、ベッドを下りようとするソロモン様の腕を掴《つか》む。

「怖くても、痛くてもいいから」

そう宣言すると、ソロモン様の目が不機嫌そうにきゅっと眇《すが》められた。

「オレはよくない。貴女《あなた》に痛い思いなんて……」

「そんな事を言っている場合じゃないでしょう！　決闘は明日なんですよ？」

「……それとこれに、何の関係があるの」

「あります。スザンナ様から聞きました」

「！」

「魔法が使えるようになるかもしれないって」

ソロモン様は額に手を当てて溜《た》め息《いき》を吐《つ》く。

「チェルシーに余計な事を……」

目を伏《ふ》せた彼は、苦々しげな声で呟いた。

「何故、こんな大事な事を教えて下さらなかったんです？」

「オレは貴女を利用するつもりなんてない。貴女の大事な初めてを、オレの個人的な都合の為に散《ち》らすなんて、絶対に御免《ごめん》だ」

愛されている。それが眼差《まなざ》しからも言葉からも、嫌と言う程伝わってくる。

だからこそ、途轍《とてつ》もなく歯痒《はがゆ》い。

「私が、貴方《あなた》に捧げたいと思っていても？」

「……っ、チェルシー、止《や》めてくれ！」

ソロモン様の胸に手を伸ばすと、苦悩するように彼の顔が歪《ゆが》む。

「オレは貴女を傷付けたくない……愛しているんだよ……!!」

「私だってそうです!!」

胸倉《むなぐら》を摑んで叫ぶ。

苦しそうに細められていたソロモン様の目が、大きく見開かれた。

「私だって貴方に、傷付いて欲しくないのに……っ！」

「チェル、シー……」

引き剝《は》がそうと肩に掛かっていたソロモン様の手が、ずるりと下に落ちる。迷子の子供みたいに戸惑《とまど》った表情で、彼は私を見た。

私は燃え盛る炎の如《ごと》く荒れ狂う気持ちを抑え付けて、口を開く。

「……本当は今でも決闘なんてして欲しくないと思っています。貴方は大丈夫だって言うけれど、魔法が使えないという点で不利なのは間違いありません。それに、大勢の前で黒く変化したら、迫《はく》害《がい》されるかもしれない」

ぐっと唇《くちびる》を嚙《か》み締《し》める。

「ソロモン様が怪我《けが》をしたり、辛《つら》い目に遭《あ》ったりするくらいなら、私が……諦める方がいい」

言葉に詰まって俯いてしまったのは、私の弱さだ。

自分よりソロモン様が大事なのは嘘《うそ》ではない。でも自分勝手な心が、ソロモン様を諦めるのも嫌だと叫んでいる。別の男性の元に嫁《とつ》ぐなんて考えたくもなくて、言葉を濁《にご》した。

しかし、自嘲《じちょう》する間も与えられずに両手で顔を包まれる。

珍《めずら》しくも強引な力で上向かされた。ソロモン様と至近距離《しきんきょり》で視線がかち合う。

瞬《また》きもせずに私を覗き込む黒い瞳はドロドロと重く、それ以上に熱い。内側に灼熱《しゃくねつ》の炎を内包《ないほう》したマグマみたいだ。

執着《しゅうちゃく》を可視化《かしか》したような目で私を射抜《いぬ》いたまま、ソロモン様は「駄目だよ」と言った。

「貴女が諦めても、オレは絶対に貴女を諦めないから」

色のない声は瞳の熱さとは裏腹に、不自然な程に平坦だった。静けさが逆に、嵐の前の海を見ているような不安感を煽《あお》る。感情的に怒鳴《どな》られるよりも余程《よほど》、恐ろしい。

「……っ」

畏《おそ》れているのは確かなのに、それを上回る勢いで込み上げる幸福感は何なのだろう。私の女としての感性は壊《こわ》れているのか、絡《から》み付くような執着に歓喜していた。

私の頬を摑む大きな手に手を重ねる。

「なら、私も諦めない。だから、ソロモン様も私を離さないで」

「！」

「私を利用したくないとか、傷付けるかもしれないとか、そんな葛藤《かっとう》はいらない」

ソロモン様の優しさや誠実さに惹《ひ》かれた私が、それを踏《ふ》み躙《にじ》っている。なんて皮肉なんだろうと思っても、引けない。

「私を利用しても、傷付けてでも、側《そば》にいてください」

「チェルシー……」

「好き」

は、と吐息が零《こぼ》れるような音だけを残して、部屋が静まり返る。

呆《ほお》けたような表情で、ソロモン様は動きを止めた。

際限《さいげん》まで見開いた目で私を凝視していた彼は、ぎこちない手付きで頬を撫《な》でる。私の存在を確かめるみたいに、恐る恐る触れた。

夢でも幻《まぼろし》でもないと確認する為の作業だろうに、幻でもいいから消えないでと泣きそうな目が訴えている。

だから私は己の存在を主張する為に、ぎゅっとソロモン様の手を握《にぎ》った。またガチンと固まってしまった掌《てのひら》に頬を擦《す》り付ける。

硬い手の感触を好き勝手に堪能《たんのう》してから、ソロモン様の様子をちらりと窺った。

見上げた瞳は涙の膜《まく》が張って、決壊寸前。呆然とする彼の表情に胸が締め付けられる。衝動《しょうどう》のままに、もう一度、口を開いた。

「貴方が、好き」

「……っ」

息を呑む音がして、透明《とうめい》な雫《しずく》が頬を滑《すべ》り落ちた。

くしゃりと歪んだ顔に手を伸ばして、今度は私が彼の頬を包み込む。伸び上がって額を合わせた。

「ソロモン様を愛しています」

ソロモン様に釣《つ》られて、私の目頭も熱くなる。嗚咽《おえつ》を堪《こら》えるように引き結んだ唇に、そっと唇を押し当てた。

するとと堰《せき》を切ったように、滂沱《ぼうだ》の涙が溢《あふ》れ出す。

愛《いと》おしくて、愛おしくて、頭がおかしくなりそうだ。

ソロモン様の頭を掻き抱《いだ》いて、私もそっと涙を零した。

「遅くなってごめんなさい」

「チェルシー……、チェルシー……ッ！」

ソロモン様の腕が、私を抱き締め返してくれる。縺《もつ》れるようにして二人で、ベッドに倒れ込んだ。

「すき、好きだ」

「私も」

嗄れた声で繰り返してくれるソロモン様の頭を撫でて、涙に濡《ぬ》れた目元に何度も口付ける。

ぎゅうぎゅうと痛いくらいの力で抱き締められながら、気持ちを確かめ合った。

そうして、どれくらいの時間が経《た》っただろうか。ソロモン様がスンと鼻を鳴らす。

間近にある顔を覗き込むと、視線がかち合った。

ソロモン様の目は充血《じゅうけつ》していて、目元も腫《は》れている。ついでに鼻の頭も赤くて、せっかくの美《び》貌《ぼう》も形無しだ。

たぶん私も同じような酷い顔をしているんだと思う。どちらともなく破顔《はがん》して、笑いだした。

「酷い顔」

「チェルシーもでしょ。でも、そんな顔もとびきり可愛いけど」

「ソロモン様は恰好よくはないですよ。でも好きです」

「凹《へこ》ませてから喜ばせるのは止めて。オレの情緒《じょうちょ》をグチャグチャにして、どうしたいの」

小悪魔チェルシー、と不名誉《ふめいよ》な二つ名で呼ばれたかと思うと、軽く鼻を摘《つま》まれた。

んむ、と潰《つぶ》れた声で抗議《こうぎ》したら、幸せでたまらないのだというように笑うから。私も溢れ出る幸福感が命じるままに、腕を広げた。

「私もグチャグチャにしてほしい」

「っ!?」

「全部、触って」

一旦落ち着いた顔色が、また鮮《あざ》やかに染まる。ソロモン様は声が出ないまま口を何度か開閉すると、悔《くや》しそうに顔を顰《しか》めた。

「あー、もう。チェルシーには一生敵《かな》わない気がする」

不満そうな口調からは考えられないくらい、優しく頬を撫でられる。

「オレは貴女に夢中なんだ」

吐息を零すように呟いた唇が、私の唇に重なった。

少しかさついた感触はすぐに離れ、もう一度、確かめるように触れられる。

ちゅ、ちゅ、と繰り返しながら、耳朶《じだ》や首の後ろを撫でられた。唇に指先、眼差しまで、全てが私に愛を伝えてくれているようで嬉《うれ》しくなる。

「ん。くち、開けて」

酸欠《さんけつ》でぼんやりし始めた頭では、言葉の意味を深く考えられない。言われるがままに、あーんと口を開くと、ソロモン様は眦《まなじり》を緩める。

「うん、上手」

蕩《とろ》けるような声で言って、ソロモン様は口付けた。

厚い舌が口内を撫で、私の舌を絡めとる。

「つん」

彼の舌が、歯列《しれつ》を丁寧《ていねい》に辿《たど》る。上顎《うわあご》の裏側を擽《くすぐ》られ、体が勝手に震《ふる》えた。

口を閉じられないせいで、唾液《だえき》が溜《た》まって垂れそうになる。苦しい、と訴える為にソロモン様の胸に腕を突っ張った。

でも彼は、離れてくれない。私の舌先を唾液ごと、じゅうっと音を立てて吸う。

ごくりとソロモン様の喉が鳴るのが、恥ずかしくて見ていられなかった。

「つあ」

ソロモン様の手が、私の胸にそっと触れる。

愛撫《あいぶ》というよりは形を確かめるような動きで、下から掬《すく》い上げた。

「チェルシーのおっぱい、柔《やわ》らかい」

「お……」

おっぱい。高貴で上品な彼の口からそんな言葉を聞くとは思わず、絶句した。

しかし彼は胸を凝視しており、私が戸惑っているのには気付いていない。

「直接見たい。見てもいい？」

(聞かないで欲しい……)

初心者である私への思《おも》い遣《や》りなんだろうけど、恥ずかしさが増すだけだ。視線を逸らしながら小さく頷《うなず》くと、「生きていてよかった」としみじみと言われた。

そんな事で生《せい》の喜びを噛み締めないでほしい。

薄いスリップの肩紐に指が掛かる。ソロモン様は、見せつけるように殊更《ことさら》ゆっくりと下げた。やがて右の乳房が顕《あらわ》になる。

「っ……」

恥ずかしくて見ていられない。

男性に見せるなんてもちろん初めてだから、何処《どこ》かおかしかったらどうしようと不安になる私の耳に、「ぴんく……」というソロモン様の小さな呟きが届いた。

「嘘でしょう、チェルシー」

「え。なにか、おかしい……？」

「可愛くて優しくて、その上おっぱいまでこんな、綺麗《きれい》でえっちなの……？」

「え、えぇ？」

よく分からないけれど、どうやらお気に召したらしい。

店員や侍女、スザンナ様にも胸の形を誉《ほ》められたので、もしかしたら、少しなら誇《ほこ》っていいのかもしれない。

「掌に丁度収まる大きさで、乳輪《にゅうりん》も乳首も綺麗なピンク色。こんな美味《おい》しそうな胸を、オレが好きにしていい……？　オレは前世でどんな善行を積んだんだろう。国一つ救ったくらいじゃ釣り合いがとれないよね」

胸の先端をゼロ距離で凝視しながら、ソロモン様はぶつぶつと何かを呟いている。正直言って、目が怖い。

胸が気に入ったのなら好きに触ってくれたらいいのに。

そう思いながら、腕で胸をきゅっと寄せて、ソロモン様を見上げた。

「あの、はやく触って……？」

「つぐ……！」

射抜かれたように胸を押さえ、ソロモン様は呻《うめ》く。

「ソロモンさまっ？」

慌てて顔を覗き込むと、眉を顰《ひそ》めて目を閉じている。呼吸が乱れているのか、肩で息をする様子は、とても苦しそうだ。

「むり、死ぬ」

「！　具合が悪いんですかっ？」

喘ぐような呼吸の合間にソロモン様が零した言葉は、とても物騒《ぶっそう》なものだった。蒼褪《あおざ》めた私は、慌てふためく。

「今、お医者様を呼んで……」

「待った！　大丈夫だから」

ベッドを下りようとすると手首を掴まれ、引き留められた。

「でも」

「寧《むし》ろ今、貴女が離れていく方が悪化するから」

ずりずりとベッドの中央に引き戻されながら、首を傾《かし》げる。医者でもない私が何の役に立つのだろうか。

「オレの為を想うなら、続きをさせて」

酷く真剣な表情で訴えられ、気圧される形で頷いた。少し躊躇《ためら》ってから、「どうぞ」と身を投げ出すように力を抜くと、ソロモン様の目がギラギラと輝いた。

「いただきます」

ソロモン様は私の胸を下から押し上げるように持ち、大きく口を開く。舌の先が触れた瞬間、言い様のない感覚に襲われた。

「んっ」

刺激に体が跳《は》ねる。

ソロモン様は先端を舌で押し潰しながら、きゅうっと吸い上げる。背筋を甘い痺《しび》れが駆《か》け抜《ぬ》けて、勝手に腰が浮き上がった。

「あっ、やぁっ」

「はっ。チェルシーのおっぱい、美味しい……！」

長い舌がレロレロと先端を弄《いじく》る。陶然《とうぜん》としたソロモン様が、赤子のように必死になって胸を吸う光景は酷く倒錯的《とうさくてき》だ。

少し濃くなった桃色の乳首が彼の歯に挟《はさ》まれているのを見て、思わず目を逸らす。恥ずかしくて、直視出来ない。

「硬くなってきた」

「ひぁっ！」

「ああ、かわいい。チェルシー、すき。食べてしまいたいくらい、可愛い」

辛うじて引っ掛かっていたスリップの紐が、肩から落ちる。

ソロモン様は私の右胸を舐《な》めながら、反対側を指で揉《も》みしだく。

先っぽを親指と人差し指で挟んで、擦《こす》り合わせるように押し潰した。

「んんっ！」

刺激に跳ねる私を、ソロモン様は嬉しそうに見た。愛おしいものを見る目、と呼ぶには眼差しが強すぎる。焦《こ》げ付きそうな視線に、快感が跳ね上がった気がした。

まだ、始まったばかりなのに。

きっと序盤《じょばん》なはずなのに、もう頭がおかしくなりそう。

痛いって聞いていたから、そちらを耐《た》える覚悟はしてきた。

でもこんな、未知の感覚に翻弄《ほんろう》されるなんて聞いてない。こんなのは知らない。

「ソロモ、さ、まっ」

「うん？　なぁに、チェルシー」

蕩けそうな声音で問い返される。

「もう、いいのでっ」

「？」

「痛くても、いいから」

「……なんでそんな意地悪言うの」

ソロモン様は目を眇めて、拗《す》ねたように言う。

「だって、こんな手間をかけなくても」

「手間？　オレが心の底から楽しんでやっているのが、見て分からない？」

「それは……」

なんとなく、分かってしまった。

ずっと輝くような笑みを浮かべているので、面倒《めんどう》がっているとは思えない。

（でもこんなの、ずっと続けられたらおかしくなっちゃう……）

さっきからずっと、下腹部が疼《うず》いている。胸しか触られていないのに、足の間は既《すで》に潤《うるお》って濡れた音をたてていた。

このままではいつか、おかしな事を口走ってしまいそうだ。

はしたないおねだりをして、呆《あき》れられるくらいなら痛い方がいい。

「オレは貴女に痛い思いはさせたくない」

「でも、初めては痛いものだって……」

「それはそうかもしれないけれど、痛いだけで終わったら最悪じゃないか」

「くれるのがソロモン様なら、痛みでもいいです」

「つぐぅ……。本当、チェルシーは悪い子だな。オレを翻弄して楽しんでない？」

ソロモン様は頬を赤らめながら、少し怒ったような顔をした。

恨《うら》みがましい目で私を見た後、溜め息を吐き出す。私の左足首を掴んで、持ち上げた。

「ひぇっ？」

「オレも初めてだから、絶対に気持ちよくするとは約束出来ないけれど、頑張るから」

かぱっと大きく足を開かされ、言葉を失くす。

真っ赤な顔でパクパクと口を開閉させる私に、彼は口角を上げる。

「上手く出来たら、ご褒美《ほうび》を頂戴《ちょうだい》ね？」

目に毒な程の色香を纏《まと》い、彼は艶やかに笑った。

「やだ……っ」

恥ずかしさに泣きそうになりながら、足を閉じようとする。けれど間にソロモン様が陣取《じんど》っているので出来ない。

彼は宥《なだ》めるように私の足を撫でてから、内腿《うちもも》にチュッと可愛らしい音をたてて口付けた。

「大丈夫だから、暴れないで」

何が大丈夫だと言うのか。何も大丈夫ではない。

慰《なぐさ》めどころか誤魔化《ごまか》しにもなっていない事を言いながら、ソロモン様は私を追い詰める。

秘められた場所に、綺麗な顔が近付いていく。

もういっぱい、いっぱい。羞恥で死にそうなのに、追撃《ついげき》は止まない。

黒いショーツに鼻先を押し当て、ソロモン様はあろうことか、そこで大きく息を吸い込んだ。

「ふみっ!?」

尻尾《しっぽ》を踏《ふ》まれた猫みたいな悲鳴が口から出た。

受けた衝撃が大きすぎて、脳が理解を拒《こば》んでいる。だんだんと脳に浸透《しんとう》するのに合わせて、体中が赤く染まった。

「……はぁ、いい匂《にお》い。頭が溶《と》けそうだ」

「!?」

恍惚《こうこつ》とした表情で呟くソロモン様の頭を、衝動的に殴《なぐ》っていた。

べしっと結構いい音がしたけれど、彼は一切怯《ひる》まない。それどころか、鼻先をぐいぐいと押し付けてくる。

(信じられないっ!)

性行為が初めての私でも、コレが一般的でないのは分かる。

なんでこの方は、こんなにも綺麗な顔をしているのに行動が残念なんだろう。

「ちょっ、ひ、んっ」

高い鼻が敏感《びんかん》な部分を抉《えぐ》ったせいで、押し殺しきれなかった声が漏れる。

するとソロモン様の肩がぴくっと跳ねた。さっき殴った時は不動だったくせに。

「濡れてる」

「あっ!」

ぴったりと張り付いた下着の上から、秘部《ひぶ》を撫でる。

ソロモン様は機嫌よさそうに目を細めて、割れ目に指を埋《うず》めた。クチクチと濡れた音がして、耳を塞《ふさ》ぎたくなる。

「リボンを解くだけで、こんなにも心躍るのは子供の時以来かもしれない」

ショーツの紐に指を引っ掻けて、殊更ゆっくりと引く。

両端を解かれてしまえば、ショーツはただの頼りない薄っぺらな布だ。

「だめ」

か細い抵抗の声を無視して、ソロモン様は布を剝がす。

つーっと糸引くのを直視していられなくて、顔を逸らした。

「……」

急に静かになってしまい、不安になった。

恥ずかしい事ばかり口にするのは止めて欲しいが、沈黙もまた怖い。

恐る恐る、ソロモン様の方を見る。

「……ひっ」

チラッと様子を窺った私は、言葉を失くした。

私のあそこを、ソロモン様は瞬きもせずに凝視している。怖いくらいの真顔に、思わず悲鳴を上げそうになった。

(え、え……？　わたしの、何かおかしい？　人と違うの？)

当たり前だが人のものを見た事もないし、見せた事もない。

自分でも怖くて、じっくり観察した事もないし。

「ソロ、モンさま……？」

呼びかけに応えはない。

じっと私の足の間を見つめていたソロモン様は、ゴクリと大きく喉を鳴らした。

「ちょっ？」

ソロモン様は無言のまま、親指でそこを広げる。

くぱぁっと濡れた音をたてて割り開かれ、羞恥にカッと顔が熱くなった。

「ソロモンさまっ、やめ、ああんっ⁉」

流石《さすが》に好きな人相手でも、恥ずかしいものは恥ずかしい。

止めてと抗議しようとした声は、唐突《とうとつ》に襲ってきた衝撃に喘ぎ声へと変わった。

秘部の割れ目を、熱い何かが押し広げる。

それがソロモン様の舌だとは、すぐに分からなかった。

「やぁっ！」

ソロモン様の頭を押しても、引いてくれない。

「あ、んん……っ！」

敏感な突起《とっき》を舌先で押し潰され、体が仰《の》け反《ぞ》る。

神経を直接撫でられたかのような刺激に、目の裏で火花が散った。

ペロペロと執拗《しつよう》に突起を舐めながら、ソロモン様は割れ目に指を差し込む。

ぴりっと引き攣《つ》るような痛みに、小さく息を詰める。すると目敏《めざと》くそれに気付いた彼は、宥《なだ》める
ように突起を食《は》む。

柔らかな唇に挟まれて、痛みすらも快感に塗《ぬ》り替《か》えられた。

「も、やぁ……っ」

「ん、ちゅ、っは、」

どれくらい経ったのだろうか。

気の遠くなるような長い時間、あそこを舐め啜《すす》られていた。

「もう、やめてぇ……」

頭を押し退《お》《の》けようとしても、体の芯《しん》を抜かれたかのように力が入らない。

指先はソロモン様の黒髪を掻き混ぜ、乱すだけ。

絶頂の予感に震えて、逆に縋《すが》り付くような形になってしまう。

「つんん……っ!!」

ぐちゅりと舌を押し込まれた瞬間、背が浮いて、爪先がピンと伸びた。

達した体が、ゆるゆると弛緩《しかん》する。荒い呼吸を繰り返しながら、何度経験してもこの感覚は慣《な》れないと思った。自慰《じい》も碌《ろく》にした事がなかったまっさらな体は、既に両手の指を超える回数、高みに押し上げられた。

初めてだけど頑張るという健気《けなげ》な宣言は、いったい何だったのか。疑わしく思える程、ソロモン様の愛撫は巧みで執拗だった。

さっきから自分の快楽なんて一切無視して、私を蕩かす事だけに集中している。

お蔭《かげ》で緊張していた筈《はず》の私の体は、ドロドロに溶けてしまった。

軟体動物《なんたいどうぶつ》よりもぐにゃぐにゃで、力が入らない。

じゅるる、と音をたてて、ソロモン様は愛液を啜《すす》る。

止めてと何度言っても、止めてくれない。視覚と聴覚《ちょうかく》込みで愛撫されている気がする。

ごくん、と飲み込んでからソロモン様は顔を上げた。

満足そうな表情で彼は、口元を手の甲《こう》で拭《ぬぐ》う。

「やめてって、言ってるのにぃ……っ」

「ごめんね、美味しくて」

「ばか……っ」

涙ぐみながら、力の入らない手で胸を叩《たた》く。

その手をソロモン様は優しく包み込み、指先にちゅっと口付けた。その仕草《しぐさ》があまりにも洗練《せんれん》されており、絵画のようだと一瞬《いっしゅん》騙《だま》されそうになる。

私の体液を美味しいと飲み干す、おかしな人なのに。

「チェルシーが魅力的過ぎて、頭がおかしくなりそうなんだ」

たぶんもう手遅れですよ、と言いたくなる私は酷い女だろうか。

「ちょっ」

殊勝《しゅしょう》なお顔で私の機嫌を取るように頬に口付けていたくせに、手は怪しげな動きをしている。

突起を操るように撫でながら、膣内《ちつない》に指を差し込む。グチュグチュと掻き混ぜるような動きに、腰が揺れた。

「や、イッた、ばっかり、あぁ、んっ」

「つ、はぁ、チェルシー……、かわいい、すき」

海老《えび》のように跳ねる私を、ソロモン様はじっと見つめる。

肩で息をする彼の視線は、火傷《やけど》しそうな熱を帯びていた。

「つあ、あ、ひ、あ」

だんだん指の動きが早くなっていく、
何度も繰り返し教え込まれたせいで、体は従順に快感を貪《むさぼ》る。いとも簡単に達しそうになる体が怖くなった。

「や、やだ、やだやだ、もうやだっ」

恥《はじ》も外聞《がいぶん》もなく、子供みたいに首を横に振る。

このままでは、私はとんでもなく、はしたない女になってしまう。

寝ても覚めても、いやらしい事しか考えられなくなってしまったらどうしようと、本気で恐怖を感じた。

(痛い方がよかった。こんなのを覚えたら、絶対にダメになる……!)

「チェルシー」

「もういい……っ、もう痛くないからっ」

「でも」

実際に痛さなんて、微塵《みじん》も感じない。

それなのにソロモン様は躊躇《ちゅうちょ》した。

まだ私を溶かそうというのか。もう原形なんて欠片も保っていないのに。

ゾッとした私は、形振《なりふ》り構わずソロモン様を求めた。

「ソロモンさまが、ほしいの」

「っ⁉」

「はやく、ちょうだい……っ?」

自ら足を開いて、ソロモン様を請《こ》うように見つめる。

息を呑んだ彼の丸くなっていた目が、ゆっくり眇められる。獰猛《どうもう》な光を宿す瞳に射抜かれて、背筋が震えた。

ソロモン様は脱いだシャツをベッドの下に投げ捨てる。

焦《あせ》りながらトラウザーズを緩め、下着を引き下げた。

「！」

勢いよく飛び出した性器が腹を打つ。

グロテスクな赤黒い肉の塊《かたまり》は、太さも長さも想像を遥かに上回っている。

アレでお腹《なか》の中を掻き回されると思うと、怖い。

怖い筈なのに、ゾクゾクと背筋を駆け上がる感覚は恐怖ではない。下腹部がずんと重くなって、膣が期待するように収縮した。

「つ、チェルシー……なんて顔してるの」

大きな手が私の頬を撫でる。労《いた》わる動きではなく、愛撫の一環のような手付きだ。下唇を指で押し開かれて、舌を差し出した。

ぺた、と舌と舌がくっつく。

そのままじゅるっと吸いこんで、口内に招かれた。

「つふぁ、んんんんっっ!?」

捕食のような口付けと共に、剛直《ごうちょく》が膣内に入ってくる。

ずぷんと深くまで一気に押し込まれ、打ち上げられた魚の如くビクビクと震えた。

「ああ、あつ、あ、あああ」

「つは、……やば」

ソロモン様は苦しそうに眉を顰め、呟く。

（うそ、うそ、なんでっ）

初めては痛いと聞いていたのに、全く痛みを感じていない。

途中、少しだけ引き攣れるような痛みがあったのに、それさえも快楽に塗り替えられていく。体をまるごと、支配されているかのようだった。

どこに力を入れれば動けるのかすら、分からない。

「チェルシー、ごめ、っ、痛い？」

私が震えているのを痛みと勘違いしたのか、熱い息を吐き出しながら、ソロモン様は気遣ってくれた。

彼の方こそ辛そうで、額には汗が浮かんでいる。

「……っ、ぐ、はぁっ、ごめん、我慢《がまん》出来なかった」

「あっ、あ」

「しばらく、……っ、馴染《なじ》むまで、動か、ないから」

呼吸を整えようと、短い呼吸を繰り返すソロモン様の言葉に私は絶望した。

混じり気なしの優しさから出た言葉。でも、こんな状態で放り出されるなんて、今の私には拷問《ごうもん》に近い。

「や、だぁっ」

「ごめんっ、痛いよね、一回抜こうか」

「やだっ」

「え」

「動いて」

「え」

「うごいて、はやくぅ……っ」

「っ!!」

抜《ぬ》けるギリギリまで引いていた腰を、一気に叩き付けられる。

ごつんと最奥を突かれた。

「つああああっ!!」

真顔になったソロモン様は、何かに取《と》り憑《つ》かれたように激しい律動《りつどう》を繰り返す。

パンパンと腰骨と臀部《でんぶ》がぶつかって、乾《かわ》いた音が鳴った。ベッドの軋《きし》みと連動して、煩《うるさ》いくらい。

でもたぶん、私の喘ぎが一番煩いと思う。

「あっ、あっ、んんっ、あ、ひぁっ」

口が閉じられない。ひっきりなしに、媚《こ》びるような声が洩れる。

私の足首を掴んで押し開き、腰を叩き付けながらソロモン様は屈《かが》む。無理な体勢で口付け、うわ言のように「すき、好きだ、愛してる」と繰り返す。

苦しいけれど、心は際限なく満たされた。

私も好きと返したくても、言葉にならない。

代わりに思いを込めて、口付ける。

「っ!!」

ちゅっと、触れるだけの可愛らしいものだ。今やっている事とは似付かわしくない、子供だましのもの。

でもソロモン様は息を詰めて、目を見開いた。

「すき」

「つぐぅ……っ！」

瞳を覗き込み、小さな声で告げる。するとソロモン様は私を強く掻き抱く。

彼の背が、びくんと大きく震える。それと同時に、膣奥に熱い何かが叩き付けられた。

「…………」

「…………」

荒い呼吸の音だけが、室内に響《ひび》く。

ソロモン様は黙《だま》り込《こ》んで、動かなくなってしまった。

お腹の中をじんわりと温かな液体が満たしていくのを感じて、なんだか幸せな気持ちになっていると、漸《ようや》くソロモン様が動いた。

「ごめん」

「……？」

目元を赤く染めたソロモン様は、消え入りそうな声で呟く。

何故、謝られているのか。理由が分からなくて首を傾げる私の両手を、彼はそっと握った。

「次は頑張るから」

「え」

「貴女の事も、ちゃんと気持ちよくしてみせる」

「え、いえ、もう」

十分、気持ちよくしてもらった。

これ以上は頭も体も、持たない気がする。

「下手《へた》くそでごめんね。でも、もう一回、頑張らせて」

「へ、下手じゃないです」

寧ろ気持ちよすぎて、おかしくなりかけたのに。

「私は大丈夫ですから。明日は……」

決闘なので早く寝た方がいい、と続く筈だった言葉は途中で飲み込んだ。

「チェルシー」

身を起こそうとすると、トンと軽く押された。

ベッドに再び沈《しず》んだ私を見下ろす蜂蜜色《はちみついろ》の瞳が、爛々《らんらん》と輝いた。

「愛しているから、貴女を隅々《すみずみ》まで愛させてね」

もう十分です。

そんな言葉が聞き入れられる筈もなかった。


「おはよう、チェルシー」

「…………」

日差しを背後に背負い、ソロモン様は微笑む。

端整《たんせい》なお顔の眩《まぶし》さもだけれど、金色の髪が目に痛い。

既に着替えを済ませている彼は、湯を使ったのだろう。濡れた髪が日の光を弾《はじ》いて、いつもより美しく輝いていた。

キラキラ、キラキラと光を放つソロモン様は、太陽の化身《けしん》のようだ。

「今日の貴女は格別に美しいね」

寝不足と疲労でボロボロな上に、目を眇めている私は酷い顔をしている事だろう。鏡を見なくても分かる。

それなのにソロモン様は蕩けるような眼差しで見つめ、「可愛い」「綺麗だ」と惜しみない賛辞《さんじ》を贈ってくれる。自分の方が何倍、否、何百倍も美しいのに。

(嫌みかと言いたくなるけれど、ソロモン様の場合、本気なのよね……)

「昨日は無理をさせてしまったけれど、体は大丈夫？」

「大丈夫じゃないです」

ガサガサの酷い声で答える。

ひ弱な貴族の娘が、一晩中抱き潰されて大丈夫な訳がない。

ジトリと半眼で恨みがましく睨《にら》むと、ソロモン様は眉を下げて仔犬《こいぬ》みたいな顔をした。

「ごめんね」

可愛い。でも騙されない。

申し訳なさそうな顔が嘘だとは言わないけれど、赤らんだ頬が喜色《きしょく》を隠しきれていない。

「反省してないでしょう？」

むくれながら手を伸ばし、ソロモン様の頬を抓《つね》る。戯《たわむ》れではなく、割と本気で力を込めているのに、彼はとても嬉しそうだ。

（狡《ずる》い……）

デレデレと蕩けた顔を見ていると、怒っているのがなんだか馬鹿馬鹿しくなってくる。

ぱっと手を離して起き上がろうとすると、ソロモン様は私を支えてくれた。遠慮《えんりょ》なく手を借りて、半身を起こす。

「湯と食事、どちらも用意してあるけれど、どうする？」

「湯を浴びてから支度《したく》をしますので、侍女を呼んでください」

「駄目、オレがやる。後朝《きぬぎぬ》の妻の世話を焼くのは、夫の特権《とっけん》でしょう？」

ニコニコと笑って抱き上げようとするソロモン様を困った顔で見上げ、ぺちんと軽く額を叩いた。

まだ妻でも夫でもないけれど、それ以上に気になる事がある。

「私の事はいいので、ソロモン様はご自分の支度を。今が何時だか分かりませんが、決闘の時間まで余裕《よゆう》はさほどないでしょう？」

模擬試合《もぎしあい》は確か、十時開始のお約束だったはず。

室内の明るさから察《さっ》するに、既に朝と呼べる時間ではない。私の世話を焼いている余裕なんてないだろう。

「ああ、大丈夫だよ」

何が大丈夫なのか。

湯上がり姿のソロモン様は、支度が終わっているようには見えないのに。

「もう終わったから」

「………は？」

お小言の続きが、脳からすっぽ抜ける。

衝撃的な言葉を聞いて、私は唖然《あぜん》とした。

口を半開きにして固まる私に向かって、ソロモン様はなんて事ないように言葉を続けた。

「ああ、安心して。ちゃんと勝ったよ」

「……？」

誉めて、というお顔で擦り寄られても頭がついていかない。

勝手にソロモン様の頭の上に手を載せられ、条件反射で撫でながらも混乱していた。

決闘が終わって、ソロモン様が勝った？

（え……？　いつの間に……？）

頭上に疑問符《ぎもんふ》を浮かべながら、私は脳内で誰に向けるでもない問いを呟いた。

朝方まで抱き潰されていた私が目覚めたのは昼近くどころか夕方で、試合なんてとっくのとうに終わっているなんて、この時の私は知る由《よし》もなかった。

第九章

能ある鷹は爪を隠す

その日、魔法騎士団《まほうきしだん》の演習場は、かつてない賑《にぎ》わいを見せていた。

隣国の魔法騎士団の団長であるオズワルド王弟殿下《おうていでんか》と、我が国の筆頭公爵家《ひっとうこうしゃくけ》嫡男《ちゃくなん》、ソロモン・ビアズリー様の模擬試合《もぎしあい》が行われると聞き、一目見ようと詰《つ》め掛《か》けた人々でごった返していた。

かくいう私、ラナ・キンバリーもその一人。

ただし、強者同士の戦いに興味《きょうみ》のある男性達や、麗《うるわ》しい男性二人の雄姿《ゆうし》を期待し、はしゃぐ令《れい》嬢《じょう》らとは目的が違う。

「チェルシーは来ていないのね」

隣の席に座る友人、アナベル・オルコットが不安そうな面持《おもも》ちで呟《つぶや》く。

頷《うなず》く私もおそらく、同じような顔付きをしている事だろう。

今回の模擬試合はチェルシーを巡《めぐ》っての決闘《けっとう》だと、とある筋から伝え聞いた。

表立っての発表があった訳ではないし、普通なら根も葉もない噂《うわさ》だと一蹴《いっしゅう》する。けれど、チェルシーならあり得ない話ではないのが恐ろしい。

彼女の生家《せいか》であるリード家の人間は、高位の人間を惹《ひ》きつける特殊《とくしゅ》な魅力を持つ。チェルシーも例外ではなく、彼女に思いを寄せる男性は身分の高い人ばかりだ。

社交界一の人気を誇《ほこ》り、浮名《うきな》を流しながらも、誰も特別な位置に置かなかったソロモン・ビアズリー様はその筆頭である。

隣国の王弟殿下にチェルシーが見初《みそ》められ、それを阻止《そし》しようとソロモン様が立ちはだかり、今回の試合が組まれたのかもしれない。

でなければ、魔法騎士団に所属していないソロモン様が対戦相手に選ばれるのは、どう考えても不自然ではないか。

「不安だわ」

本音が思わず零《こぼ》れ落ちた。

ソロモン様は騎士団の精鋭《せいえい》と互角に戦えるほどお強いとは聞くが、騎士ではない。それに、そもそも魔法の素質がないと噂で聞いた。

対するオズワルド殿下は隣国の魔法騎士団の団長であり、実力も伴《ともな》っているらしい。

果たして、勝ち目があるのか。

「チェルシーと会えなくなるなんて、私は嫌だわ」

「私だってそうよ」

気落ちしたアナベルの言葉に同意を示す。

隣国へ嫁《とつ》いだら物理的に距離が開く。その上、王弟殿下の妻ともなれば、軽々しく会える立場ではなくなるだろう。

ソロモン様との結婚も不満ではあったけれど、比ではない。

「どうにかソロモン様には勝っていただかないと」

「……どうやって？」

二人揃《そろ》って、沈黙《ちんもく》する。

魔法が使えないという致命的《ちめいてき》な欠点を、どう補《おぎな》えば勝てるのか。魔法使いでも騎士でもない私には、何も思いつかなかった。

大きな不安を抱えた私達が黙《だま》り込《こ》んでいると、会場がワッと沸《わ》き立つ。

見ると演習場に、誰かが入って来たところだった。

オズワルド殿下は白い軍服を身に纏《まと》っていた。

金の縁取りに金の飾《かざ》り紐《ひも》、真っ白な衣は、汚れる事などまるで想定していない証《あかし》であるかのように見えるが、胸元を飾る多くの勲章《くんしょう》がそれを裏切る。

事実、第二王子時代は前線で指揮を執《と》り、自ら敵陣営《てきじんえい》に切り込む猛者《もさ》であったと聞く。

容姿は決して派手ではないが、人目を引く。

堂々とした立ち振舞いがそうさせるのだろう。決して大柄ではないのに、隙《すき》のない佇《たたず》まいは彼の姿を大きく見せた。

ゴクリと知らず、喉《のど》が鳴る。

刃物一つ握《にぎ》った事のない小娘でも、強いのだろうなと察《さっ》するだけの迫力《はくりょく》があった。

気圧《けお》されている私の耳に、もう一度、歓声が届く。

少し遅れて入ってきたのは、ソロモン様だった。

彼が纏うのは、我が国の魔法騎士団の制服だ。

白いシャツに青いタイ。その上から羽織《はお》るのは、黒地に銀の縁取《ふちど》りのコート。

一見地味な装《よそお》いが、ソロモン様の華やかな美貌《びぼう》を際立たせる。会場に若い女性の悲鳴じみた歓声が轟《とどろ》いた。

「……なんか、いつにも増して」

「ええ。……あんなにも、アレだったかしら」

私の濁《にご》した言葉を、アナベルが引き継ぐ。酷《ひど》い言い草だったけれど、私も何と言っていいか分からない。

美しい方なのは知っていた。

それなりに見られる容姿《ようし》だと自負《じふ》している私でも、ソロモン様の隣に並ぶのは躊躇《ためら》う。化粧《けしょう》なんて小細工《こざいく》なしで、絶世《ぜっせい》の美貌を誇《ほこ》る方だ。

でも今日のソロモン様の美しさは、そんな域ではない。

柔《やわ》らかに細めた琥珀《こはく》の瞳に、薄く弧を描く唇《くちびる》。満ち足りたような微笑《ほほえ》みを浮かべる彼は、匂《にお》い立つような色香《いろか》を纏う。

肌は抜けるように白く、傷どころかくすみ一つない。黄金の髪はキラキラと淡《あわ》く輝き、一本一本が自ら光を放っているかのような錯覚《さっかく》を起こす。

作り物めいた、という言葉すら当て嵌《は》まらない。人の理《ことわり》を外れた存在かのような、見惚《みほ》れずにはいられない完成された美がそこにはあった。

「うわぁ」

引《ひ》き攣《つ》ったような声が漏《も》れた。

視線すら寄越さずに、ソロモン様は女性達を魅了《みりょう》していく。

あちこちから、溜《た》め息《いき》や啜《すす》り泣《な》きが聞こえて来る。魂《たましい》が抜けた様子のご令嬢《れいじょう》に、『手に負えないから諦《あきら》めなさい』と忠告してあげたかった。

（チェルシーは、本当に凄《すご》いわ）

あんな人に好かれても浮かれる事なく、自分の足で凛《りん》と立つ親友を改めて誇《ほこ》らしく思う。

会場の喧噪《けんそう》が収まる頃になっても、チェルシーは現れなかった。

けれどソロモン様が落ち着いていらっしゃるので、おそらく想定内なのだろう。

やがて号令と共に、試合が始まった。

互いに剣を抜く。

魔法騎士は剣に魔法を纏わせる者も多いが、オズワルド殿下が魔法を使う様子はなかった。様子見なのか、ソロモン様への配慮《はいりょ》なのか。後者だとしたら、ふざけた話だ。

（そんなの、ただの侮辱《ぶじょく》だわ）

数秒の静寂《せいじゃく》。

先に動いたのはソロモン様だった。

駆《か》け出したソロモン様は、一瞬で距離を詰める。斬《き》りかかった彼の剣を、オズワルド殿下は正面から受け止めた。

ぐっと引き寄せ、弾《はじ》き返す。数度打ち合い、硬質《こうしつ》な音が鳴り響《ひび》く。

十分速い戦いだったけれど、まだどちらも本気でないのが見て取れる。

けれど、緊迫感《きんぱくかん》が途切れた訳ではない。互いに崩す隙《すき》を窺《うかが》っている。

斬り込んでは弾き、受け止めて斬り結ぶ。

単調な動きなのに、どんどん速度が上がっていく。しっかり見ていても、ついて行けない。速過ぎて何が起こっているのか、常人《じょうじん》には理解出来なかった。

ギインと一際《ひときわ》、派手な音が鳴った。

オズワルド殿下は距離を取るように、後方に跳《と》ぶ。

ふ、と息を吐《は》き出した彼は、口角を僅《わず》かに上げた。

「手加減する必要はなさそうだな」

「ええ。全力でどうぞ」

対するソロモン様は、ニッコリとお手本のような笑みを浮かべる。

麗《うるわ》しい笑顔なのに、琥珀《こはく》の瞳は挑発《ちょうはつ》しているかのように物騒《ぶっそう》な光を宿していた。

「なら、遠慮《えんりょ》はせん」

オズワルド殿下は、左手を高く掲《かか》げる。

すると彼の上空に、水の塊《かたまり》がいくつも浮かんだ。

人の頭ほどの大きさの水の玉がぐるぐると、頭上で渦《うず》を巻く。数は十前後。

オズワルド殿下の指先の指示に従うように、水は形を変える。ズズッと棒のように細長くなったかと思うと、端《はし》から凍《こお》り付いていく。

氷柱へと変化したソレは、ソロモン様へ照準を合わせるかのように動いた。

「怪我《けが》はさせたくない。避けろよ？」

オズワルド殿下は、宣言と共にソロモン様を指差す。

命令に従う使い魔の如《ごと》く、氷柱は一斉にソロモン様へ向かって発射された。

対するソロモン様は、片手で払うように宙を撫《な》でた。

ボウッと分厚い炎の壁が、一瞬で彼の前に展開される。

「!?」

(魔法が使えないのではなかったの!?)

呆気《あっけ》に取られる私が凝視《ぎょうし》する先、氷柱は炎の壁に飲み込まれる。ジュワッと派手な音と共に蒸気が上がった。溶けた氷が湯気《ゆげ》となり、ソロモン様の周囲は濃い霧《きり》に包まれたかのように視界が利かなくなる。

一瞬の静寂《せいじゃく》。煙幕《えんまく》を切り裂くように、突然、何かが飛び出した。

風魔法を反動として使ったのか、ソロモン様は人間離れした速さでオズワルド殿下と距離を詰め、斬りかかる。

重い一撃に、オズワルド殿下の体勢が僅《わず》かに揺らぐ。

隙《すき》を見逃さず、追い詰めようと動きかけたソロモン様だったが、何かに気付いて跳《と》び退《すさ》る。舌打ちしたオズワルド様の左手には、氷で出来たナイフが握られていた。

どちらかが追い詰めれば、どちらかがすかさず反撃する。

息もつかせぬ攻防戦に私達は見入っていた。さっきまで上がっていた歓声は消え、静寂が演習場を包む。二人が剣を打ち合う音だけが、断続的に響き渡った。

戦いは想像以上に長く続き、オズワルド殿下もソロモン様も、肩で息をしている。

お互いに怪我こそないものの、体力も魔力も限界なのではと思った。

実際に二人共、魔法の規模《きぼ》が小さくなっている。

「限界か？」

氷の長剣を作り上げたオズワルド殿下が問うと、ソロモン様は額に汗を浮かべながらも「いいえ」と答える。

明らかな強がりだと、誰もがそう思った。

けれどソロモン様は困ったように小首を傾《かし》げる。

「魔力はまだまだありますが、微調整が難しい」

「……は？」

「修行が足りないみたいですね」

そう言ってソロモン様は、殊更綺麗《ことさらきれい》に笑った。

金の髪が光を帯びて、炎のように揺らめく。オズワルド殿下を真似《まね》て、高く左手を掲《かか》げると、彼の頭上に炎の玉がいくつも浮かんだ。細長く、鋭《するど》い形へと変化する過程すらもそっくり同じ。

見ただけで模倣《もほう》出来るのかと、驚愕《きょうがく》した。

そしてそれは、私だけではなかったらしい。

「つく、ははは！」

唖然《あぜん》としていたオズワルド殿下は、声をあげて笑いだした。

可笑《おか》しそうに腹を抱えていた彼は、持っていた剣を置いた。

「参った。私の負けだ」

ソロモン様はその宣言を聞いて、掲げていた手をぎゅっと握《にぎ》る。

それと共に炎の塊は、シュンと空気に溶《と》けて消えた。

呆《ほう》けていた観客は、数秒の間を空けて我に返る。

審判がソロモン様の勝利を宣言した後、割れんばかりの歓声があがった。

「……チェルシーの旦那様、とんでもない方ね」

「ソロモン様の相手は、チェルシーじゃないと務《つと》まらないと思うわ……」

アナベルと顔を見合わせる。

疲れたような顔で笑う彼女と同じような表情を、私もしているのだろう。

第十章　縁は異なもの味なもの

オズワルド様とソロモン様の決闘《けっとう》は、知らないうちに終わっていた。

心配していたソロモン様の色彩《しきさい》の変化も落ち着き、無事に勝利を収め、全てが理想的な形で幕を閉じたにも拘《かか》わらず、どこか釈然《しゃくぜん》としない。

何もかも私の関知《かんち》しないところで完結したせいか、消化不良気味な気持ちではある。でも、これからもソロモン様の隣にいられるのなら、それで十分だ。

約束通り、オズワルド様は求婚を取り下げてくださった。

翌週には帰国すると聞いて安堵《あんど》したものの、やはり、後ろめたさはある。

無茶な横槍《よこやり》を入れてきたオズワルド様にではない。

ただ純粋に私を慕《した》ってくれたダリアちゃんとパメラちゃんに、申し訳ないと思った。

今更だと思いながらも罪悪感に押し潰《つぶ》されそうになっていた時、二人から手紙が届いた。

帰国前にもう一度だけ会いたいと書かれており、かなり迷った。でもソロモン様に相談したら、二つ返事で同行を了承してくれたので、会いに行く事を決めた。

指定場所は、王城ではなくリンメル公爵家《こうしゃくけ》。

出迎《でむか》えてくれたダリアちゃんとパメラちゃんは、私を見ると駆《か》け寄《よ》って来た。屈《かが》んで腕を広げた私の胸に、揃《そろ》って飛び込んでくる。

胸元が、じわりと濡《ぬ》れる感触。

泣いているだろう双子を抱《だ》き締《し》めて、頭を撫《な》でるくらいしか出来る事はなかった。

ソロモン様とオズワルド様は顔を見合わせて、席を外す旨を手振りで示す。

三人だけ取り残された部屋に、ぐすぐすと鼻を鳴らす音だけが響《ひび》く。

「お別れ、やだよぅ」

「ばかっ、ダリア、それはだめって言ったでしょう？」

私にしがみ付いたまま、ダリアちゃんが涙声で言う。

それを叱《しか》るパメラちゃんの声もまた、同じように震《ふる》えていた。

「だってっ、チェルシーちゃんとはなれるの、さびしい」

「わ、私だって……でも」

ダリアちゃんの素直な吐露《とろ》に、パメラちゃんが怯《ひる》んだ。

泣き腫《は》らした顔のパメラちゃんは、何かを言いかけて、きゅっと唇《くちびる》を噛《か》み締《し》める。

彼女もダリアちゃんと同じく、まだ小さな子供なのに。

必死になって自分の感情を押し殺そうとしている。おそらくは、罪悪感を抱《いだ》く私の為に。

それを見て私は、伝えようと思っていた言葉を引っ込めた。

『ごめんなさい』と謝れば、私の気持ちは軽くなる。でもそうしたら二人は、許す以外の選択肢がなくなってしまう。

「私も、ダリアちゃんとパメラちゃんと離れるのは寂《さび》しい」

「……本当に？」

「ええ」

頷《うなず》くと、ダリアちゃんの瞳が輝いた。

「ならダリアとパメラお姉さまとお父さまと、一緒に暮らそうよ」

こうなるのは、分かっていた。

だから『ごめんなさい、いつかまた会えたら嬉《うれ》しいわ』なんて空っぽな言葉で、別れようとした。子供達に辛《つら》い思いをさせたくないなんて、ただの綺麗事《きれいごと》。私はただ、この子達に嫌われる勇気がなかっただけだ。

心臓が嫌な音を立てる。日和見《ひよりみ》主義な私は争い事が苦手だ。

それでも逃げたら駄目だと己に言い聞かせ、ダリアちゃんと目を合わせた。そして、ゆっくりと頭を振る。

「それは出来ないわ」

「どうしてっ？」

「誰よりも好きな人がいるの。私はその人の側《そば》を離れたくない」

「！　……だりあ、よりも……？」

目を見開いて唇を震わせるダリアちゃんの言葉に、しっかりと頷いた。くしゃりと顔を歪《ゆが》めた彼女は私の胸を突き飛ばし、駆け出す。

「ダリアちゃんっ！」

「こないで！」

「だりあっ！」

泣きながら部屋を出て行くダリアちゃんを、パメラちゃんが追いかけていく。

遠ざかる二つの小さな背中を見て、胸が痛んだ。

（これで本当によかったのかしら。誤魔化《ごまか》したくないなんて、私の独《ひと》り善《よ》がりだったのかもしれないわ……）

勇気を振り絞《しぼ》って出した結論でさえ、後悔《こうかい》しそうになる。

鬱々《うつうつ》と沈《しず》みかけた気持ちを振り払い、二人を追いかけた。

辺りを探して歩くと、曲がった通路の先から声が聞こえる。角部屋の扉が細く開いていて、声はそこから漏《も》れていた。

そっと覗《のぞ》き込《こ》むと、部屋の隅《すみ》に小さな影が二つ。

灰色のうさぎのぬいぐるみに顔を埋《うず》めて、ダリアちゃんが泣いている。その隣に寄《よ》り添《そ》って、パオラちゃんが慰《なぐさ》めていた。

「ダリア、謝りにいこうよ」

「やだっ！」

くぐもった声と共に、ぬいぐるみが形を変える。

「チェルシーちゃんに嫌われてもいいの？」

「……や、やだ」

「なら」

「でも……どうせ、もう嫌われてるもん。チェルシーちゃんはダリアより、すきなひと、いるって言ってたしっ！」

「一番じゃないと、嫌いなの？」

「そ、それは……」

「ダリアは私やお父さまのこと、好きじゃない？」

「すきだよ!?」

「お母さまは？」

「大好き！」

「ダリアは私やお父さまと、チェルシーちゃん、どっちかとしか暮らせないって言ったら、どっちを取るの？」

「……え、えっ？」

パメラちゃんの問いに、ダリアちゃんは泣いていたのも忘れたかのように戸惑《とまど》った。大きな目を丸くして、視線をウロウロと彷徨《さまよ》わせる。

オーダーメイドのうさぎさんは、ダリアちゃんの涙で水玉模様《もよう》になっていた。

「どっちって、どっちもじゃダメなの？」

「うん」

「……っ、いじわるっ！」

「ダリアがチェルシーちゃんに言ったのは、そういう事だよ」

地団駄《じだんだ》を踏《ふ》みそうな顔で睨《にら》んでいたダリアちゃんは、ぽかんとした。

思いも寄らない事を言われたかのように目を丸くする。半開きだった唇を閉じて、何かを考え込むように視線を下げた。

暫《しば》しの沈黙《ちんもく》。真剣な顔をしていたダリアちゃんは、へにゃりと眉《まゆ》を下げた。

「パメラお姉さま」

なに？　と視線で返すパメラちゃんに、ダリアちゃんは泣きそうな顔で縋《すが》り付《つ》く。

「わたし、チェルシーちゃんにひどいこと言った。嫌われたかも……」

「うん。だから、『ごめんなさい』しに行こう」

角から飛び出して、「大好きだよ」と抱き締めたかったけれど堪《た》えた。子供達の成長を邪魔してはいけない。私はそっとその場を離れ、元いた部屋へと引き返した。

そうして無事に仲直りをした私達は、親子ではなく友達になった。

私の微々たる力で出来る事はたかが知れているけれど、それでも、逃げ場になるくらいなら出来るから。困った時は私を思い出してくれたらいいなと思う。


「すまなかった」

「！」

帰り際、頭を下げたオズワルド様に私は驚《おどろ》く。

意外な思いを隠しもせずに目で訴える私に、彼は少し困ったように眉を下げた。

「君に憎まれる覚悟は決めたつもりだった」

あれ程、強引な手を使ったのだからそれも当然だろう。

娘達の為に悪役に徹《てっ》しようとしたオズワルド様は、最後までそれを貫《つらぬ》くのかと思っていたのに、いったい、どんな心境の変化があったのか。

「どんなに私を嫌悪《けんお》しても、君は娘達は憎《にく》めない。だからいつか、絆《ほだ》されてくれるのを期待した。君の人のよさに付け込もうとしたんだ」

オズワルド様は淡々《たんたん》と語る。

「だが、私は決闘《けっとう》に負けた。敗者の覚悟なんてなんの意味もない。君は二度と私達に近付かないだろうし、結局、私のした事は娘達を傷付けるだけだったんだと、そう思った」

言葉を区切った彼の表情が、僅《わず》かに変化する。

感嘆《かんたん》するような吐息《といき》を零《こぼ》して彼は続けた。

「でも君は、娘達に会いに来てくれた」

「……大切なお友達ですから」

ばつが悪くて視線を逸《そ》らしながら言うと、オズワルド様は目を細める。泣き笑うような不器用な笑みは、初めて見る彼の笑顔だった。

「君は私が知る誰よりも、優しくて温かい。娘達の為だと言い訳しながら本当は、誰よりも君に側にいて欲しかったのは私だったんだろう」

「え……？」

「私は惚《ほ》れた女性を口説く事も出来ず、子供を言い訳にした挙句《あげく》に権力を振りかざした、情けない男だ」

思いも寄らない言葉を聞いて啞然《あぜん》とする。

オズワルド様の発言は遠回し……否、直接的な愛の告白だ。いくら私が鈍《にぶ》くとも、気付かざるを得ない。

(都合がいいから選ばれたのだと思っていたわ)

オズワルド様が奥様を選ぶ条件に、たまたま私が合致《がっち》しただけだと信じていた。

結婚を申し込まれたのだから、もしかして……などと自惚《うぬぼ》れた事だって一度もない。

寧《むし》ろ、望めば国一番の美女だって娶《めと》れそうな男性が、まさか私のような地味な女に恋をしているなんて思う方がどうかしている。

そんな物好きは、ソロモン様一人で十分だ。

「……その上、貴女《あなた》に憎まれ、嫌悪される事を今更になって恐れている。本当にどうしようもない」

オズワルド様は自嘲《じちょう》するように、片側だけ口角を上げた。

「笑ってくれ」

落ち着いた口調や態度は、恐れるなんて言葉から程遠い。けれど揺《ゆ》れる瞳を見て、嘘《うそ》ではないのだと理解した。

衝撃《しょうげき》が大きくて呆《ほう》けていた私の頭が、ゆっくり動き始める。

オズワルド様が私を好いてくれているのが本当だとして、私が返せる答えは一つしかない。それは彼も理解しているだろう。

断られる事前提で何故《なぜ》、わざわざ弱みを晒《さら》したのか。理由は本人じゃないと分からないけれど、私には不器用な懺悔《ざんげ》に思えた。

「……私は貴方《あなた》が好きではありません」

ぐっと拳《こぶし》を握《にぎ》り締《し》めて、なるべく低い声で告げた。

気を抜くと、事なかれ主義な私が顔を出して、オブラートに包みそうになる。そうでなくとも、好意を向けてくれる方を突き放すのは難しい。

でも今、中途半端に手心を加えるのは優しさでも何でもないと、甘さを切り捨てた。

「ダリアちゃんとパメラちゃんのいいお父さんだと思っていただけに、決闘の話が出た時は裏切られたような気分になりました」

「だろうな」

歯に衣着《きぬき》せぬ言葉を選んでも、オズワルド様の態度は変わらなかった。

想像通りだというように、私の言葉を受け止める。

「ですが、憎んではおりません」

オズワルド様は虚《きょ》を衝《つ》かれたように、目を瞠《みは》った。

「怒りもありましたし、恨《うら》みかけたりもしました。でも、もう済んだお話です。愛《いと》しい方が側にいてくださるのに、憎しみに心を割く余裕《よゆう》なんてないでしょう？」

私の後ろで黙《だま》って見守っていてくださったソロモン様に、視線を送る。目が合うと彼は、とても幸せそうに微笑《ほほえ》んでくれた。

「そうか」

オズワルド様は目を伏《ふ》せ、息を吐き出す。

落胆《らくたん》したような、安堵《あんど》したような、そんな声で「勝ち目など端《はな》からなかったな」と呟《つぶや》いた。

「どうかお元気で」

「ああ。遠くから君の……いや、君達の幸せを願うよ」

そんな言葉を残し、オズワルド様達は母国へと帰っていった。

＊＊＊

決して他人事《ひとごと》ではないはずの決闘が、私不在のまま終了して、はや一か月。

たまに参加するお茶会で、面識《めんしき》のない方に呼び止められるようになった。

年齢に多少のばらつきはあるものの、若い女性ばかり。しかも揃って、思い詰めたような顔で私に「お話があるの」と切り出す。

何事かと身構えながらも笑顔で了承し、話をしてみると、全員が同じ話だった。

要約すると皆様は、見目麗《みめうるわ》しく、能力も優れた最高の男性であるソロモン様が何故、私のような地味な女を選んだのか納得がいかないらしい。

釣り合《つあ》いが取れていないのは事実なので、特に反論もない。でも一点、気になる。

(どうして、今更?)

私とソロモン様の噂《うわさ》が流れて、もう大分経《た》つ。わざわざ時間を置いた意味が分からない。しかも、一人二人ではないから余計に不思議だ。

私の知らない場所で、いったい何があったんだろう。

傷付きはしていないものの、流石《さすが》に、少し疲れた。

(でも、今日はきっと大丈夫ね)

本日のお茶会の主催《しゅさい》は、アナベルのお母様であるオルコット侯爵《こうしゃく》夫人だ。その為、参加者も上品な大人の女性が多い。

久しぶりに、ゆっくりとお茶を楽しめそうだと気を抜いたのも束の間。本日も声が掛かる。

「少し、宜《よろ》しいかしら？」

アナベルとラナの側から離れた途端《とたん》、知らない女性に声を掛けられた。

年はおそらく私と同年代か、一つ、二つ上だろう。綺麗に巻かれたストロベリーブロンドと、目尻が下がった大きな瞳が魅力的だ。

主催者の娘の友人だという私への最低限の気遣いか、分かり易《やす》く睨まれてはいない。しかし、思い詰めたような堅《かた》い表情をしている。

「少しお話があるの」

乾《かわ》いた笑いが込み上げそうになるのを堪《こら》え、「かしこまりました」と了承した。


「あの時のソロモン様は本当に素敵で……！」

「そうなんですね」

感極まって泣き出すご令嬢《れいじょう》の話に相槌《あいづち》を打ちながら、何度目かの疑問が頭を過《よぎ》る。

ソロモン様の人気の高さは、今に始まった事ではない。夜会で抱き上げられた頃から、チクチクと遠回しに嫌みを言われる事はあった。

けれど、ここ最近の呼び出し率は異常だ。何が原因なのかと首を傾《かし》げていた私は、女性達の話を聞いているうちに気付いた。

おそらく、原因は私が見ていない決闘。

女性達は、ソロモン様の戦いが如何《いか》に素晴らしく、また美しかったのかを熱弁《ねつべん》する。事細かに説明されるうちに、その場にいなかったはずの私でさえ、決闘の流れを把握《はあく》してしまった。

(ここまで多くの女性を魅了《みりょう》するなんて、どんな戦い方だったのかしら。気になるわ)

「聞いてらっしゃる!?」

「はい、もちろん」

意識が逸れた事に気付かれ、キッと涙目で睨まれる。

語る事に夢中な様子だったけれど、私の反応もしっかり見ていたらしい。

「どうして貴女なのかしら……。私だってあの方をこんなにもお慕《した》いしているのに」

ご令嬢は、独り言のように呟く。

「きっと私が話しかけても、貴女に向けるような笑顔は見せてくださらないわ」

「そうでしょうか？」

ソロモン様が女性に冷たくする姿は想像出来ない。

紳士《しんし》な彼が目の前のご令嬢を邪険《じゃけん》にするとは思えないのだけれど。

そう本心で思ったのに、先程よりも鋭《するど》い眼差《まなざ》しが私に突き刺さる。

「そうなの！」

「ええと……」

「あの方は確かにお優しいから、私にも笑顔で接してくださると思うわ。でも笑顔の種類が全然違うのよ！」

勢いに圧倒《あっとう》された。

なるほどと頷いたのはいいものの、何も理解出来ていない。

ご令嬢曰《いわ》く、口角の上がり方が違う。眉の下がり方が違う。頬《ほお》の色付き方が違う。極めつきは、目の優しさが比べ物にならない。

力説した後、彼女は私を呆《あき》れたような目で見た。

「何故、向けられている貴女が分かっていないの？　あんなにも心から愛されているのに自覚がないとか、許されざる大罪よ？」

「……とても深く愛してくださっているのは、理解しております」

流石に口角の上がり方まで気にした事はなかったが。

「まだまだ足りないわ。貴女はもっと、思い知るべきよ」

ご令嬢はフンと鼻を鳴らす。

「先日、ソロモン様と演劇を観にいったそうね。その場に居合わせたご令嬢方にも証言していただくから、ぜひ我が家のお茶会にもいらして頂戴《ちょうだい》」

「はぁ」

またお茶会の予定が増えてしまった。最近、同じ事を繰り返している気がする。

参加したお茶会で女性に呼び出され、糾弾《きゅうだん》されるのは初めだけ。ソロモン様の愛情の深さを他人の目線から説明されるという、意味の分からない状況に変わってしまう。

複数人に取り囲まれた時は流石に肝《きも》が冷えたけれど、イジメどころか、軽い脅《おど》しもなかった。

ソロモン様の日常の様子や、デートやプレゼントの内容を質問されて終わり。

最終的には、『お幸せにね』と応援される流れだ。

(社交界はもっと陰湿《いんしつ》だと聞いていたのに、所詮《しょせん》、噂は噂なのね)

もしくは我が国の令嬢が特別、優しい方ばかりなのだろう。

「約束よ。招待状を送るから」

「はい。楽しみにしております」

念を押して去っていくご令嬢を見送り、ほっと息を吐き出す。

「……愛されているのは、疑《うたが》っていないけれど」

ぽつりと呟いた声は誰に拾われる事もなく、消えていった。


昼の茶会ばかりが交流ではない。社交の本番は夜会だ。

件《くだん》の決闘から時の人となっているソロモン様には、以前にも増す勢いで招待状が届く。魔導師団《まどうしだん》からの勧誘も熱心なようで、ソロモン様はうんざりしていた。

魔法の師匠《ししょう》であるドルフ様が防波堤《ぼうはてい》になる代わりに、彼の顔を立てる意味で、今夜は魔導師団長のご実家である伯爵《はくしゃく》家の夜会に参加する事となった。

そして私も、彼のパートナーとして同行している。

それ自体は誇《ほこ》らしいし嬉しい。でも少し、モヤモヤしてしまう。

なし崩しのような形で婚約する流れになっているけれど、私自身はまだ、彼にちゃんと返事をしていない。

子供のお付き合いではないのだから、一から十まで言葉にするべきだとは言わない。

でも出来れば、ちゃんと私の言葉で伝えたかった。

責任を取ってもらうのでもなく、妥協《だきょう》したのでもなく、私の意思でソロモン様と結婚したい事を、知ってほしかった。

でも何故か、伝える機会に恵《めぐ》まれない。

ソロモン様は多忙《たぼう》な方だし、私もお茶会の誘いや勉強で中々時間が取れない。

それに気のせいでなければ、ソロモン様自身がわざと避《さ》けている気がする。側にいる時も何か考え事をなさっているのか、ぼんやりしている事が多い。

もう私に飽《あ》きたのかなんて、後ろ向きな想像はしていない。

ただ隠し事をされているような気はする。

「チェルシー、どうしたの？　気分が悪い？」

物思いに耽《ふけ》っていると、気遣うような声が掛かる。悩みの種、もとい、ソロモン様だ。

難しげに眉を寄せても、端整《たんせい》な顔は欠片《かけら》も崩れない。寧ろ、『物憂《ものう》げな横顔』とかタイトルを付けられて額縁に飾られそうだ。

明るいグレーのフロックコートとトラウザーズの組み合わせは、色彩《しきさい》の薄い方が着ると、下手《へた》をしたらぼやけた印象になり兼ねない。

ところがソロモン様が身に纏《まと》うと、華やかな美貌《びぼう》がより鮮烈《せんれつ》になった気さえするのだから不思議だ。ジレの黒が差し色になっているとはいえ、それだけでは説明がつかない。

ちなみに首元を飾るアスコットタイもコートと同色のグレー。私がプレゼントしたアメジストのピンで留《と》めているので、私の髪と瞳と同じ組み合わせになってしまっている。

「少し、人酔《ひとよ》いしてしまって」

「挨拶《あいさつ》は済んだし、もう帰ろうか」

頭を振って否定しても、心配性なソロモン様の憂《うれ》いは晴れない。

「いくらなんでも早過ぎでしょう」

私が諫《いさ》めると、ソロモン様はわずかばかり眉を顰《ひそ》めた。でも反論がないので、分かってはいたのだろう。

「なら、飲み物はどう？　アルコールが入っていないものを貰《もら》ってこよう」

少し考えてからお願いすると、ソロモン様の表情が緩む。

背を向けた彼は数歩進んで、振り返った。

「変な男を近付けないでね。呼んでくれたら駆け付けるから」

真剣な表情で言い含めるソロモン様に、苦笑して頷く。人混みに紛《まぎ》れる背を見送りながら、『今の私に近付く男性なんて、いるはずないのに』と胸中で零した。

溜《た》め息《いき》を吐《つ》いてから、己の姿を改めて見下ろす。

今夜の私が着ているのは、プリンセスラインのドレス。夜会用で、デコルテの部分が大きく開いている。とはいえ、最近の流行は肩口や背中まで大胆に露出《ろしゅつ》する型なので、控《ひか》えめな方だ。

緩く広がる袖口には、三段のアンガジャント。胸元をささやかに飾る物と同じマリーヌレースは、緻密《ちみつ》で美しい花模様。

ソロモン様から贈られただけあり、熟練《じゅくれん》の職人の粋《すい》を集めた最高級品だ。そこに、もちろん文句などある筈《はず》もない。

ただ、問題があるとするなら色だ。

柔らかなアイボリーのドレスには、これでもかと言わんばかりに金糸で模様が描かれている。刺繍《ししゅう》の技巧《ぎこう》と落ち着いたアンティークゴールドの糸のお蔭《かげ》で派手過ぎず、私でもどうにか着こなせるけれど……これは、どう見てもソロモン様の色だろう。

筆頭公爵家の跡取《あとと》りであるソロモン様にエスコートされ、彼の色を纏う女性に声を掛ける猛者《もさ》が果たして存在するのか。

「あの、宜しいかしら？」

「！」

誰も近付いてはこないだろうと気を抜いていた私は、びくりと肩を揺らす。

弾《はじ》かれたように隣を見ると、美しい令嬢がいつの間にか佇《たたず》んでいた。

波打つ見事なブロンドに、きゅっと目尻《めじり》が吊《つ》り上がった緑の瞳。折れそうな細い腰に反し、胸はとても豊かで、同性の私もつい目が行ってしまう。

深いワインレッドに黒のレースを重ねたドレスは流行の型。肩や鎖骨《さこつ》のラインが惜《お》しげもなく晒されており、彼女の匂《にお》い立つような美貌によく似合っている。

お名前は確か、ヘレナ・ボット様。

ボット侯爵家の二番目のご令嬢。そして、私がソロモン様と出会った夜会で、彼に媚薬《びやく》を盛った疑惑《ぎわく》のある女性だ。

憂いを帯びた表情のヘレナ様を見て、思い当たる。

（そうだわ。この方も、ソロモン様がお好きなのよね）

「少し、お話がしたいの」

「はい」

私が頷くと、安堵したように表情が僅かに緩む。それでも張り詰めた空気に変わりはなく、ヘレナ様がとても真剣な事は伝わってきた。

場所を移したいという申し出を了承する。その場を離れる前に通り掛かった使用人を捕まえて、『すぐに戻ります』とソロモン様への伝言を頼んだ。


会場から少し離れた噴水《ふんすい》の側まで来ると、彼女はようやく足を止めた。

周囲に人影はなく、人目をはばかる必要もない。

けれどヘレナ様は何かを話しかけて、躊躇《ためら》うように口を噤《つぐ》んだ。おそらく、言い辛い話なのだろう。

以前、お見掛けした時とご様子が違う。

歯に衣着せぬ物言いというか、よくも悪くも正直な方という印象があった。

それなのに今、ヘレナ様は言い淀《よど》んでいる。呼び出したくらいだから、目的はハッキリしている筈だろうに。

ここ数か月で、随分《ずいぶん》と変わられた。

それ程、ソロモン様に恋焦《こいこ》がれていらっしゃるのかと思うと胸が痛む。

「……貴女は、ソロモン様と結婚なさるの？」

「……私は、そうしたいと思っております」

消極的な答えになってしまった。

ソロモン様が何を悩んでいらっしゃるのかが分からないうちは、胸を張って是《ぜ》と返せない。

「つ、本当に？」

希望を伝えたら、ヘレナ様の顔が苦しそうに歪む。

ソロモン様の隣を誰かに譲《ゆず》るなんて、絶対にしたくない。

でもこうして目の当たりにしてしまうと、辛い。私の幸せは誰かの哀《かな》しみの上に成り立っているのだと、否でも応でも実感させられた。

私には美しい容姿も優れた能力もない。実家はしがない伯爵家で、ビアズリー公爵家の発展に貢《こう》献《けん》できるとは思えない。

ないない尽くしの私が胸を張って『ある』と言えるのは、ソロモン様への愛情だけ。

本当ならあの方の隣には、もっと相応《ふさわ》しい方がいる。ヘレナ様はきっと、そのお一人。

でも私は、譲りたくない。

誰に反対されたのだとしても、ソロモン様ご自身に拒絶されない限りは、私はここから意地でも退《ど》かない。

「本当です。私はあの方の妻になりたいのです」

「……それ以外に、選択肢を失くしてしまったのではないの？」

「？」

蒼褪《あおざ》めた顔色で食い下がるヘレナ様に、違和感を抱いた。

ソロモン様がお好きで、別れてほしいというお話だと思っていたのに、少し方向性が違うような。

相応しくないから別れろという意図なら、私の意思よりもソロモン様の意思の方が大事だろう。それに『結婚する以外の選択肢がなくなった』とはどういう状況なのか。

「あの、何を仰《おっしゃ》りたいのでしょう？」

私が戸惑いながら聞くと、ヘレナ様は口籠《くちご》もる。疚《やま》しい事があるかのように視線を逸らしながら、口を開いた。

「他の方との婚姻《こんいん》に不利になるような事を、その……強《し》いられてしまったとか」

「…………え？」

唖然として声が漏れた。それをどう捉《とら》えたのか、ヘレナ嬢はバッと顔を上げる。

「私のせいで貴女は、ソロモン様に傷物《きずもの》に……！」

「ああああ、待って!?」

罪悪感に塗《まみ》れた、絶望的なお顔で叫《さけ》ぶヘレナ様の声を打ち消す為に、私は意味を成さない言葉を被《かぶ》せた。

何も状況を理解出来ていないながらも、誰かの耳に入ったら不味《まず》い言葉だというのは分かった。事実無根な濡れ衣《ぎぬ》を、ソロモン様に着させてはならない。

張り詰めていた糸が切れたかのように、ボロボロと泣き出したヘレナ様を、近くにあったベンチに座らせた。

私も隣に座り、宥《なだ》める為に背中を撫《な》でる。

閊《つか》えながらヘレナ様が語ってくれたのは、思いも寄らない話だった。

あの夜会の日、ソロモン様に媚薬を盛ったのはやはりヘレナ様だったらしい。

自信に溢《あふ》れた彼女は常々、自分に相応しいのはソロモン様だと思っていた。けれど、どんな誘いをかけても簡単に躱《かわ》され、一向に深い仲になれない。

焦《じ》れた彼女は飲み物に媚薬を混ぜ、気分が悪くなったソロモン様を休憩室へと誘ったそうだ。しかし途中で彼は逃げ出し、以下の展開は私も知る通り。

「庭園で貴女に狼藉《ろうぜき》を働いたのは、ソロモン様ではなくて？」

「……ええっと」

ヘレナ様は、私がスカートの中に男性を入れていたのを目撃《もくげき》している。

実際、中身はソロモン様だった訳だが、どう説明すればいいのか。

「乱暴《らんぼう》をされた訳ではないです」

事実なのに、まるで庇《かば》っているかのような印象になってしまった。

そんな弱い言葉でヘレナ様を納得させられる訳もなく、表情が更に曇《くも》る。

「貴女のようなお淑《しと》やかな方が庭園で淫《みだ》らな行為をするなんて、とても信じられなかったの。慌《あわ》てて立ち去ってから、私のせいでソロモン様が錯乱《さくらん》なさって、庭園にいた貴女に、その、……無理強いしたのかもと思い付いて」

媚薬で興奮したソロモン様が、たまたま居合わせてしまった私を襲《おそ》ったのではないか。その責任を取って結婚を申し込む流れになったと、ヘレナ様は勘違《かんちが》いしているようだ。

（どう説明すればいいのかしら。スカートの中にいた本当の理由を明かす訳にもいかないし）

「確かに、あの時、私と一緒にいたのはソロモン様です」

「！　……やっぱり」

真っ青な顔色で震えだしたヘレナ様を見て、私は慌てて言葉を続ける。

「ですが、あの方は婦女子に乱暴な真似《まね》などなさいません。……私が、お、お慰《なぐさ》めしたいと申し出たのです」

あまりの恥《は》ずかしさに、悶えてしまった。

「ソロモン様を、お慕《した》いしておりましたので」

「嘘よ！」

間髪《かんはつ》を容《い》れずに否定され、私は怯《ひる》む。確かに嘘だ。

現在はソロモン様を愛していると胸を張って言えるけれど、当時の私は、彼に何の感情も抱いていなかった。美しい方だとは思っていたけれど、それだけ。

「本当なら貴女は、イーサン様に嫁《とつ》ぐはずだったのに！」

「……イーサン様？」

虚を衝かれ、パチパチと瞬《また》きを繰《く》り返《かえ》す。

お名前に聞き覚えは、一応ある。

イーサン・ピッツ様。ラナの親戚でピッツ子爵家《ししゃくけ》の二番目のご子息。

人のよさが滲《にじ》み出たような温厚《おんこう》なお顔の男性で、ソロモン様と出会う前の私がご縁を結びたいと考えていた方だ。

でも、イーサン様が夜会を欠席していたので話は流れた。それから一月《ひとつき》も経たずに、彼の方によい女性が出来たという事で完全に消えた話だと思っていた。

「あの、誤解です。私とピッツ子爵令息《れいそく》様は、そのような仲ではございません」

「それは、イーサン様に婚約者が出来たからでしょう？」

「まぁ、それも理由の一つではありますが」

「私なの」

「え？」

「私がイーサン様の婚約者なの」

「……ええっ？」

純粋な驚きに、つい大きめの声が出た。そこに責《せ》める意図はなかったのに、ヘレナ様は糾弾されたかのように涙を流す。

何がどうなって、そういう結果になったのか。非常に気になるけれど、まずは目の前の女性の誤解を解く方が先だろう。

根気強く宥め、どうにか話を聞き出す。

ぽつぽつと語られる内容を要約すると、件の夜会でヘレナ様はドレスを汚してしまったらしい。私がソロモン様をスカートに隠した現場を目撃した後、逃げ出した彼女が転んだような音が聞こえたので、そのせいだと思う。

休憩室に逃げ込む前にその姿を何人かに目撃され、次の夜会では、陰《かげ》で色々と言われたそうだ。それを、さり気なく庇ってくださったのがイーサン様だとか。

彼の優しさに惚れたヘレナ様は、ご両親にお願いをして婚約を結んだらしい。

恋をしたヘレナ様はソロモン様への気持ちが、ただの憧《あこが》れでしかないと気付いた。そして媚薬を盛ってしまった事、それから私を巻き込んでしまった事を悔《く》いた。

更に、私がイーサン様の婚約者候補であった事を知り、夜も眠れない程に思い詰めてしまったと。

「わ、私が、貴女の人生を狂わせたのよ……」

今にも死にそうな表情で、ヘレナ様は懺悔するように言う。

自分が盛った媚薬で別の女性が被害に遭《あ》い、しかもその女性が本来結婚する筈だった男性と自分が結婚する。

確かにそれが事実なら、十代の女性が背負うには重過ぎる。

でも実際は、そんな可哀相《かわいそう》な女性は何処《どこ》にも存在していない。

「ヘレナ様」

ヘレナ様の涙をハンカチで拭《ふ》く。

魅惑的《みわくてき》な美女は、幼い少女のように無防備な表情で私を見た。

「私はイーサン様と、ほぼ面識はありません。確かに紹介していただく予定ではありましたが、お慕いしていたからではなく、年齢や家柄が丁度よかったからです」

人伝《ひとづて》に聞いた人柄《ひとがら》が好ましかったのが一番の理由ではあるけれど、言うとややこしくなりそうなので敢《あ》えて伏せた。

「ですが私はソロモン様にお会いして、恋をしました。条件ではなく気持ちで、結婚相手を決めたいと思ったんです」

そう告げると、ヘレナ様は目を瞠る。

「ヘレナ様と一緒です。私は私の意思で、あの方の隣にしがみ付いているのですから、貴女が心を痛める理由など一つもありませんわ」

「っ……！」

ヘレナ様は息を詰める。ぼろぼろと零れ落ちる大粒の涙の理由は、さっきまでとはきっと違う。

「よ、よかった……！」

心からの言葉に、私の気持ちも軽くなった。

誰に反対されても、相応しくないと分かっていても、ソロモン様の隣から退くつもりはない。でも、こうやって私達の結婚を喜んでくださる方がいるのだと思うと、勇気が出た。

(ソロモン様と、お話ししよう)

一刻も早く帰りたい。

そして何を悩んでいるのか、ちゃんと聞こう。隠し事も遠慮《えんりょ》もなしだ。

だって私達はこれから、夫婦になるのだから。

＊＊＊

夜会の会場へ戻ると、すぐにソロモン様と合流出来た。突然いなくなった私を心配していたのか、彼の顔が安堵に綻《ほころ》ぶ。

「チェルシー、よかった。何かあったの？」

「お待たせしてごめんなさい。お友達と少し、話してきたんです」

「そう。じゃあ喉《のど》が渇《かわ》いたでしょう？　どうぞ」

「ありがとう」

細身のフルートグラスを受け取る。絞《しぼ》った果汁《かじゅう》をゆっくり飲み干すと、グラスが手から抜かれた。近くにいた使用人にソレを渡すのを見ながら、下にも置かない扱いをされているなと改めて思った。愛されていると感じるのは、たぶん自惚れじゃない。なら避けられている事にも理由があるはず。そっと身を寄せて、ソロモン様を見上げた。

「ち、チェルシー？」

じっと見つめると、ソロモン様は戸惑っているようだった。

「少し疲れてしまいました」

「そ、そっか。じゃあ、やっぱり今日は帰ろうか」

ソロモン様は不自然に視線を逸らす。その上、さり気なく私から半歩距離を空けた。

「……ええ。意見を変えて申し訳ありませんが、そうして頂きたいです」

避けられたというより、逃げられたと言うべきか。

ソロモン様の不審《ふしん》な挙動《きょどう》を観察していた私の眉間《みけん》に、深い皺《しわ》が刻まれた。声も普段より、一段階低くなっている気がする。

今は哀しみよりも、怒りと苛立《いらだ》ちの方が強い。

「馬車を呼ばせるから、少し待っていて」

「私も共に参ります」

「いや。夜だし、会場の外は冷えるか、ら……!?」

うだうだと御託《ごたく》を並べるソロモン様の腕に、ぎゅっとしがみ付く。すると、蛇《へび》を見つけた猫みたいに彼の体が跳《は》ねた。

じわじわとソロモン様の顔が赤くなり、耳の端まで染まっていく。

「一緒に、行きます」

「はい」

言い聞かせるように区切って伝えると、コクコクと何度も頷いた。

「帰る前に魔導師団長様にもう一度、ご挨拶をした方が宜しいですよね？」

「いや。早めに帰るかもしれないって、ドルフ師匠には伝えてあるから」

おそらく私の体調を気遣って、飲み物を取りにいくついでに手を回してくれたんだろう。細やかな気配りにも愛を感じるのに、さっきから目が合わない。

人気《ひとけ》の少ないロングギャラリーを寄り添って歩いているのに、ソロモン様の視線は私にも絵画にも向けられていなかった。真っ暗な窓の外に、いったい何があるというのか。

焦《じ》れた私は、ソロモン様の腕にぎゅっと体を押し付ける。「みっ!?」と奇妙《きみょう》な声で鳴いた彼は、大層情けない顔で私を見下ろした。

「……チェルシー」

「何でしょう？」

恨みがましい目に、貼《は》り付けた笑みを返す。

「あんまり困らせないで……、っ!?」

掌《てのひら》に指を滑り込ませて、一本一本絡《から》める。きゅっと握り込むように手を繋《つな》ぐと、ソロモン様は絶句した。じわじわと赤くなった彼は、弾《はじ》かれたように我に返る。

「ま、まずい」

「ソロモン様？」

赤い顔をしたソロモン様は、何故か慌《あわ》てふためき、周囲を見回す。人の話し声が近付いてくるのに気付いて、蒼褪めた。

「チェルシーッ！」

「え、はい？」

「隠して！」

「は？」

呆気《あっけ》に取られている間に、壁際の方へと背を押される。隅に追いやられた私のスカートの中に、ソロモン様は潜《もぐ》り込《こ》んだ。

「!?」

あまりの衝撃に声も出ない。

なんて場所で、なんて事をしてくれるのか。

咄嗟《とっさ》にソロモン様を蹴《け》り飛ばしたくなる衝動《しょうどう》を、どうにか押さえ付ける。そうこうしているうちに若い男女が現れ、私は動けなくなってしまった。

仲睦《なかむつ》まじい様子の二人は、ギャラリーの中央まで差し掛かっても私の存在に気付いていない。寄り添い、楽しげに話す姿はとても微笑ましいけれど、一刻も早く立ち去って欲しかった。

（ソロモン様は、何でまたスカートに隠れたの？）

理由が思い浮かばずに、首を傾げる。

ソロモン様は焦《あせ》っていたが、髪や瞳が黒く染まる兆候《ちょうこう》はなかったはずだ。

「……っ！」

思索《しさく》に耽っていると、太腿《ふともも》をそっと摑《つか》まれて体が震える。

この前とは違って背後に隠しているので、お尻の辺りがモゾモゾと擽《くすぐ》ったい。

（ちょ、ちょっとー!?）

ソロモン様の長い指が、恐る恐る臀部《でんぶ》に触れる。むにりと感触を確かめるように指を埋められて、私は焦った。

（えっ、匿《かくま》っているのよね？　妙なプレイに付き合わされているんじゃないわよね!?）

私が身じろいだせいで、若い男女に存在を気付かれてしまった。

幽霊のように隅に佇む私を、二人揃って凝視《ぎょうし》する。話しかけられても困るので、如何にも深刻そうな表情で俯《うつむ》き、ハンカチで口元を隠した。

若い二人は顔を見合わせ、静かにギャラリーを後にする。いい雰囲気《ふんいき》だったろうに、とても申し訳ない事をした。

「……もういいですよ」

「……」

無言で動かないソロモン様の頭を、スカートの上からベシリと叩《たた》いた。

そっと私のお尻から手を外し、スカートの中から出てきたソロモン様は、きまり悪そうな顔をしているが、髪も瞳も、やはり黒く染まってはいなかった。

「ソロモン様？」

「ごめんなさい」

「謝ってほしいのではありません。理由を説明してください」

ソロモン様の視線が泳ぐ。一度開いた唇は、戸惑いを表すように空気を食《は》んで、また閉じてしまった。

「……ごめん。もう少し、待って」

ソロモン様が何を考えているのか、まるで分からない。

それでも、私との約束を違《たが》える方ではないと知っているから、疑問を呑《の》み込《こ》んで頷いた。


そうして帰路についたけれど、ソロモン様の頑《かたく》なな姿勢は変わらない。

馬車の座席の端っこに座った彼は、大きな体を縮めるようにして目を閉じている。ぶつぶつと小声で繰り返しているのは、聖典の一節だろうか。

そうやって、必死に私から意識を逸らそうとしている。なんて往生際《おうじょうぎわ》の悪い。

(だんだん、腹が立ってきたわ)

決闘から、そろそろ一か月。

つまり初夜からも一か月。その間、彼が私に触れようとした事はない。

一週間くらいは、私の体を気遣ってくださっているのかと感謝した。

翌週は、月のものが来てそれどころではなくなった。身籠《みご》もっていなかったと知り、少し寂しかった。更に次の週になると、不安と疑問が押し寄せた。どうしてと思いながらも、恥ずかしくて聞けない。

思ったのと違ったから、嫌になってしまったのか。

そもそも、あの時が特殊《とくしゅ》な状況だっただけで、元々は淡泊《たんぱく》な方なのか。

そんな風に悩んでいたけれど、もう遠慮はしない。

綺麗なまま終わりになるくらいなら、幻滅《げんめつ》されてもいいから全部曝《さら》け出してやる。

「ソロモン様っ！」

「！」

ソロモン様の隣に移動して距離を詰める。そっぽを向くつれない方のお顔を両手で挟《はさ》み、ぐいっと強引にこちらを向かせた。

目を見開いて私を凝視する。頬の赤みと共に触れた部分の熱も、急激に上がっていく。

これしきの接触でも照れてくださるのなら、きっとまだ大丈夫。

「ソロモン様、どう……して？」

どうして私を避けるのですか。そう問おうとした私の声が不自然に途切れた。

目の前の光景に気を取られて、疑問が頭から抜け落ちていく。

代わりに別の疑問が、口を衝いて出た。

「……どうして、光ってらっしゃるのです？」

我ながら意味不明な言葉だと思う。

でもソロモン様は笑うでも戸惑うでもなく、そっと己の顔を両手で隠した。

ソロモン様の髪が、キラキラと輝いている。

比喩《ひゆ》ではなく、物理的に。

今までも時折、目に痛いくらい眩《まぶ》しいなと思ってはいた。でも、太陽や室内の灯《あか》りを反射しているとばかり思っていたのに。

現在、夜会からの帰り道である馬車の中は暗い。一応、小さなランタンは灯《とも》っているけれど、その光を弾いているというには無理がある。なんなら光源よりもソロモン様の髪の方が輝いているし。

「……説明は家に帰ってからでもいい？」

観念したのか、顔を覆《おお》った手の隙間《すきま》からくぐもった声が聞こえる。

私も異論はないので、「分かりました」とすぐに頷いた。

暫《しばら》くするとソロモン様の光が弱まり、屋敷に着く頃には完全に消えた。

着替えや湯浴みを後回しにして、私はソロモン様と共に彼の部屋に入る。

人払いしてから、彼は私と向かい合った。

じっと見つめているとまた、ソロモン様の髪が淡《あわ》く光る。

暗闇にぽうっと浮かび上がる様は幻想的《げんそうてき》だ。彼の優《すぐ》れた容姿も相まって、人ならざるもののようにすら思えた。

でも当人は、それが誇らしいどころか恥ずかしいらしい。

情けないと言わんばかりの表情で項垂《うなだ》れる。

「以前のオレは、チェルシーに欲情する度に黒く染まっていたよね？」

「よ……、ええ」

欲情という直接的な表現に頬を染めながらも、私は同意を示す。

「魔法を使えるようになったから安心していたんだけど、……オレの場合は魔力の量が量だけに、そういった欲を解消しないと、何処かしらに不具合が出るらしくて」

「色が変わらなくなった代わりに、光るようになったと」

「そうです……」

消え入りそうな声でソロモン様は呟く。

確かに、そういった欲を抱いたのが視覚的に分かってしまうというのは、中々に辛い。

いたたまれないお気持ちも理解出来る。でも納得は出来ない。

だって、ソロモン様は『欲を解消しないと』と仰った。

(なら裏を返せば、私とそういった行為をしていたら起こらなかったと言う事でしょう？)

「何故、私に言ってくださらなかったのです」

「そ、それは」

「そんな不具合にじっと耐《た》えるくらい、私に触れるのがお嫌になってしまったのですか？」

「そんな訳ないだろう!?　天地がひっくり返ってもない!!」

愕然《がくぜん》とした表情で即座に否定され、私は安堵した。

考えもしなかったと雄弁《ゆうべん》に語る表情が、自信をくれる。さっきまで口に出すのが怖かった言葉が、
あっさりと零れ落ちた。

「では、どうして私に触れてくださらないの？」

「つ……!!」

カァッと、瞬時に耳まで赤くなる。

ソロモン様は沸騰《ふっとう》したような顔色のまま、小刻みに震えた。

「触れてもいいの……？」

迷子の子供みたいな頼りないお顔で、ソロモン様は呟く。

呆気に取られた私の口から、「は？」と声が漏れた。

単に理解が追い付かなかっただけなのだが、ソロモン様は呆れられたと取ったらしい。

焦ったように彼は話し始めた。

無理をさせてしまったから、暫くは我慢《がまん》していたとか。

そうこうしているうちに、月のものが来て、話を切り出す機会を見失ったとか。

ソロモン様はソロモン様で悩んでいたらしい。

繊細《せんさい》な問題であるだけに、拒否されたらどうしようと怖くなるのは男女共に同じなのだろう。

(そういえば、ソロモン様も初めてだって仰っていたわ。不安なのも手探りなのも、私と一緒なのね)

「それに、まだ婚約者にもなっていない貴女に手を出していいのかも悩んでいた」

「……初めてではないのに？」

「あの時は色んな事情があったけれど、今は違う」

ソロモン様は私以上に、私の事を考えてくださる方だった。初夜の時も追い詰められた状況でありながら、私を気遣って、中々手を出してくださらなかったし。

いつでも私を一番に考えてくれる。

少し的外れでも、それが嬉しい。

「なら、お返事をさせてください」

「っ、待って！」

蒼褪めたソロモン様は、手を前に突き出して制止を呼び掛ける。

「万が一にも、と考えると死にそう」

本当に死んでしまいそうな声で、あり得ない心配をする。

「い、今、最高のプロポーズを考えているんだ。貴女の好きな場所や物の情報を集めているから、もう少し待ってほしい」

なんて健気《けなげ》で無意味な努力をしているんだろう。

呆れるやら、愛しいやらで心が掻《か》き乱《みだ》される。

「貴女の好きな舞台が来週にあるから、それに食事も……」

「ソロモン様！」

必死になって引き延ばそうとする言葉を、私は呼びかけで遮《さえぎ》った。

強張《こわば》った表情のソロモン様に向き合う。

「いつでも、何処でも、同じ事です。どんなプレゼントでも、私のお返事は変わりません。……申し込んでくださるのが、貴方である限り」

「……っ!!」

ソロモン様は数秒固まった後、目を見開く。

息を呑んだ彼の表情がじわじわと明るくなるのを見て、私は微笑んだ。

「ち、チェルシー！　ちょっと、そこで待っていて!!」

ソロモン様は落ち着きなく辺りを見回す。私にそう言って、バルコニーの方へと駆《か》けて行く。

ガラス扉を乱暴に開けた彼は、バルコニーの手摺《てすり》を摑んで飛び降りた。

「ソロモン様!?」

駆け寄って覗き込むと、ソロモン様は無事に地面へと着地していた。

風魔法を使ったらしく、名残がフワリと私の髪を舞い上がらせる。何処かへ走って行く後ろ姿を見て、力が抜けた。

すぐに戻ってきたソロモン様は、両手に何かを抱えている。

また風魔法を使って部屋へと戻ってきた彼は、私に駆け寄ろうとした。

けれど何かに気付き、慌ただしく自分の首元に手をやる。大事そうにピンを外したかと思えば、雑な動作でタイを抜き取り、手に持っていた花束に巻いた。

私の前に跪《ひざまず》いたソロモン様が腕に抱えているのは、真っ白なカスミソウの花束。

彼自ら、庭の片隅で、私の為に育ててくれていた花だ。

花自体は綺麗だけれど、纏め方はいい加減で高さがまるで揃っていないし、アスコットタイも縒《よ》れて曲がっている。

ソロモン様自身も髪、服装共に乱れ、汗だく。

どう考えても彼が目指していた最高のプロポーズとは、程遠い。

「チェルシー・リード嬢。どうか私と結婚して欲しい」

でも私にはその花束も、ソロモン様自身も、一等素晴らしく見える。

だからこれ以外に、返事などある筈がないのだ。

「はい、喜んで！」

そっと花束を受け取ると、ソロモン様は嬉しそうに破顔《はがん》する。

カスミソウごと抱き締められた腕の中で、私も幸福を噛み締めた。

エピローグ

広場に荘厳《そうごん》な鐘《かね》の音が響《ひび》き渡る。

一斉に飛び立った白い鳩《はと》を目で追うと、蒼空《あおぞら》を背に堂々たる佇《たたず》まいの古い建物が目に映った。

八角形の屋根の二本の尖塔《せんとう》が天高く伸び、南側では、鐘楼守《しょうろうもり》が鐘を鳴らしている。正面のゴシックアーチや両開きの扉に刻まれた彫刻《ちょうこく》、連なるランセット窓に嵌《は》まったステンドグラスは、思わず足を止めて見惚《みほ》れてしまう程に美しい。

百年以上の歴史を誇《ほこ》り、芸術的にも価値の高い建造物の名は、サンバルト大聖堂《だいせいどう》。創建《そうけん》より更に百年遡《さかのぼ》った時代に実在した聖人の名前が由来らしい。

中途半端で曖昧《あいまい》な情報だけど、敬虔《けいけん》な信者でもない人間の知識なんてこんなものだ。

少々、やさぐれた気持ちで建物を見上げていると声がかかった。

「ラナ」

隣を見上げると、次兄が立っていた。

「その不機嫌そうな顔は、今日という日に相応《ふさわ》しくないんじゃないか?」

呆《あき》れ顔で指摘《してき》されて、バツの悪い気持ちを誤魔化《ごまか》すようにソッポを向いた。グレンお兄様が正しいのは分かっているけれど、素直に認められない。

こういうところが、子供っぽいと言われる理由なんだろう。

いつまでも成長しない自分が恥ずかしくて、つい落ち込む。

「祝福したくないのか？」

「そんな訳ないでしょう。チェルシーの幸せは、私の幸せでもあるわ」

即座に否定した。

今日はチェルシーの結婚式。

素晴らしい日に相応しい装《よそお》いをと、一年も前からドレスを仕立てさせていた。淡《あわ》い桃色のドレス生地《きじ》も、デコルテや袖口《そでぐち》を飾《かざ》るレースも最高級品。髪飾り等の小物も一切、妥協《だきょう》していない。

そしてドレスに負けないよう、自分自身を飾り立てる事にも手を抜かない。朝早くから大勢の侍女とお母様に手伝ってもらって、磨《みが》き上げた。

悪目立ちしないよう華やかさは控《ひか》えめながらも、上品に美しく仕上がったと思う。

大切な友人の大切な日を、全力で祝おうと気合いを入れた……はずだった。

それなのに会場に到着した途端《とたん》、気持ちが萎《しお》れる。本当にチェルシーが結婚するのだと実感して、急に寂《さび》しくなってしまった。

「友達を取られてしまうようで寂しいのか？」

図星を差されて、つい睨《にら》んでしまった。

「悪い？」

「いいや」

私よりもずっと大人なグレンお兄様は、さらりと躱《かわ》す。

突っかかっている事が馬鹿らしくなって、気勢《きせい》を削《そ》がれた。

「グレンお兄様がもう少し早く帰国していたら、チェルシーは私のお義姉様になっていたかもしれないのに」

「……無理だろう」

不貞腐《ふてくさ》れて呟《つぶや》くと、グレンお兄様は渋面《じゅうめん》を作る。

「ソロモン・ビアズリーに勝てる男など、早々いないぞ」

「諦《あきら》めたらそこで終わりなのよ？」

「いや、もうお前こそ諦めろ」

呆れ顔で溜《た》め息《いき》を吐《つ》かれた。

確かにソロモン様に勝つのは至難《しなん》の業。家柄と容姿だけでなく、剣の腕にも優《すぐ》れたお方だ。しかも、一年前に行われた隣国の王弟殿下《おうていでんか》との模擬試合で、魔法の才能にも恵まれていると発覚した。

（グレンお兄様だって、とても優秀なのに）

挑《いど》む相手がソロモン様でなければ、勝機はあっただろう。

穏やかな性格のチェルシーと、物静かなグレンお兄様の相性はいいはず。夜会で少し会話した程度だけれど、グレンお兄様はチェルシーに好感を持ったようだったし。

あのまま縁が出来れば、チェルシーをお義姉様と呼べる日が来たかもしれなかったのに。

（……いいえ。無理ね）

負《ま》け惜《お》しみのような思考を、自分で否定する。

以前のチェルシーは恋愛に関して、一歩引いたところがあった。

アナベルと私が恋の話で盛り上がっている時、チェルシーは楽しそうな様子ながらも、決して積極的には参加しない。私達が話を振っても、困ったように笑うだけだった。

そんな彼女が今では、恋の話に頬《ほお》を染めるようになった。ソロモン様の話を聞き出そうとすると、時には照れたり、怒ったり。コロコロと変わる表情は、恋する乙女《おとめ》そのもの。

悔《くや》しいけれど、チェルシーを変えたのはソロモン様だ。

「さぁ、行くぞ。こんな場所でグズグズしていても仕方ない」

「……はぁい」

物思いに耽《ふけ》っている私に、グレンお兄様は手を差し伸べた。

淑女《しゆくじよ》らしからぬ不満げな声で返事をして、手を重ねる。グレンお兄様にエスコートされながら、数段の石段を上り、今日の結婚式の会場である大聖堂の中へと進んだ。


暫《しばら》く待つと、式が始まった。

宝冠《ほうかん》を被《かぶ》り、黄金の杖《つえ》を持つ大司祭と二人の司祭が祭壇《さいだん》の前に並ぶ。

その後に続いて入場した新郎《しんろう》に、会場の至るところから感嘆《かんたん》の溜め息が零《こぼ》れる。

長い前髪を後ろに撫《な》でつけたソロモン様は、言葉を失う程《ほど》に美しい。

銀に近いグレーの三《み》つ揃《ぞろ》えは、最高級の素材と、最高の職人の技術によって出来ていると見る者が見れば分かるけれど、デザインは極シンプル。花嫁の添《そ》え物《もの》なのだと、自ら主張している。

しかし彼の容姿の華やかさは、その程度では隠せない。否、装いが控えめであるが故《ゆえ》に、より一層輝いて見えた。

ソロモン様の隣には並びたくないと常々思っていたが、今日、再認識した。

私もそれなりに可愛いと自負しているが、格が違う。あの美貌《びぼう》の前では、こちらがどれだけ着飾ろうと無意味。確実に引き立て役になる。

(だとしても、花嫁よりも目立つのは許さないわよ)

私を含め、招待客の女性達よりも目立つのは別にいい。でも、本日の主役であるチェルシーを脇役《わきやく》にするのは許さない。

祝いの席にあるまじき鋭《するど》い視線でソロモン様を睨んでいると、隣にいたアナベルも同じような顔をしている事に気付いた。

アナベルがこちらを向き、視線がかち合う。言葉はないまま、二人で頷《うなず》き合った。

(チェルシーを哀《かな》しませたら、私達が許さないんだから)

やがて、扉がもう一度開く。

ソロモン様は、この世の幸福を全て手に入れたかのような顔で微笑《ほほえ》む。彼の視線を追う形で扉の方を向くと、花嫁が現れた。

その姿を目にした途端、思わず息を呑《の》む。

長い身廊《しんろう》を花嫁はゆっくりと進む。両側、等間隔に配置された束ね柱に飾られた燭台《しょくだい》の灯《あか》りが、彼女の姿を幻想的《げんそうてき》に照らす。

伏《ふ》し目がちの菫色《すみれいろ》の瞳に、花弁の如《ごと》き唇《くちびる》。目元に刷《は》いた薄い紅が、雪花石膏《せっかせっこう》の肌に微《かす》かな彩《いろど》りを添える。慎《つつし》み深いチェルシーの内面を反映したような控えめな化粧《けしょう》なのに、まるで違った印象を受けるのは、浅く被ったベールのせいだろうか。

縁《ふち》に薔薇《ばら》の刺繍《ししゅう》が施《ほどこ》されたソレが影を落とし、清楚《せいそ》な美しさに色香《いろか》が滲《にじ》む。

真っ白なドレスは上半身が体の線に沿い、膝下《ひざした》から裾《すそ》にかけて広がる人魚のようなシルエットのデザインだ。首元からデコルテまでは細かい刺繍の入ったレースが覆《おお》い隠し、露出《ろしゅつ》は殆《ほとん》どない。

全てがチェルシーらしく、上品で慎ましい。

それなのに、まるで知らない人を見ているかのよう。

隣のグレンお兄様を含め、多くの人がチェルシーの清らかな美しさに魅《み》せられている。誰も彼もが息を詰めているせいか、不自然なまでに会場は静まり返っていた。

花嫁と介添人《かいぞえにん》、それからトレーンベアラーの子供達の足音だけが、室内に響き渡る。

長い時間を掛けて花婿の元に花嫁が辿《たど》り着く。二人の間に言葉はなく、視線だけが絡《から》む。熱を孕《はら》む瞳が愛《いと》しいと、貴方《あなた》しか見えていないのだと、静かに語っていた。

グレンお兄様だろうと、別の男性だろうと、二人の間に割り込むのは無理だろう。

愛し、愛されて、美しく花開いたチェルシーを見ては、そう悟《さと》らざるを得ない。

寂しさはあるけれど、それ以上に嬉《うれ》しい。チェルシーがあんなにも幸せそうに笑えるなら、それだけで十分だ。

(……おめでとう。チェルシー)

見つめ合う二人を見守りながら、心の中で言祝《ことほ》いだ。

＊＊＊

浅い眠りから、意識がゆっくりと浮かび上がる。

理由までは思い至らないまま、起きなければいけないと何故《なぜ》か思った。ところが疲労を訴える体が反抗している。

しかも誰かが頭を優しく撫《な》でているせいで、余計に意識が溶《と》けていく。

(だめ……。今夜は眠っちゃ駄目なの)

眠気で目を開けられないまま、己に言い聞かせる。

むずがる子供みたいに顔を顰《しか》め、頭を撫でる手を摑《つか》む。

(疲れよりも、こっちの方が厄介《やっかい》だわ。気持ちよすぎるのよ)

摑んだ感触は硬《かた》いのに、手付きはとても柔《やわ》らかだった。慈《いつく》しむような指先に触れられると自分が、幼児か小動物にでもなったような気分になる。

これ以上、撫でられ続けていたら、間違いなく朝まで目覚めない自信があった。

気を抜くと落ちてくる瞼《まぶた》を、どうにか押し上げる。寝かしつけようとしてくる誰かを、邪魔しないでという意思を込めて睨もうとした。

ところが、開けた途端に蕩《とろ》けた蜂蜜色《はちみついろ》の瞳とかち合ってしまって瞠目《どうもく》する。

「チェルシー」

眼差《まなざ》しだけでなく、声までひたすらに甘い。

起き抜けに、口に砂糖を詰め込まれたかのような衝撃《しょうげき》を受けた。さっきまでしつこく纏《まと》わりついていた眠気は彼方《かなた》に吹き飛び、影すら見えない。

ベッドの縁に腰掛けていたソロモン様は、動きを止めた私を見て首を傾《かし》げる。

「どうしたの？　まだ眠ぃ？」

「い、いえっ！　目が覚め、……ひぇっ!?」

「わ、危ないよ」

慌《あわ》てて身を起こした私はベッドの上で体勢を崩す。しかし転がり落ちる前に腰を攫《さわ》われ、逞《たくま》しい体に抱え込まれた。

湯上がりのソロモン様はバスローブ一枚しか羽織《はお》っていない為、体温や素肌の感触が直接伝わってくる。

「……っ」

たったそれだけの事に動揺《どうよう》して、狼狽《うろた》える。もっと凄《すご》い事を沢山しているのに、どうしてこんなにも恥ずかしいんだろう。

「あ、ありがとうございます」

くっついた部分が汗を掻《か》き始めている気がして、焦《あせ》りが強くなる。お礼を言って、さり気なく離れようとしたのだが、ソロモン様が動く方が早かった。

彼は「よいしょ」と言いながら、私を抱え直す。

ソロモン様の胸板に背中を預ける形で、膝の上に乗せられた。

後ろから私のお腹《なか》に腕を回し、肩に顎《あご》を乗せた彼は、大きな体で私をすっぽりと包み込む。目を伏せて満足そうな吐息《といき》を零す様子は、日向《ひなた》で微睡《まどろ》む猫のよう。

ソロモン様は何故か、とても機嫌がよさそうだ。

「……ソロモン様？」

「ん？」

声の調子も、心なしか高い気がする。

新婚初夜に旦那様を待たずに眠りこけるという醜態《しゅうたい》を晒《さら》したのに、どうして。

「眠ってしまってごめんなさい」

頭の中を疑問符《ぎもんふ》だらけにしながらも、謝罪する。

「疲れていたんだから、気にしないで」

「でも……」

続けようとした言葉は、ふに、と唇に押し当てられた指に遮《さえぎ》られた。ソロモン様は私を覗《のぞ》き込《こ》んで、目を細める。

「正直言うとね、さっきまで物凄く意気込んでいた」

初めてでもないのにね、と彼は少し恥ずかしそうにはにかむ。

「寝室に入ってチェルシーが眠っていると気付いた時、ほんの少し残念に思ったのも事実だよ。でもね、それ以上に幸せな気持ちになったんだ」

「……眠ってしまったのに？」

ソロモン様はこくりと小さく頷く。

「貴女《あなた》は周囲にとても気を遣うから、甘えたり、頼ったりするのがとても苦手でしょう？　誰かに迷惑をかけるくらいなら、自分が無理をする方がいいと思ってしまう人だ」

否定したいけれど出来ない。事なかれ主義な私は確かに、そういう一面があった。自分でもどうにかしたいと密《ひそ》かに思っている悪癖《あくへき》だ。

「そんな貴女がオレには気を遣わずに無防備に眠っているんだから、喜ぶなって方が無理だよ」

「えっ。そこ、喜ぶところですか？」

普通は、気を遣われた方が嬉しいのではないだろうか。

戸惑《とまど》う私とは対照的に、ソロモン様は堂々と胸を張る。

「もちろん。オレに気を許してくれた証拠だと思うし。仔猫《こねこ》みたいに丸くなっている貴女を見て、オレは世界中に自慢《じまん》したくて堪《たま》らなかった」

ソロモン様は私の頬に、頬を摺《す》り寄せる。

「この可愛い人はオレの奥さんなんだって、誰彼構わず見せびらかしたい」

気恥ずかしくて、『何言っているんですか』って流そうとした。

でもソロモン様が満ち足りた顔で笑うから、言葉に詰まる。

「ああ、でも、勿体《もったい》ないいな。貴女の可愛らしい姿を他の男には見せたくない」

「……誰も興味ないと思いますよ？」

「何を馬鹿な事を。今日の式で、どれだけの男がチェルシーのウエディングドレス姿に見惚れていたと思っているの？」

『何を馬鹿な事を』はこちらの台詞《せりふ》だと思った。綺麗《きれい》に整えてもらったとはいえ、ソロモン様の美貌の前では霞《かす》んでいたはず。

でもソロモン様の表情は真剣で、冗談を言っているようには見えない。

「オレと貴女が夫婦になったのだと知らしめたのはいいけれど、別の男の記憶にも貴女の花嫁姿が刻まれているのかと思うと、面白くないな。端《はし》から殴《なぐ》り倒して、記憶を消してやりたい」

顔を顰《しか》めて呟いた物騒《ぶっそう》な発言は、何処《どこ》まで本気なのだろう。

苦笑しながら私は、体の力を抜いてソロモン様に凭《もた》れかかる。覗き込んできた彼の頬に手を添えて、引き寄せた。

そっと触れるだけの口付けを贈《おく》る。すると彼は目を丸くした。

「誰が思いを寄せて下さったとしても、私に触れていいのは貴方だけです」

「チェルシー……」

金色の瞳が熱を帯びて、じわりと溶ける。顎を軽く持ち上げられて、今度はしっかりと唇が合わさった。濡《ぬ》れた音を立てながら、口付けがだんだん深くなる。

つん、と舌先で唇をノックされて開くと、分厚い舌が侵入《しんにゅう》してきた。入るまでは、様子を窺《うかが》うような健気《けなげ》さを見せていたのに、入った途端、大胆に動き回る。

決して乱暴ではないものの、隅々まで全て暴《あば》くような執拗《しつよう》さに頭が溶けそうだ。

「つは、チェルシー。オレだけ？　ねぇ、オレだけ？」

「んっ、そ、れす」

舌が痺《しび》れて、上手《うま》く言葉にならない。

息継ぎの合間にした返事は酷《ひど》いものだった。赤子の方がまだマシな滑舌《かつぜつ》だろうと我ながら情けなくなってくる。

しかしソロモン様にはちゃんと届いたようで、彼は嬉しそうに破顔した。

「嬉しい。こんなに可愛いチェルシーを見られるのがオレだけなんて」

(貴方の方が余程、可愛らしいわ)

子供のような満面の笑みに胸が高鳴る。誰よりも恰好《かっこう》いい方なのに可愛らしくもあるなんて、最強ではないか。私など敵《かな》う筈《はず》もない。

堪らない気持ちになって抱き締めると、即座に抱き返してくれる。ぎゅうぎゅうにくっ付きながら、溺《おぼ》れそうな程の幸福感に浸《ひた》った。

「もっと見たいな」

「？」

「オレしか知らない貴女を、もっと沢山見たい。いいかな？　許してくれる？」

「ええ、勿論《もちろん》で、す……？」

呆《ほう》けていた私は、よく考えずに頷きかけて固まる。見上げた先にはもう、無邪気《むじゃき》な笑顔の可愛らしいソロモン様はいなかった。

目元を朱《しゅ》に染め、うっそりと笑う様は凄艶《せいえん》と表すに相応しい。見惚れている間に肩をそっと押され、寝台に倒れ込む。

「ありがとう。愛しているよ、チェルシー」

覆い被さってきたソロモン様の髪と瞳は、篝火《かがりび》のように妖《あや》しく煌《きら》めいていた。

(早まったかもしれない……)

そう後悔《こうかい》しても、今更止まれなどと言える訳もなく。

私達夫婦が迎える初めての夜は、ゆっくりと濃密に過ぎて行った。

番外編

笑う門《かど》には福来る

「ソロモンに何か困らされたら、是非《ぜひ》、私に言ってくれ」

ビアズリー公爵家《こうしやくけ》の庭園にて、優雅な仕草《しぐさ》で紅茶を飲んでいるのは王太子殿下《おうたいしでんか》だ。

公務に忙殺《ぼうさつ》される時期が終わると少数の護衛を連れて、お忍びで遊びに来る。今日も息抜きをしに来たと青白い顔で言われ、追い返す事も出来ない。

「困らされる事ですか」

ソロモン様は相変わらず、私に優しい。

言葉もプレゼントも惜《お》しみなく与えてくださるので、不安になる暇《ひま》はない。

ただ、困らされていないかと言うと少し躊躇《ためら》ってしまう。

あの方の言動が突飛《とっぴ》なのは今に始まった事ではないし、私を深く愛してくださるからこその暴走だと分かっているので、責める気は全くないけれど。

「ああ、小さい事でも大きい事でも構わないよ。夫婦喧嘩《げんか》の際は、全面的に貴女《あなた》の味方になると誓おう」

「……喧嘩は、どちらか一方が悪いとは限りませんよ？」

「それでも。貴女には恩があるからね」

「恩？」

一瞬、隣国の王弟《おうてい》殿下の件が頭を過《よぎ》る。でもすぐに違うと分かる。

結果的には求婚を跳《は》ね除《の》けてしまったのだから、寧《むし》ろ逆だ。

「ソロモンが幸福な人生を歩めているのも、この国が平和なのも貴女のお蔭《かげ》だ」

「……？　お言葉の意味が、よく分かりませんわ」

「だろうね」

王太子殿下は綺麗《きれい》なお顔に苦笑いを浮かべる。

彼の手振りで護衛や使用人が遠ざかった。

「以前からドルフが研究していた古文書《こもんじょ》の内容が、最近になってようやく判明したんだ」

ドルフ様とはお義父様の乳兄弟《ちきょうだい》で、魔導師団《まどうしだん》の副団長。ソロモン様の魔法の師でもある方だ。

そんなドルフ様の研究は、世界を滅《ほろ》ぼそうとした魔導師に関するものだった。

どうやら漆黒《しっこく》の魔導師とソロモン様は、境遇《きょうぐう》がとても似ているらしい。

容姿端麗《ようしたんれい》で文武両道。高位貴族の嫡男《ちゃくなん》で、異性にはとても人気が高かった。

そしてソロモン様と同じく、魔力量は大きくても魔法を使うのは不得手だったそうだ。便宜上《べんぎじょう》、漆黒の『魔導師』とは呼ばれているものの、魔法を使う職業に就いていた訳ではないらしい。

彼は順風満帆《じゅんぷうまんぱん》な人生を送っていたが、ある女性に恋をしてから変わった。

その女性が悪い方だったのではない。どうやら彼女には別の想い人がおり、結婚も決まっていたそうだ。

その女性が結婚しても、彼は諦《あきら》められなかった。

慰《なぐさ》める周囲を遠ざけ、家に閉じ籠《こ》もるようになり、だんだん衰弱《すいじやく》していった。

そして彼が独り身のまま三十歳になった頃、想い人である女性が流行《はや》り病《やまい》で急逝《きゆうせい》。

葬儀《そうぎ》にやってきた彼は別人のような酷《ひど》い形相《ぎようそう》になっており、髪と瞳も元の色から漆黒へと変わっていた。

想い人の遺体《いたい》を無理やり奪《うば》った彼は、魔力を暴走《ぼうそう》させた。

奪われまいと放つ魔法は周囲を全て薙《な》ぎ払い、焼き尽くしていく。そこに『世界を滅《ほろ》ぼそう』という明確な意図があったかは分からない。

けれど犠牲《ぎせい》の多さ故《ゆえ》に、漆黒の魔導師はそう語り継がれるようになった。

自分の意思で魔法を使うのではなく、暴走させた彼に止まる術《すべ》などない。

魔力と共に命を削《けず》り続けて、結局は本人も亡くなったという。

あまりの衝撃的《しようげきてき》な話に、私は蒼褪《あおざ》め、言葉を失くす。

けれど王太子殿下は重さなんて微塵《みじん》も感じさせないように、からりと笑った。

「つまり漆黒の魔導師もアレと同じ、愛が非常に重い童貞《どうてい》だったという訳だ」

「…………なるほど」

なるほどではない。

ないけれど、頭が働かない。

(もし私があのままソロモン様の申し込みを断り、別の方と結ばれていたら、彼は漆黒の魔導師と同じ道を辿《たど》っていたかもしれないという事？)

考えて、ゾッとした。

今すぐにソロモン様の元へ行って、抱き締めたい衝動《しょうどう》に駆《か》られる。

（いいえ、そんな事はあり得ないわ。ソロモン様の優しさは、私が一番よく知っているもの）

誰かを傷付けられる方ではないし、万が一、魔力の暴走で正常な思考が出来なくなったとしても、私が止める。

そんな未来は絶対にこない。いいえ、こさせない。

深呼吸をして、心を落ち着かせる。

「ご心配なく。夫には私が付いておりますわ」

微笑《ほほえ》んでそう告げると、王太子殿下は軽く目を瞠《みは》った。

次いで目を伏《ふ》せ、口角を上げる。

「……ソロモンは本当に、果報者《かほうもの》だよ」

羨《うらや》ましい、と吐息《といき》を零《こぼ》すように呟《つぶや》いた。

寂《さび》しそうな声音が気にかかって、声をかけようとする。

けれどその寸前、私の足に何かがぶつかった。

「かぁたま！」

「あら、クリフ」

椅子《いす》に座った私の足にしがみ付いているのは、三歳になったばかりの息子《むすこ》だった。

「今日はお父様に遊んでもらうのではなかったの？」

ソロモン様が『今日は構い倒す』と朝から意気込んでいた筈《はず》なのに。

私の問いにクリフは頷《うなず》いた。

「かくれんぼしてる」

「今？」

「うん。だから、かぁたま、入れて」

クリフは無邪気《むじゃき》に言って、私のスカートを引っ張る。

つまりスカートの中に匿《かくま》えと言っているらしい。

ソロモン様そっくりの可愛らしい顔で強請《ねだ》る息子に、私は頭痛がした。

ソロモン様をスカートに隠した話なんて、当たり前だが息子にはしていない。はしたない場面を見せた記憶もない。それなのに、どうして。

血は争えないなんて、こんな事で実感したくはなかった。

「……お母様のスカートは、隠れる場所ではないのよ」

溜《た》め息《いき》を吐き出したいのを堪《こら》えて、どうにか伝える。

すると頬《ほお》を膨《ふく》らませたクリフの抗議《こうぎ》の前に、別の声が割り込んだ。

「そうだぞ。そこはお父様専用だ」

息子の両脇に手を入れ、後ろからヒョイと抱え上げる。

とんでもない発言をしたのが幻聴《げんちょう》かと思える程、美しい顔で笑っているのは私の旦那様だ。

「誰であっても立ち入り禁止です」

軽く睨《にら》んで言うと、親子で不満そうな顔をした。

そんなところまで似なくてよかったのにと考えていると、ゴホンと咳払《せきばら》いが聞こえる。

「仲がいいのだね」

途中からすっかり、王太子殿下の存在を忘れていた。

恥ずかしさと申し訳なさとで慌《あわ》てる私とは違い、ソロモン様は余裕《よゆう》ある態度を崩さない。

「ええ、とても」

クリフを抱えたまま、見せつけるように私の肩を抱く。

分かり易《やす》く牽制《けんせい》された王太子殿下は、呆《あき》れたと示すように片眉《かたまゆ》を上げた。

「相変わらず心が狭《せま》い。そんな誰彼構わず噛《か》み付いているようでは、いつか愛想《あいそ》を尽《つ》かされるよ」

「噛み付く相手は選んでおりますので、ご心配なく。それよりも、そろそろ仕事に戻った方がよいのでは？」

「いや、まだ大丈夫だ。クリフ、私と一緒に遊ぼうか」

「クリフは今日一日、私と遊ぶと約束しているんです」

「なら夫人とお茶をしながら、見物させてもらうよ」

「いや、帰れ。私の宝である妻と息子に近付くな」

口論を始めたソロモン様の腕の中で、息子が退屈そうにしている。

視線を向けると手を伸ばしてきたので、そっと抱え上げた。

私の膝《ひざ》の上で焼き菓子を食べ始めた息子と、王太子殿下と元気に言い争う旦那様を交互に見る。

（幸せだわ）

噛み締めるように心の中で呟いて、私はそっと笑《え》みを零《こぼ》した。

あとがき

はじめまして、もしくは、こんにちは、皆様。ビスと申します。

数多くある本の中から、この本を手に取ってくださり、ありがとうございます。

今回、初めての官能シーンありの作品となり、とても緊張しております。


初めてと言えば、ソロモンのようなヒーローを書くのも、実は初でした。

女性に甘く愛を囁《ささや》く正統派の王子様タイプをヒーローに据《す》えた事がなかったので、チャレンジしてみたのですが……色々と間違っている気がします。まず性癖をここまで拗《こじ》らせた時点で、正統派の王子様ではないですね。

キラキラのイケメンでありながらも、好きな子へのアプローチは空回りばかり。顔のよさでも誤《ご》魔《ま》化《か》しきれないアウトな言動を繰《く》り返《かえ》す。そんなヒーローですが、書いていて楽しかったです。

チェルシーも動かしやすいヒロインだったのですが、途中から苦労しました。

この子は本当にソロモンに恋をするのだろうか？　という筆者としてあるまじき悩み方をしていました。

早いうちからソロモンに好感を持ってはいても、それを恋にするのが思いのほか難しかったです。自然な形に出来たかは分かりませんが、とても勉強になりました。

本作のイラストは、天路ゆうつづ先生に担当していただきました。

キャラクターデザイン画を初めて目にした時、ソロモンがあまりにも理想通り過ぎて驚きました。上品で色気のある美丈夫《びじようふ》、正に思い描いていた通りです。

こんな美形にあんなセリフを言わせてもよいものかという不安はございますが、逆に、このお顔なら許されると考える事にしました。

チェルシーも可憐《かれん》で可愛らしく、それなのに何処《どこ》か控え目で、『薔薇《ばら》というよりカスミソウ』という私のイメージを崩さず、より素敵な女性に描かれております。

二人をこんなにも魅力的なキャラクターに仕上げてくださって、本当にありがとうございます。

沢山の方のご協力があって、本作は書籍という形になりました。

素晴らしいイラストで本作をよりよいものにしてくださった天路先生、それから色んなアドバイスをくださった担当様と編集部の皆様、応援してくださった皆様、それからお手に取ってくださった皆様に、心より感謝申し上げます。

ビス

eロマンス ロイヤル

本書は「ムーンライトノベルズ」(https://mnlt.syosetu.com/top/top/)に
掲載していたものを加筆・改稿したものです。
この作品はフィクションです。実在の人物・団体・事件などにはいっさい関係ありません。

●ファンレターの宛先
〒102-8177　東京都千代田区富士見 2-13-3　eロマンスロイヤル編集部

私《わたし》のスカートは避難場所《ひなんばしよ》ではありません!

著/ビス
イラスト/天路《あまじ》ゆうつづ

2023年9月29日　初刷発行

発行者　山下直久
発行　株式会社KADOKAWA
〒102-8177　東京都千代田区富士見2-13-3
(ナビダイヤル) 0570-002-301
デザイン　AFTERGLOW
印刷・製本　凸版印刷株式会社

●お問い合わせ
https://www.kadokawa.co.jp/ (「お問い合わせ」へお進みください)
※内容によっては、お答えできない場合があります。
※サポートは日本国内のみとさせていただきます。
※Japanese text only

ISBN978-4-04-737678-6　C0093　©BISU 2023　Printed in Japan
定価はカバーに表示してあります。

eR eロマンス ロイヤル 好評発売中

ドSな美形騎士×自己肯定感低め治癒師の、追いかけられラブ！

落ちこぼれ治癒師は、騎士の愛から逃げられない
魔法の代償が発情なんて!?

深石千尋　イラスト／ DUO BRAND.　四六判

平民の治癒師マルゴは、魔法を使うと発情する《代償》を持つゆえに能力を隠して生きてきた。ある日戦場で美貌のエリート魔法騎士オーブリーのため治癒魔法を使うことに。強力な魔法の《代償》として彼と体を重ねてしまうが、正気に戻ったマルゴは彼を置いて逃げてしまう。ところが戦争後、マルゴの前に「命の恩人」を探すオーブリーが現れる！　正体を知られたくないマルゴはごまかそうとするが、溺愛してくるオーブリーに徐々に絡めとられ……？